SV

Johannes Groschupf

SKIN CITY

Thriller

Herausgegeben von
Thomas Wörtche

Suhrkamp

Erste Auflage 2025
suhrkamp taschenbuch 5449
Originalausgabe
© Suhrkamp Verlag AG, Berlin, 2025
Alle Rechte vorbehalten.
Wir behalten uns auch eine Nutzung des Werks
für Text und Data Mining im Sinne von § 44b UrhG vor.
Umschlagfoto: FinePic®, München
Umschlaggestaltung: zero-media.net, München
Druck und Bindung: CPI books GmbH, Leck
Printed in Germany
ISBN 978-3-518-47449-5

Suhrkamp Verlag AG
Torstraße 44, 10119 Berlin
info@suhrkamp.de
www.suhrkamp.de

SKIN
CITY

Now, patience;
and remember patience is the great thing,
and above all things else
we must avoid anything
like being or becoming out of patience.

James Joyce, *Finnegans Wake*

1 Sie waren zu dritt unterwegs in einem zwanzig Jahre alten Benz mit polnischem Kennzeichen. Koba saß hinten, neben seinem Kollegen, der Fahrer vorn kaute auf seiner Unterlippe. Ein heißer Vormittag, Ende Mai. Koba gähnte, er hatte in der Nacht kaum geschlafen. Auf den Feldern ragten riesige Strommasten auf und liefen in langer Reihe dem Stadtrand entgegen. Die Äcker ringsum waren ausgedorrt, der Wind wirbelte Staubwolken auf. Alle anderen Autofahrer wollten in die Stadt, doch Koba war froh, dass sie heute im Umland unterwegs waren, er hasste Berlin.

Vor drei Wochen waren sie hierhergekommen, von Tiflis über Istanbul und Bukarest, Czernowitz und Lwiw in der Ukraine, dann weiter zur polnischen Grenze, wo sie den Benz übernahmen. Es gab keine Probleme an der deutschen Grenze, sie fuhren zu ihrer Unterkunft in Berlin und schliefen sich aus. Zwei Kollegen, die schon länger in Berlin waren, hatten zuvor günstige Häuser beobachtet und ausgesucht, eine Liste erstellt mit den Adressen und den Gewohnheiten der Leute, achtzig, neunzig Häuser insgesamt. Am Stadtrand gab es Tausende von Einfamilienhäusern mit Gärten und Hecken. Die drei sollten zwei Monate bleiben und die Liste abarbeiten, das war ihr Job.

Koba war der jüngste, dreiundzwanzig, stark und stolz. Er klaute, seit er zehn war. In jeder Familie gibt es einen schmutzigen Löffel. Er zog die Handys und Lederjacken seiner Mitschüler ab, langte in die Handtaschen der Touristen in der Altstadt, knackte den Kiosk in seinem Viertel, die Autos auf den Parkplätzen der Hotels, stieg in die ersten Wohnungen ein. Seine Hände waren ruhig. Seine Hände waren immer ruhig. Levan, vorn am Steuer, war fiebrig wie jeder Junkie, ständig unter Druck, deshalb wurde er nur als Fahrer eingesetzt. Toma, der neben Koba saß, war ein Neffe vom Boss, ein Idiot, doch eben Familie, er musste mitkommen, er sollte lernen, sich bewähren.

Heute wollten sie nur nach Malchow, gleich hinter der Stadtgrenze. Der Durchgangsverkehr quälte sich über die Dorfstraße am einzigen Gasthof vorbei, *Deutsche Küche, Biergarten im Hof*. Die grauen Rollläden des Lokals waren heruntergelassen. Zwei Häuser weiter hatte ein Laden mit Anglerbedarf Tauwürmer im Angebot, 1,50 Euro, Maden 50 Cent. Levan bog ab in eine Seitenstraße. Die Häuser duckten sich unter dem hellen Himmel. Einfamilienhäuser, halbhohe Hecken rundum, hinten die Gärten. Sie gingen immer über die Gärten. Alles war still. Ein deutscher Vormittag. Die Männer waren zur Arbeit gefahren, die Frauen zum Supermarkt, zum Nagelstudio oder auch zur Arbeit. Am letzten Haus, das hinter hohen Hecken lag, stiegen Koba und Toma aus, sie gingen zur Haustür und klingelten. Niemand antwortete.

Koba drückte das Gartentor auf, Toma folgte ihm, sie liefen am Haus entlang nach hinten zur Terrasse. Die Fenster waren geschlossen. Die Deutschen waren vorsichtig, auch hier am Stadtrand, das kannte er schon. Doch vergittert waren die Fenster nicht. Ein teurer Grill mit Stahlhaube stand auf der Terrasse, vier Gartenstühle, ein Tisch, die Terrassentür war verschlossen. So war es immer. Sie schlossen immer ab und meinten, damit kämen sie durch.

Koba zog seine Handschuhe an. Jetzt war er wach. Er holte den Schraubendreher heraus und setzte ihn an der unteren Ecke der Tür an. Sie war aus Holz, stabil, das machte nichts. Der Schraubendreher glitt zwischen Tür und Rahmen. Koba hebelte, musste zweimal energisch ansetzen, dreimal. Hinter ihm Toma: »Mach schon.« Der Rahmen knackte, und endlich gab die Tür knirschend einen Spalt frei, Koba drückte sie auf. Die beiden Männer schlüpften ins Haus hinein. Kein Laut war zu hören. Kein Kindergeschrei, kein Hund.

Sie nickten sich zu, die Aufgaben waren klar verteilt. Toma ging nach oben zu den Schlafzimmern, dort hatten die Frauen ihren Schmuck, meistens in der Kommode, hinter den Strümpfen und zwischen der Unterwäsche. Überall war es das Gleiche, in Tiflis, in Olmütz, in Cottbus, in Berlin: Wenn sie wertvollen Schmuck hatten, lag er hinter der Unterwäsche. Manchmal fanden sie auch was in der Schublade des Schminktischs, doch das war bloß Strass, Modeschmuck, der war nichts wert.

Koba blieb unten im Wohnzimmer. Er wusste, was zu tun war, zog die Schubläden der braunen Schrankwand auf, kippte den Inhalt auf den Boden, fächerte die Mappen, Broschüren, Ordner auf. Die Deutschen waren gut sortiert, das musste er ihnen lassen, gerade hier am Stadtrand. In der dritten Lade fand er einen Stapel Geldscheine, Euros: Fünfziger und Hunderter. Er steckte ihn ein, suchte weiter. Manchmal hatten sie auch Franken und Dollars. Sie legten gern Vorräte an, wie Eichhörnchen, vor allem die älteren Leute. Er hatte auch schon Stapel mit alten deutschen Geldscheinen gefunden, Deutschmark, doch die nahm ihm keiner ab. In der Anrichte daneben: eine Schatulle mit einer Armbanduhr und ein goldenes Dupont-Feuerzeug. Er verstaute sie in seiner Brusttasche. Ein guter Tag.

Der Raum war still, als hielte er den Atem an. Koba fühlte sich beobachtet, seine Nackenhaare waren empfindlich, neuerdings hatten viele Leute Überwachungskameras installiert, die auf Bewegungen in der Wohnung reagierten und die Aufnahmen auf ihre Handys spielten. Er beeilte sich, mehr als zwanzig Minuten wollte er nicht aufwenden, trotzdem war er gründlich. Die Deutschen waren es auch. Nachher musste er noch in der Küche die Töpfe checken, manche Frauen hatten auch da ihren Schmuck gebunkert, im Römertopf oder in einer großen Suppenterrine. Jetzt nahm er sich erst mal den Schreibtisch in der Ecke vor, zog eine Lade nach der anderen auf, und wenn eine Lade klemmte, riss er sie mit einem Ruck heraus. Papierstapel kamen ihm entgegen, Geschäftsbriefe, Rechnungen, Steuersachen, Quittungen, zwei alte iPhones, Ausweise, Reiseprospekte, Kataloge, er schüttelte den Kopf, weg damit, alles auf die Couch. Toma kam die Treppe herunter und nickte ihm zu, es war Zeit. Sie schauten noch in der Küche nach, fanden nichts. Koba nahm sich eine Banane aus der Obstschale, er hatte noch kein Frühstück gehabt.

Ein Auto röhrte die Straße hoch, sie gingen zurück ins Wohnzimmer, zogen die Terrassentür auf, schlüpften nach draußen. Auf dem Rasen brachte sich eine Amsel in Sicherheit und begann zu schimpfen. Die beiden Männer schlichen am Haus entlang, durchs Gartentor, der Benz wartete zwei Häuser weiter.

Sie stiegen ein, Levan gab Gas, wenig später waren sie

zurück auf der Hauptstraße. *Deutsche Küche, Biergarten im Hof*, Anglerbedarf, Mehlwürmer 1,50 Euro, Maden 50 Cent. Hinter dem Ortsausgang Malchow standen die Strommasten in staubigen Windböen. Die Flügel der riesigen Windräder pflügten durch die Luft.

»Gute Arbeit«, sagte Toma und zeigte auf seine Brusttasche.

Koba nickte und holte den Stapel Fünfziger und Hunderter aus seiner Tasche, fuhr mit dem Daumen durch die Scheine.

Er nahm sich eine Zigarette, suchte das Feuerzeug, ließ eine Flamme aufspringen und zündete sich die Zigarette an. Seine Hand war ruhig. Er ließ das schwere goldene Feuerzeug durch seine Finger gleiten.

»Legst du zurück«, sagte Toma. »Das geben wir ab. Wir geben alles ab. Mit meinem Onkel machst du keinen Ärger.«

Koba steckte das Feuerzeug in Tomas Brusttasche, zu den Geldbündeln, zu den Ketten und Armbändern, zur Armbanduhr. Er schaute auf die Beute. Da lagen zwölftausend Euro Minimum, er bekam für seinen Einsatz fünfhundert Euro auf die Hand. Er lächelte den Neffen an.

»Weiße Zähne, schwarzes Herz«, sagte Toma. »Will nicht wissen, was du denkst.«

Sollte er nur reden. Koba dachte an die Gassen in Tiflis, an die Wälder in Kanada. Da wollte er hin, nach Kanada. Er hasste Berlin. Noch siebzig Häuser, zwei Monate.

2 Romina Winter stand unter der Dusche, zog die Schultern hoch, legte den Kopf in den Nacken, das heiße Wasser floss über ihren Bauch und ihre Beine. Sie spuckte einen dünnen Strahl aus und wurde allmählich wach. Sie atmete aus. In der Nacht war sie so heftig gekommen wie seit Monaten nicht, dem Sommer sei Dank. Der Kerl lag in ihrem Bett und schlief, ein richtig guter Mann, sie musste ihn trotzdem gleich vor die Tür setzen. Bullenschicksal. Nimm ihn mit ins Bett für eine Nacht, aber lass ihn nie in dein Herz.

Sie tappte mit nassen Füßen in die Küche, stellte das Kaffeekännchen auf die Gasflamme, trank ein Glas Wasser aus dem Hahn, rieb sich die schwarzen Haare trocken. Sie liebte ihre Haare, schwer und schwarz wie die Nacht. Danke, Mama, gut gemacht. Sie kochte zwei Eier, schnitt Brot, stellte Teller hin, Butter, legte Messer und Eierlöffel dazu, Salz, strich sich eine nasse Strähne aus dem Gesicht. Sein Name fiel ihr wieder ein, Felix. Sein Mund, die weichen Lippen, Anflug von Bart, sein gespannter Rücken, als sie miteinander taten, was getan werden musste. Sie waren nicht die Einzigen in der Nacht, die miteinander schliefen, das Fenster zum Hinterhof stand offen, und ein anderes Paar war auch gut dabei, wahrscheinlich Amerikaner, die Frau kriegte sich gar nicht mehr ein. *Oh my god, oh my god.* Felix ließ sich Zeit. Ihre Großmutter sagte immer: »Geduld ist der Schlüssel zum Paradies.« Ihre Großmutter kannte das Leben, sie saß den ganzen Sommer auf der Türschwelle in der Harzer Straße und rauchte ihre Zigaretten.

Rominas Handy klingelte, es war ihre Mutter. »Mama, schrei nicht so«, sagte Romina und behielt das Kaffeekännchen auf der blauen Gasflamme im Auge. »Ich bin grad erst aufgestanden.«

»Sie ist nicht nach Hause gekommen«, sagte Rominas Mutter. »Deine verrückte kleine Schwester. Du musst sie suchen gehen. Du bist bei der Polizei. Ihr alle müsst sie suchen, deine Leute. Kannst du das machen? Sag Ja.«

»Klar, ich habe heute eh nichts vor«, sagte Romina. »Ich habe frei. Ich finde Sanda und bringe sie nach Hause.« Sanda hatte noch ihr Zimmer bei den Eltern und saß meistens im Wohnzimmer vor dem Fernseher, doch manchmal zog sie los, dann musste jemand sie suchen gehen, und das war Romina, die große Schwester, die tolle Schwester, die als erste Romni die Polizeiakademie Berlin abgeschlossen hatte.

»Ich habe die Nacht nicht geschlafen«, sagte ihre Mutter. »Immer auf sie gewartet. Weißt du, wie das ist? Man dreht sich nach rechts, man dreht sich nach links, die Ohren sind wach und lauschen, ob sie kommt. Und sie kommt nicht. Sie kommt nicht. Was ist mit ihr los? Was soll ich denn tun?«

»Mama, schrei nicht so«, sagte Romina. »Wird schon nichts passiert sein. Ich habe auch nicht viel geschlafen, aber erzähle ich dir nachher. Was hat Sanda denn an?«

»Musst du nicht erzählen, dass du nicht geschlafen hast«, sagte ihre Mutter und seufzte. »Weiß ich doch, du hast einen Mann im Bett. Romina hat immer einen Mann im Bett. Was ist aus meinen Mädchen geworden? Wie soll ich dir sagen, was sie anhat? Ihre rote Trainingshose mit den drei Streifen, glaube ich, weiße Sportschuhe. Ihre Jacke ist noch da, gestern war es warm.«

»Ich finde sie und bringe sie zu dir nach Hause, versprochen«, sagte Romina und legte auf.

Zehn Minuten später weckte sie Felix, kitzelte seine Knie, bis er die Augen aufschlug. Er hatte Wimpern bis zum Anschlag.

»Aufstehen«, sagte sie. »Es gibt Frühstück. Kaffee, Eier, Brot und Butter. Ich würde gern den Rest des Tages mit dir im Bett bleiben, aber das geht nicht, ich muss meine Schwester suchen. Wir können noch zusammen frühstücken, wenn du dich beeilst.«

Felix war nicht so gesprächig früh am Morgen, nicht so lustig wie am Abend, nicht so nah wie in der Nacht, doch sie mochte es, wie er den Kaffee trank, wie er kaute und dabei aus dem Fenster sah. Wie er sie anschaute und lächelte, das mochte sie.

»Du musst deine Schwester suchen«, sagte er.

»Sie ist ein bisschen komisch«, sagte Romina und leckte einen Rest Marmelade von ihrer Fingerspitze. »Sie wandert gern in der Gegend herum, steht vor dem Edeka und lächelt die Leute an, damit sie ihr einen Euro geben. Das ist Sanda. Manchmal steht sie am Landwehrkanal und unterhält sich mit den Krähen, dann vergisst sie es, nach Hause zu kommen, meine Mama dreht durch, und ich muss sie suchen.«

Felix nickte, trank seinen Kaffee aus, reckte sich. »Alles gut«, sagte er. »Ich hoffe, du findest sie bald.«

Der Moment des Abschieds war heikel, wie immer. Ihn noch mal anfassen? Diese Umarmung mit Rückenklopfen, als hätte man nichts miteinander gehabt? Wie viele Männer hatte Romina so an die Tür gebracht? Irgendwann hatte sie aufgehört zu zählen. Bei dem hier war es anders. Felix. Romina fasste nach ihm, als er in der Tür stand und ihr Glück wünschte für die Suche, sie küsste seinen Hals. Für einen

Moment war die ganze Nacht wieder da, der dunkle warme Atem der Nacht, ihrer beider Atem, der rascher und heftiger wurde, hinaustrieb in den Hinterhof und aufstieg in den Himmel über dem Tempelhofer Feld.

3 Die Nachtigallen sangen am Waldrand, und Jacques Lippold war frei. Ein warmer Abend in der Kleingartenkolonie Birkenhöhe bei Bernau. Vorne lief der Börnicker Landweg nach Bernau und Berlin, die Autobahn nach Prenzlau und Hamburg und die andere nach Stettin waren nah, er hörte das unablässige Rauschen der Autos, als er die Beete, die Apfelbäume und die Hecke des Gartens wässerte.

Lippold wollte nicht nach Stettin, auch nicht nach Hamburg. Er wollte abtauchen. Ausschlafen. Niemand sollte ihm sagen, was er zu tun hatte. Wollte nicht mehr vor jeder Tür warten, bis er durchgeschlossen wurde. Vor zwei Tagen hatten sie ihn aus Tegel entlassen. Zweieinhalb Jahre hatten sie ihm gegeben, für nichts und wieder nichts. Ein paar Jahre lang hatte er für seinen Chef mit Luxusfahrzeugen aus Polen und Tschechien, später mit Playstations und Speicherchips gehandelt. Je kleiner und teurer die Waren, desto besser. Man wusste ja gar nicht, wohin mit den Autos, wohin mit dem Kleinkram, all das interessierte ihn nicht. Lippold ging es um die Vorsteuer. Die ließ er sich vom Staat erstatten, für jedes Fahrzeug, jeden Chip, das war sein gutes deutsches Steuerrecht. Sein Chef hatte Jura studiert und Lippold alles genau erklärt. Sechzig Prozent für mich, vierzig für dich, halt dich ran. Dass Lippold die Umsatzsteuer, die er zurückforderte, nicht entrichtet hatte, fiel nicht auf. Das Karussell drehte sich weiter. Je teurer die Waren, mit denen er handelte, umso höher die Steuer. Die Jungs vom Finanzamt kamen kaum hinterher mit den Zahlungen. Lippold kassierte, bis die Ämter und Banken doch misstrauisch wurden, dass er quasi aus dem Nichts Riesenumsätze erzielte. Nach einem halben Jahr tauchte er ab und machte woanders weiter. In einem anderen europäischen Land. Mit Reisepass und Vollmachten ausgestattet, installierte er Briefkastenfirmen, schuf in Belgien, Litauen, Slowenien und auf Malta Büros, die nie einen Telefonanschluss sahen und in denen sich keine Sekretärin jemals die Fingernägel lackierte. Die Europäische Union war groß, es waren fette Jahre, dabei war er nur ein kleiner Player. Batman, Rolex, Doctor, das waren die großen Namen in seiner Branche, die räumten richtig ab. Je mehr Leute Ware und Umsatzsteuer kreisen ließen, umso länger dauerte es, bis man ihnen auf die Schliche kam. Lippold musste keine Millionen scheffeln. Er wollte nur sein Stück vom Kuchen.

»Bruder«, hatte ihm sein Chef gesagt, »wenn sie dich hochnehmen, sind die Einnahmen futsch.« Deshalb wurden sie über eine Plattform in Hongkong abgewickelt. Dort lagen sie jetzt immer noch, und er kam nicht an sein Geld heran. Zweieinhalb Jahre hatte ihm die Sache eingebracht. Zweieinhalb Jahre bei Reis mit geschmorter Paprika. Seine Anzüge, Hemden und Schuhe lagerten in der Wohnung seiner Mutter in Hohenschönhausen. Sein früherer Chef residierte in Paris und ließ sich mit dem Bugatti durch Saint-Germain fahren.

Er hatte zweieinhalb Jahre lang gesessen, Eisen gepumpt, viel gelesen, im Hof mit den anderen Tischtennis und Handball gespielt, die Wolken draußen, oben im Himmel angeschaut. Die Belegschaft in seinem Trakt wechselte ständig, fast alles Ausländer. Araber, Russen, Türken, Litauer, Sinti und Roma, ein paar Deutsche darunter. Viele zogen weiter nach Heidering, Lippold blieb. Mit den meisten Männern kam er zurecht, und wenn nicht, dann zeigte er klare Kante. Schlug sofort zu, wenn man ihm blöd kam. Schlug hart zu, am besten auf die Zähne, da waren sie alle empfindlich. Das sprach sich herum. Man respektierte ihn, er saß die Zeit im Grunde auf der linken Arschbacke ab, aber es waren zweieinhalb Jahre ohne Bier.

Einige Parzellen weiter unten in der Kolonie machten sie Party, die Beats von Gigi D'Agostino pumpten durch die warme Luft. Stimmengewirr, Lachen, ein hochschießendes Kreischen, Flaschenklirren. Der Garten seiner Mutter sah immer noch aus wie damals. Die Johannisbeersträucher, Stachelbeeren, ihre Rosen, die Kirschbäume und die Apfelbäume waren weitergewachsen, als er weg war. Seine Mutter hatte keinen Handschlag getan.

Lippold legte den Schlauch zurück, öffnete die Gartentür und ging den Kiesweg hinunter. Die Musik wurde lauter, als er sich der Party näherte, die Stimmen deutlicher. Zwei Männer standen vor der niedrigen Hecke, unterhielten sich und rauchten. Lippold grüßte. Sie nickten ihm zu. Im Garten saßen sieben, acht Leute um eine Feuerschale, die Funken stoben in die Luft, die Gesichter der Leute waren im Widerschein des Feuers nur undeutlich zu sehen.

Lippold blieb stehen. »Kriegt man hier ein Bier?«

Die beiden Männer auf dem Kiesweg schauten ihn an. Junge, glatte Gesichter, Baseballkappen, Tätowierungen auf Armen und Beinen, Schriftzüge in Fraktur, schwere Schultern, Handwerker vermutlich, Brandenburger.

»Plischke«, rief der eine über die Hecke. »Hier fragt einer, ob er ein Bier kriegen kann.«

»Soll reinkommen, aber schön die Füße abtreten.«

Lippold ging rein.

Im Bau hatte er immer sofort gewusst, wer der Anführer einer Gruppe war. Das Gestirn, um das die anderen kreisen. Dort hatte er gespürt, an wen er sich wenden musste. Wenn der Chef einen akzeptierte, kriegte er mit den anderen keinen Ärger. Wenn es Probleme gab und der Chef von ihm auf den Rüssel bekam, dann kuschten die anderen. Lippold war schon immer für klare Verhältnisse. Er lächelte, als er zu ihnen trat. Plischke saß breitbeinig in einem Gartenstuhl, eine Baseballkappe ins Genick geschoben, neben sich hatte er einen Kasten Bier. Vier Männer in Gartenstühlen, einer stocherte im Feuer, zwei Frauen am Swimmingpool, eine tanzte auf der Terrasse, ein wehendes Kleid vor dem Büfett.

»Abend in die Runde«, sagte Lippold. »Ich dachte, ich sag mal Hallo, hab den Garten weiter oben. Ich habe schon den ganzen Abend einen trockenen Mund, die Zunge klebt am Gaumen.«

»Das ist nicht schön«, sagte Plischke und nahm einen Schluck aus seiner Flasche.

»Das ist überhaupt nicht schön«, sagte Lippold. »Ein Bier könnte helfen.«

Plischke langte in den Kasten, holte eine Flasche heraus

und warf sie Lippold zu. Der fing sie auf und öffnete sie mit den Zähnen. Das konnte er, seit er zwölf war. Früher, im Reichsbahnbunker Reinhardtstraße, mit siebzehn, hatte er jede Flasche mit den Zähnen aufgeknackt, jetzt war er sechsundvierzig und musste aufpassen. Mit einem hohlen Zahn ist keine Nuss zu knacken. Doch so ein Auftritt lohnte sich immer. Er spuckte den Kronkorken in die Luft, fing ihn auf und steckte ihn ein.

Die Frauen am Pool hoben die Köpfe. Die Männer am Feuer sahen ihn an. Plischke in seinem Gartenstuhl sagte: »Respektchen. Macht auch nicht jeder.«

»Wohlsein«, sagte Lippold und setzte die Flasche an. Das Bier war kühl und gut. »Außerdem, gratuliere natürlich, wenn hier jemand Geburtstag hat.«

Sie kamen ins Gespräch. Einer der Männer erinnerte sich an ihn, vor Jahren hatte er mal die Schubkarre geliehen, als er eine Ladung Muttererde angeliefert bekam. Länger nicht hier gewesen, aber heute Abend mal wieder da, und da habe er die Musik gehört. Zu laut? Ach was. Wo man singt, da lass dich nieder. Mama lauda. Eine Frau drehte die Musik lauter.

Sie lachten. Die Frauen sagten, es sei noch Kartoffelsalat da, Würstchen, Buletten, falls er Hunger habe. Die im wehenden Kleid zeigte ihm das Büfett.

»Das machste aber nicht oft mit den Zähnen, oder?«

»Nur für Freunde«, sagte er.

»Ach, so einer biste.«

Er nahm sich Kartoffelsalat, zwei Buletten. Ließ es sich schmecken. Sie zeigte ihm den Garten, die jungen Tomaten im Gewächshaus, dann setzte er sich zu den anderen ans Feuer, bekam ein zweites Bier. Das machte er mit dem Feuerzeug auf, und das war für die anderen auch völlig in Ordnung. Sie stießen an, lachten. Plischke mochte ihn, das spürte Lippold. Die Frauen schauten ihn an, seit zweieinhalb Jahren war er Frauen nicht mehr so nah gewesen.

Das dritte Bier, das vierte, dann hörte er auf zu zählen, musste sich ranhalten. Über sich hatte er den Sternenhimmel, am Waldrand die Nachtigallen, hier am Feuer sangen sie selbst. Über sieben Brücken musst du gehen. Dann spielten sie noch mal den Track von Gigi D'Agostino, und alle hoben die Bierflaschen hoch und sangen lauthals: »Deutschland den Deutschen, Ausländer raus.« Sie wurden nicht müde, die Zeile zu wiederholen, und Lippold sang mit, es tat ihm gut. Die Libanesen rausschaffen, die Marokkaner, die Russen, die Türken und die Syrer, die Polen und die Litauer, das Kroppzeug, das Diebsgesindel und den Abschaum, mit dem er gesessen hatte.

4 Sieben Stunden dauerte es, bis Romina ihre Schwester fand. Sieben Stunden lang fuhr sie durch die Stadt, suchte in den Seitenstraßen des Viertels, fragte in Supermärkten und Spätis, schaute in die Hauseingänge und Hinterhöfe der Nachbarschaft, fand sie nirgends, weitete die Suche aus, lief durch die Hasenheide bis zum Südstern, fand sie nicht, fuhr weiter die Straßen ab, und in diesen sieben Stunden brannte die Sonne auf der Haut der Stadt. Die Hitze kroch in die Häuser, nistete im Asphalt, flirrte auf dem Wasser des Landwehrkanals. Romina folgte seinem Lauf hinein in die Stadt, am Halleschen Tor vorbei, am Gleisdreieck und Potsdamer Platz, es war wie immer, wenn Sanda verschwand. Romina war die große Schwester, sie musste sie finden.

Zu Mittag aß sie einen Teller Graupensuppe bei Staroske. Sie schwitzte. An den Stehtischen neben ihr löffelten die Leute Erbsensuppe. Romina ließ sich Zeit. Sie wusste nicht weiter. Ihre Mutter rief an: »Was ist denn nun? Wo ist sie?«

»Keine Ahnung«, sagte Romina. Draußen liefen die Frauen in Tops mit Spaghettiträgern, Shorts und schweren Boots herum. »Wenn ich sie bis heute Abend nicht finde, rufen wir die Polizei.«

»Polizei«, sagte ihre Mutter. »Du bist selbst Polizei, du musst sie finden. Sie hat wahrscheinlich vergessen, wo sie wohnt. Warst du auf dem Friedhof? Frau Rosenberg haben sie auf dem Friedhof gefunden. Sie ist dement. Sie haben ihr ein Schild gemalt, auf dem steht, wo sie hingehört.«

»Frau Rosenberg ist achtzig«, sagte Romina. »Sanda ist zweiundzwanzig. Die ist nicht dement, die lebt bloß in einer anderen Welt.«

»Sie lebt in einer anderen Welt, ganz genau, deshalb musst du sie finden, und nicht erst heute Abend.« Die Stimme ihrer Mutter war schrill und vorwurfsvoll.

Romina brachte den leeren Teller zur Geschirrablage und ging nach draußen. Auf der Kurfürstenstraße standen die Roma-Mädchen aus Bosnien und blickten zur Seite, als Romina vorbeifuhr. Hier in der Gegend hatte sie vor Jahren Graffiti-Sprayer observiert. Keine Lauer, auf der sie nicht gelegen hatte. Sie war schnell gewesen, im Sprint konnte sie jeden kriegen, auch die drahtigen, geölten achtzehnjährigen Kerle. Jetzt fühlte sie sich alt, bald wurde sie dreißig. Die Nacht mit Felix lag wie in ferner Vergangenheit, hinter sieben Bergen.

Sie fuhr am Zoologischen Garten vorbei, manchmal stand Sanda dort am Eingang und lauschte den Schreien der Affen. Heute nicht. Dann die Kantstraße entlang, nach Charlottenburg hinein, gelegentlich stellte sich ihre Schwester in die Fußgängerzone und bettelte die Passanten um Münzen an. Dabei hatte sie Geld. Romina gab ihren Eltern und ihrer Schwester genug von ihrem Gehalt ab, dass sie alle über die Runden kommen konnten. Die Leute schleppten sich durch die sengende Hitze. Der Karstadt hatte endgültig geschlossen, die Schaufenster waren ausgeräumt, die Verkaufsräume leer. Auf den Stufen des Seiteneingangs hatte ein Obdachloser seine Habseligkeiten und eine Matratze ausgebreitet. Er selbst war nicht da. Ihre kleine Schwester auch nicht. Romina konnte überall suchen, im Wedding und in Reinickendorf, in den Quartieren des Ostens, stundenlang, und doch vergeblich. Ihre Schwester war in irgendeiner Pore der Stadt verschwunden. Das kam vor. Leute verschwanden in Berlin, Kinder und alte Leute, junge Frauen und Touristen, und wurden erst Tage später aufgefunden, verängstigt, verwirrt. Rominas Kollegen hatten davon erzählt. Bei vier Millionen Einwohnern gab es immer Schwund, das ließ sich nicht vermeiden. Das verstand sie. Aber doch nicht ihre eigene Schwester.

»Dein Vater fragt nach ihr«, sagte ihre Mutter am Telefon, als sie das nächste Mal anrief. »Ständig fragt er nach ihr. Völlig runter mit den Nerven, als wäre das seine Schuld.

Er raucht wieder. Steht wieder mit den Händlern auf dem Platz und erkundigt sich, ob sie was gesehen hätten. Als ob die etwas wüssten.«

»Die wissen nichts«, sagte Romina. »Die wissen nie was, die verkaufen bloß ihre Autos.«

»Sie muss doch was essen«, sagte ihre Mutter. »Sanda hat irgendwann Hunger, das muss sie doch merken. Sie muss was trinken in dieser Hitze. Ich habe alle Leute angerufen, die sie kennt. Sie haben sie nicht gesehen.«

Um halb zehn wurde es allmählich dunkel, doch es blieb ungewöhnlich warm. Romina war wieder am Landwehrkanal, wo die Krähen hausten. Sanda liebte Krähen. Sie behauptete, sie verstehe die Sprache der Krähen. Die Wege am Kanal waren knochentrocken. Die Krähen ließen sich nicht blicken. Keine Spur von Sanda.

Am alten Bahndamm in Treptow fand sie ihre Schwester schließlich. Fast wäre sie an ihr vorbeigefahren. Der Bahndamm war vor Jahren aufgegeben, die Gleise entfernt worden, oben lief ein schmaler Pfad, an dessen Rändern die Dealer auf Kundschaft warteten. An den Abhängen des Bahndamms hatten sich junge Birken und Sträucher angesiedelt. Da lag jemand unter einem dürren Gebüsch, nur die Beine und Schuhe ragten hervor. Eine rote Trainingshose mit drei Streifen, weiße Sportschuhe.

»Tu mir das nicht an«, sagte Romina. Sie bremste, stieg aus, ließ die Autotür offen, rannte den Abhang hinauf. Es war Sanda. Sie lag unter dem Gebüsch, regte sich nicht. »Tu mir das nicht an, Schwester.«

Romina fasste ihr an den Hals. Er war noch warm. Sie drehte den schweren Körper zu sich und erschrak. Das Gesicht war blutig zerschlagen. Das linke Auge aufgequollen, ein roter Wulst. Ihre Hände waren eiskalt. Doch sie atmete.

Romina wollte nicht auf einen Rettungswagen warten. Sie rief die Dealer, die oben auf dem verlassenen Damm zu dritt unter einem Baum standen. Einer von ihnen kam herunter und half ihr, Sanda ins Auto zu bringen. Sie legten den schlaffen Körper auf die Rückbank, und Romina fuhr zur nächsten Notaufnahme.

5 Hinter Lindenberg beschleunigte Levan. Der Benz ging umstandslos auf hundertzehn Stundenkilometer, sie überholten fünf Autos, Levan wollte sichergehen, dass niemand ihnen folgte. Sie waren vorgewarnt. Deutsche Polizei war selten zu sehen, doch das hieß nichts, manchmal waren sie in Zivilfahrzeugen unterwegs. In Georgien, in der Ukraine, in Polen sah man ständig Polizisten, an jeder Straßenecke hockten sie in ihren Autos, winkten einen raus und hielten die Hand auf. In Deutschland sah man sie nicht, und wenn man sie sah, war es zu spät.

Eine Reihe von Strommasten wischte an ihnen vorbei, auf den Äckern dahinter Windräder. Linker Hand ging es runter nach Schwanebeck und Bernau, Levan fuhr geradeaus, drückte aufs Gaspedal, kaute auf seiner Unterlippe. Auf der Autobahn wechselte er abrupt die Fahrspuren, ging nach links auf die Überholspur, dann zog er scharf nach rechts auf die Standspur, wurde langsamer, schaltete die

Warnblinker ein, rollte aus. Wenn jemand sie verfolgt hatte, war er jetzt an ihnen vorbei.

Levan fädelte sich wieder in den Verkehr ein, die anderen Autofahrer bremsten ab, hupten. Hinten auf der Rückbank hatten Koba und Toma die Köpfe zurückgelehnt und rauchten, die Arme ausgestreckt.

»Hoffentlich zahlen sie uns heute noch aus«, sagte Koba. »Ich brauche das Geld, mein Mädchen wartet. Die schreibt mir fünfmal am Tag: Koba, Schatz, wo ist das Geld, hast du die Überweisung gemacht. Ich schreibe: Hab überwiesen, das Geld wird kommen. Sie schreibt: Koba, deine kleine Prinzessin weint. Dazu schickt sie mir ein Herz, aus dem Tränen rinnen. Woher haben die Frauen das? Die schickt mir ständig solche Bilder.«

»Du kriegst dein Geld«, sagte Toma. »Mein Onkel vergisst uns nicht. Wir liefern ab. Wir machen einen soliden Job. Heute noch eine Muschi, dann fahren wir nach Berlin, und du kriegst dein Geld. Deine kleine Prinzessin auch.«

Koba machte nicht gern zwei Häuser hintereinander, er brauchte Pausen. Seine Hände brauchten Ruhepausen. Neuerdings sollten sie drei Häuser am Tag machen, drei Muschis, durch die Hecke reingehen, die Tür aufstemmen, rein ins Haus, nach zwanzig Minuten wieder raus, das musste reichen. Immer diese Eile. Man will doch auch seinen Spaß haben, mal Chips aus der Küche holen, sich auf die Couch setzen, den Fernseher anmachen, die Füße hochlegen. Früher hatte er Tage in den Häusern verbracht, wenn die Leute auf Urlaub waren. Aber jetzt stand Levan nach zwanzig Minuten mit dem Benz vor der Tür, und sie mussten weiter.

»Weißt du, wo ich hinwill?«, sagte Koba. »Kanada. Die haben alle Geld ohne Ende. Das niedrigste Einkommen da drüben sind dreißigtausend Dollar. Minimum. Und die lassen ihre Türen offen in Kanada. Die schließen nicht ab wie hier in Deutschland. In Kanada sind sie nett zu dir. In Amerika erschießen sie dich, wenn du ins Haus kommst. In Polen schlagen sie dich tot, wenn sie dich erwischen. In Kanada lassen sie die Türen offen und küssen dir den Schwanz, wenn du reinkommst.«

»Dann schickt dir dein Mädchen noch mehr weinende Herzen, wenn du da drüben bist«, sagte Levan. »Was soll ich in Kanada? In Kanada fahre ich mir den Arsch ab bis zum nächsten Haus. Mein Onkel plant hier mit mir, der zieht was in Europa auf. Großes Business.«

»Ich hole sie nach«, sagte Koba. »Wenn ich genug Geld habe, hole ich sie nach, dann putzt sie die Wohnung, kocht was zu essen, und ich habe immer einen warmen Hintern im Bett. Europa ist krank, siehst du doch. Das wird nichts mehr.«

Levan fuhr von der Autobahn ab, Richtung Hellersdorf. Am Horizont tauchten die weißen Blöcke der Hochhäuser auf, zwanzig, dreißig Stockwerke, winzige Fensterreihen, Block an Block, wie am Rand von Tiflis. Das war Koba schon nach drei Wochen klar gewesen: Berlin war auch nicht besser als Tiflis, nicht besser als Warschau oder Minsk. Mehr Farbe auf den Fassaden, das ja. Trotzdem waren es Plattenbauten, Kartons mit lauter kleinen Schachteln, alle Aufgänge und alle Wohnungen gleich, und wie in Tiflis, Warschau und Minsk waren die Fahrstühle kaputt, die Leitungen marode, die Wände dünn, man hörte das Husten der Nachbarn. Kannte er von Tiflis, brauchte er nicht mehr. Er wollte nach Kanada, und dazu brauchte er Startkapital. Gute Pässe waren teuer.

Sie rollten vor dem Parkplatz eines Baumarkts aus. Levan stellte den Motor ab. Sie blieben im Auto und rauchten, schauten sich den Parkplatz an. An den Laternen hingen Wahlplakate. *Dein Nachbar wählt uns auch.* Familienväter luden Farbeimer, Drahtrollen, Rasendünger in den Kofferraum ihrer Autos. Hier hatte jeder einen neuen SUV. Könnte man sich ja mal freuen. Wer in Tiflis einen SUV hatte, der freute sich. Die Deutschen sahen immer biestig aus. Die Taschen voller Geld, dicke Autos, glatte Straßen und ständig schlechte Laune.

»Ulmenstraße 2a«, sagte Levan und schaute auf sein Handy. »Private Muschi. Kleiner Garten hinten, da sieht euch niemand. Die Leute sind weg, aber ihr klingelt vorher.«

Koba und Toma stiegen aus und gingen über den Parkplatz zur Ecke Ulmenstraße. Sie hatten es nicht eilig, sie schauten sich nicht um. Keiner achtete auf sie. Sie waren einfach zwei sehnige Typen, Anfang zwanzig der eine, Anfang dreißig der andere. Der eine in Tarnfleckenhose und T-Shirt, quer darüber ein Gurt mit Brusttasche. Der andere mit Baseballkappe und Cargo-Hose, Turnschuhe, unter der Achsel eine kleine Tasche. Alle Männer am Stadtrand sahen so aus. Sie gingen nebeneinander, unterhielten sich, bogen ab in eine Seitenstraße, ein Neubaugebiet, hier wohnten noch nicht viele. Hinten am gelben Einfamilienhaus mit dem halbhohen Lattenzaun klingelten sie. Als niemand aufmachte, gingen sie ums Haus herum zur Terrasse. An die Arbeit.

6 Plischke lief am Tag nach der Party mit einer Schüssel Kartoffelsalat durch die Kleingartenkolonie und traf Lippold auf dem Espenweg. Lippold war mit einer Schubkarre unterwegs. Zehn Uhr morgens, die Sonne war da, ein schmaler Wind in den Kirschbäumen, die Sperlinge zwitscherten, zwei Gärten weiter mähte jemand seinen Rasen. Der Mann von der Fäkalienabfuhr arbeitete sich mit seinem Laster von Parzelle zu Parzelle.

Lippold hatte das letzte Bier des Abends nicht gut vertragen. War einfach nicht mehr daran gewöhnt nach den zweieinhalb trockenen Jahren im Bau. Sieben, acht Biere, die hatte er früher weggesteckt wie nichts, jetzt hatte er Kopfweh.

»Morgen«, sagte Plischke. Sein Gesicht sah blank und munter aus. Er hielt den Kartoffelsalat hoch. »Der ist übrig. Wollte ich dir über den Zaun reichen, falls Interesse vorhanden. Habe ich ja Glück, dass ich dich hier treffe. Ich weiß gar nicht, wo dein Garten ist.«

»Danke«, sagte Lippold und nahm die Schüssel. Die kalten Kartoffelscheiben und Gurkenstücke schwammen in Mayonnaise. »War nett gestern, sehr angenehme Runde. Gute Stimmung, kühles Bier.«

»Apropos, davon ist auch noch was übrig«, sagte Plischke.

»Ist mir noch zu früh.«

»Zu früh, ist doch bald Mittag«, sagte Plischke und lachte. »Bei der Sonne tut ein Bierchen ganz gut. Ich meine ja nur. Ehe ich das den Schnecken gebe.«

»Schnecken habe ich auch«, sagte Lippold. »Von den

Erdbeeren haben die nichts übriggelassen. Jetzt sind die Mistviecher im Salat.«

»Weißt du, was ich mit denen mache?«, sagte Plischke. »Ich schneide die mit der Gartenschere durch. Wenn ich eine erwische, mache ich kurzen Prozess. Da kenne ich nichts. Schneckenkorn kannst du vergessen, das kratzt die Brüder überhaupt nicht. Ich hole die Gartenschere, dann hat die liebe Seele Ruh.«

»Werde ich mir merken«, sagte Lippold. Beim Geruch der Mayonnaise zog es sich in seinem Mund zusammen.

Plischke schaute den Rüsternweg hoch. »Wo habt ihr überhaupt euren Garten? Hätte man sich doch früher mal kennenlernen können, beim Arbeitseinsatz oder auf dem Sommerfest.«

Lippold zeigte in Richtung Waldrand: »Weiter oben. Meine Eltern haben den seit Jahrzehnten, aber meine Mutter schafft das nicht mehr, und ich war eine Weile nicht da. Projekt im Ausland, in Dubai. Finanzberatung. Siebzig Stunden, achtzig Stunden die Woche, war aber lukrativ.«

»Finanzberatung bei den Wüstensöhnen«, sagte Plischke und nickte anerkennend. »Nicht schlecht. Wie kommt man dahin?«

»Linienflug, über Frankfurt oder London«, sagte Lippold. »Zahlt die Firma. Zahlen die Araber. Die haben eigentlich nur ein Problem da unten: Die wissen nicht, wohin mit ihrem Geld.«

»Und du kannst ihnen das sagen«, sagte Plischke.

»So ist es«, sagte Lippold. »Das war mein Job. Siebzig Stunden die Woche, und wenn sie wollten, konnten sie mich noch nachts anrufen, wenn sie eine neue Idee hatten.

Und ich sag dir, das machen die auch, die schlafen da unten nicht viel. Die bezahlen einen gut, aber es ist ein Knochenjob. Für die bist du nichts als ein Geldknecht. Nach zweieinhalb Jahren war für mich Ende Gelände. Und jetzt bin ich wieder hier.«

»Mein Schwager macht auch Finanzberatung«, sagte Plischke. »Kann euch vielleicht mal zusammenbringen. Gestern konnte er nicht kommen, aber mit ihm kann man ganz vernünftig reden. Er arbeitet bei der Sparkasse in Bernau.«

»Können wir machen«, sagte Lippold und schaute auf die Schüssel mit dem Kartoffelsalat in seiner Hand. »Jedenfalls danke für den Salat. Ich müsste dann mal wieder.«

Plischke legte zwei Finger an die Schläfe und grüßte.

Lippold räumte den Geräteschuppen auf, kratzte die Regenrinne aus, rückte das windschiefe Gewächshaus zurecht. Es gab genug zu tun. Der Kompost war umzuschichten, die Hecke zu schneiden, vom Unkraut in den Beeten ganz zu schweigen.

Nachmittags hackte er Holz, und mit jedem Axthieb dachte er an seinen Vater. Elektrikermeister, achtzig Stunden die Woche, Urlaub gab es nicht. Er hatte das »Hotel Berlin« am Alexanderplatz verkabelt, erzählte er gern; nach Feierabend und am Wochenende hatte er bei Bekannten Arbeiten unter der Hand erledigt. Sein Vater stand immer unter Hochspannung, nicht nur tagsüber. In jeder Nacht stand er dreimal auf und lief ums Haus, das war seine Macke. Kontrollgang eins, Kontrollgang zwei, Kontrollgang drei. Haustür verschlossen, Fenster zu, Gartentür geschlossen, Kellertür gesichert. Jede Nacht. Hatte einen Kanthaken dabei, falls er einen Einbrecher erwischte.

Lippold schlug mit der Axt zu, dass die Späne flogen. Einmal, er war elf, las er auf der Couch Zeitung, da schoss sein Vater herein, riss ihm die Zeitung weg und schlug ihm mit der Faust ins Gesicht, ohne ein einziges Wort zu sagen. Abends schaufelte sein Vater Bratkartoffeln, nachts musste er die Kontrollgänge machen. War dann auch früh gestorben.

Am Nachmittag klarte es auf, und Lippold machte einen Gang durch den Wald, an den Pferdeweiden entlang und durch die Felder. Er war allein hier draußen. Über den brachliegenden Feldern kreiste ein Habicht. Ein winziger Punkt im Himmel, kaum wahrzunehmen. Doch Lippold wusste: Wenn er seine Beute sieht, schießt er hinunter und schlägt zu.

7 Den ganzen Abend hatte Romina auf der Rettungsstelle verbracht, dann noch zwei Stunden an Sandas Bett gesessen und ihre Hand gehalten. Sanda schlief. Die Ärzte hatten sie notdürftig geflickt, aber gut sah das nicht aus. Romina hatte schon Schlimmeres im Dienst gesehen, Graffiti-Sprayer, die von einer S-Bahn mitgerissen worden waren, Kinder nach einem Hundebiss, Männer nach einer Prügelei auf dem Alexanderplatz. Doch das hier war ihre Schwester, ihre kleine Schwester, die niemandem etwas getan hatte. Wenn sie Sanda nur ansah, musste sie heulen, die Tränen schossen ihr aus den Augen, sie konnte nicht aufhören damit.

Um drei Uhr nachts ging sie nach Hause, schlief ein paar Stunden, allein, kein Mann im Bett, kein Felix mit langen Wimpern, nur das Laken roch nach ihm. Morgens machte sie sich einen Kaffee und ein Brot, dann fuhr sie los zur Zwischenschicht. Kriminaldauerdienst in Lichterfelde, Abschnitt 45, Augustaplatz. Sie hatte sich dorthin versetzen lassen, um eine ruhige Kugel zu schieben. Dienst nach Vorschrift, in einer Gegend mit normalen Menschen, am Samstag einen Ehestreit schlichten, am Montag eine Katze vom Baum holen, am Dienstag einen Einbruch aufnehmen. Von der Innenstadt hatte sie genug, der Adrenalinpegel musste runter. Also Lichterfelde. Sie fuhr den Columbiadamm runter, am Polizeipräsidium am Platz der Luftbrücke vorbei, dann auf die Stadtautobahn, die jetzt am Vormittag längst voll war. Der Kaffee wirkte nicht, und Sandas Gesicht ging ihr nicht aus dem Kopf. Wer macht so was. Wer vergreift sich an einer wehrlosen Frau mitten in Berlin.

Kollege Steinmeier winkte ihr auf dem Parkplatz zu. »Einbruch in der Dürerstraße.«

Das Ehepaar wartete vor dem Haus, Rentner. Das übliche Bild: Die Frau weinte, der Mann stand finster daneben. Romina stellte sich den beiden vor. Kollege Steinmeier ging gleich weiter und suchte nach der Einstiegsstelle.

»Wir waren bei Freunden zum Frühstück, bloß drei Stunden weg, sind eben zurückgekommen«, sagte der Mann. »War mir gleich komisch, als wir aufgeschlossen haben. Der Schirmständer im Flur war umgefallen, und man sah schon, im Wohnzimmer ist alles auf links gedreht. Ich sag zu meiner Frau, wir gehen jetzt nicht weiter rein, wir rufen die Polizei.«

»Sehr gut«, sagte Romina und nickte. »Der Kollege ist schon vorgegangen, der sichert die Spuren. Und wir schauen jetzt gleich mal, was weggekommen ist. Erster Überblick, verstehen Sie. Wenn Ihnen später noch was einfällt, gar kein Problem, das tragen wir nach. Auch für die Versicherung. Sind Sie denn versichert?« Rhetorische Frage, die Leute waren alle versichert, doch fragen musste sie.

Der Mann nickte. »Sind wir. Hatten aber auch Bargeld im Haus. Das zahlt die Versicherung doch nicht.«

Romina sagte: »Kommt drauf an. Müssen Sie mal nachsehen, was im Vertrag steht. Manchmal zahlen die eine Pauschale. Aber wir schauen jetzt erst mal.«

Sie gingen ins Haus. Die Küche war in Ordnung, die Oberflächen glänzten. Alles geputzt. Ordentliche Leute. Ein Glaszylinder mit Geldmünzen, den hatten die Einbrecher nicht angerührt. Hartgeld war den Jungs zu schwer, das kannte Romina schon. In Kreuzberg und Neukölln sammelten die Rentner Pfandflaschen, acht Cent für eine leere Flasche Bier, und hier draußen waren sich die Herren Einbrecher zu fein für Münzen, weil sie nicht in ihre Brusttaschen passten. Im Flur lagen Regenschirme auf den Fliesen. »Sehen Sie, das meinte ich. Da war es mir schon klar«, sagte der Mann.

»Ich will da gar nicht reingehen«, sagte die Frau. »Ich finde das eklig, unfassbar eklig, dass hier Fremde drin waren. Fremde Männer, die alles angrabbeln mit ihren Dreckspfoten. In meinem Haus.«

»Da müssen Sie jetzt durch«, sagte Romina.

»Ich hör wohl nicht richtig«, sagte die Frau. »›Da müssen Sie jetzt durch.‹ Was soll das denn heißen?«

»War nicht so gemeint«, sagte Romina. »Wir haben sechzig, achtzig Einbrüche übers Jahr, jetzt im Sommer fahren wir jeden Tag zweimal raus zu einem Einbruch.«

»Da muss man sich doch nicht drüber lustig machen«, sagte die Frau. »Manfred, hast du das gehört, was die junge Frau eben gesagt hat? Unfassbar, was heutzutage bei der Polizei rumläuft.«

Romina sagte nichts, die Sprüche kannte sie. Der Mann blieb vernünftig, er ging voraus und zeigte ihr, was rausgerissen worden war, wo etwas fehlte. Er vermisste seine Münzsammlung. Hier in Lichterfelde hatten die Leute noch Münzsammlungen in den Schränken. Die Frau war nach oben gegangen, ins Schlafzimmer. Romina folgte ihr. Die Männer hatten alles durchgewühlt, aufs Bett oder auf den Boden geworfen. Handtücher, Bettzeug, Hemden, Strümpfe, Unterwäsche.

»Wie Sodom und Gomorrha sieht das aus«, sagte die Frau.

»Hatten Sie hier Ihren Schmuck?«, fragte Romina. »Fehlt da was?«

Die Frau antwortete nicht, sie stand starr in ihrem Schlafzimmer, schaute auf die Wäscheberge, die Schubladen.

»Können Sie mal nachschauen, ob Schmuck fehlt?«, sagte Romina noch einmal. »Oder andere Wertsachen. Hatten Sie Geld hier oben?« Manche Leute hatten immer noch Geld unter der Matratze, das hatte sie oft genug gesehen. Die Frau schaute Romina an und atmete hörbar aus. »Der Schmuck ist mir egal«, sagte sie. »Das Geld ist mir egal. Aber dass die an meiner Wäsche dran waren, das finde ich abartig. Mit ihren Fingern an meinen Schlüpfern.«

Der Mann kam die Treppe hoch und fluchte leise, als er die Wäscheberge auf dem Bett und dem Fußboden sah.

»Wer soll das denn alles aufräumen?«, sagte er.

»Bevor Sie aufräumen, machen Sie bitte eine Liste, was fehlt«, sagte Romina. »Für die Versicherung. Die ersetzt Ihnen das.«

»Ich räume das nicht auf«, sagte die Frau. »Das kann ich dir sagen. Ich schmeiße das alles weg. Jeden einzelnen Schlüpfer, jeden BH. Ob die Versicherung das zahlt oder nicht, das ist mir egal. Aber ich will keine Unterwäsche, wo die mit ihren Fingern dran waren.«

Steinmeier hatte unterdessen die Einbruchsspuren an der Terrassentür mit Silikonpaste ausgegossen. Die Abdrücke schickte er dann später mit den Fotos vom Garten, der Hecke, der Einstiegsstelle ans Präsidium, mit kollegialen Grüßen. Romina schrieb einen Bericht, und damit war die Sache für sie in Lichterfelde erledigt. Der nächste Anruf kam bestimmt, wenn nicht heute, dann morgen, dann stand wieder ein Ehepaar vor seinem Haus, die Frau in Tränen, der Mann in stummer Wut.

Romina ging in der Pause auf den Parkplatz und telefonierte mit ihrer Mutter.

»Sanda schläft«, sagte sie. »Die Ärzte sagen, sie hat Glück gehabt. Ich scheiße auf Glück, wenn das Glück sein soll. Wer hat das getan, Romina? Ich will das wissen. Der Typ läuft da draußen rum und lacht. Du musst ihn finden.«

»Ich finde ihn, Mama«, sagte Romina. »Ich verspreche es dir. Ich finde ihn.«

8 Am Donnerstag waren sie mit ihrem Benz in Dahlem unterwegs. Koba hatte ein gutes Gefühl. Das Viertel gefiel ihm. Eine gute Gegend, reiche Leute. Stadtvillen mit Gärten vorne und hinten. Hohe Mauern oder Metallzäune, Überwachungskameras an jeder Garageneinfahrt, dahinter lang gestreckte Bungalows oder alte Villen, die Rollläden waren heruntergelassen, hohe Kiefern im Garten dahinter, wenig Einblick.

»Hier ist Kanada«, sagte Toma neben ihm. »Riechst du das? Hier riecht es nach Geld. Heute machen wir eine Muschi, dann ist gut. Ein Griff in den Honigtopf, und wir haben dreißigtausend auf der Tasche.«

Dein Onkel vielleicht, dachte Koba, aber er sagte nichts, sondern schaute auf die Villen, die an ihm vorbeiglitten. In den Seitenstraßen waren kaum Leute unterwegs. Er massierte seine Finger, streckte die rechte Hand aus: Sie war ruhig. Die linke Hand: ruhig.

Levan setzte sie an der Ecke raus. »Beeilt euch. Es ist niemand im Haus, kein Hund. Trotzdem: Beeilt euch. Wenn ihr nicht kommt, bin ich weg, ich kann hier nicht ewig stehen.« Levan machte sich ständig Sorgen. Er hatte Angst, dass sie einkassiert wurden, weil er dann nicht mehr an seinen Stoff kam.

Sie fanden den Einstieg aufs Grundstück an der Stelle, wo der Metallzaun repariert werden sollte, dahinter stand mannshohes Schilf. Toma sprang vor ihm über die Reste des Zauns, verschwand im Schilf und wartete hinter den Büschen auf Koba.

Sie schauten über den Rasen aufs Haus: drei verschachtelte Betonquader mit riesigen Fenstern, Schotterbeete davor. Die Rollläden waren nur halb heruntergelassen. Dahinter massive Metalltüren und Fensterrahmen. Da kam er mit seinem Schraubendreher nicht weit. Die beiden schauten sich an, zogen sich die Arbeitshandschuhe an und liefen über den Rasen, keine Zeit verlieren jetzt. Einige Straßen weiter tönte eine Kirchenglocke. Mittag. Am Haus suchten sie nach Schwachstellen. Jede Kette hat ein schwaches Glied.

Die Entscheidung fiel rasch: Ein kleines Fenster an der Seitenfront war nicht vergittert, Koba holte seinen Kuhfuß heraus und schlug die Scheibe ein, mit einem einzigen, sicheren Stoß. Der Lärm der splitternden Scheibe wurde vom Läuten der Kirchenglocke übertönt.

Koba streckte seine Hand durch die aufgesplitterte Scheibe und legte den Riegel um. Als er seinen Arm zurückzog, riss ihm ein hervorstehender Glassplitter den Unterarm längs auf. Er fluchte. Toma stand neben ihm und sah den langen Striemen, aus dem das Blut rot hervorsprang.

»Wir brechen ab«, sagte er.

»Dein Onkel will seine dreißigtausend, oder?«, sagte Koba. »Wir gehen rein. Ein bisschen Blut schadet nicht. Ich brauche sowieso was zum Abbinden.«

Toma nickte. »Guter Junge. Ich sag es meinem Onkel, er weiß das zu schätzen, verlass dich drauf.«

»Geh zur Terrasse, ich mache dir auf«, sagte Koba und stemmte sich in das offene Fenster. Er sprang ins Haus, die Scherben auf dem Boden knirschten unter seinen Schuhen, sonst war alles still. Er mochte es, wenn Blut floss, es machte ihn wach. Früher hatte er sich geprügelt, bis Blut floss, es machte ihn glücklich. Er schwebte über der Welt, bis die Schmerzen kamen. Außerdem hatte er Lust auf dieses Haus, Lust auf dreißigtausend. Vielleicht schickte Tomas Onkel ihn nach Kanada, wenn er mit ihm zufrieden war. Flug, Pässe, Visum, Verbindungen vor Ort.

Das Haus war nahezu leer. Das Wohnzimmer groß und hoch wie eine Turnhalle, lichtdurchflossen. An der Wand ein Kunstwerk, drei mal acht Meter, eine Collage aus rostigen Schrottteilen, Schienenstücke und Auspuffrohre, die in den Raum hineinragten. Glänzender Parkettboden, am Rande zwei Ledersessel vor einem niedrigen Tisch, ansonsten nichts. Sein Blut tropfte auf den Parkettboden, er brauchte ein Handtuch, um die Wunde abzubinden.

Er lief zur Terrassentür und öffnete sie für Toma.

»Du blutest wie ein Schwein«, sagt Toma. »Bruder, du brauchst einen Verband. Du kleckerst mir alles voll.«

»Wo haben die ihre Handtücher?«, sagte Koba. Seine Stimme war rau, er versuchte zu lächeln. »Du gehst jetzt los und holst den Schmuck von oben, irgendwo haben die auch Geld, Gold. Beeil dich. Ich bin in der Küche.«

Toma rannte los, die Treppe nach oben.

Koba hatte ein Lied im Kopf, in Dauerschleife, er hatte es mit Carla gehört, als sie im Bassiani-Club waren in der letzten Nacht, bevor er nach Deutschland aufgebrochen war. Jetzt saß sie zu Hause, wartete auf seine Überweisungen und schickte ihm Nachrichten: *Wo bist du? Wie geht es? Vermisse dich.* Jetzt saß er in Berlin mit einem blutenden Arm. In der Küche fand er ein Handtuch, zog es fest um den Arm und biss die Zähne zusammen. Es tat weh. Ein einziges Scheißfenster mit einem einzigen Splitter. Er setzte sich auf den Küchenboden, wollte eine rauchen, fand seine Zigaretten nicht, er wartete auf Toma. Bald war das Handtuch nass und rot.

Zehn Minuten, fünfzehn Minuten später war Toma zurück. »Wir müssen los«, sagte er. »Ich habe Schmuck, wird dir gefallen. Steh auf, wir müssen los, Levan wartet nicht.«

»Ich kann nicht.« Koba saß in einer Lache von Blut, er legte die gesunde Hand hinein und zeigte Toma die Innenfläche: helles, klebriges Blut. »Siehst du? Wie soll ich aufstehen?«

Toma zog ihn vom Boden hoch. Keine Diskussionen. Niemand wird zurückgelassen, niemals. Draußen hörten sie den Benz vorfahren, Levan würde eine Minute warten. Eine einzige Minute.

»Koba, du gehst nach Kanada. Du kommst mit. Nur der Weg bis zur Tür, den kannst du machen. Levan bringt uns weg, wird alles gut.«

Koba sagte nichts, fasste mit dem gesunden Arm nach Toma, zog sich hoch, seine Beine zitterten, und sie schafften es aus dem Haus, über den Rasen und bis zum Zaun. Taumelten auf die Straße. Levan stieß die Tür des Benz von innen auf, Koba setzte sich. Sein Gesicht war grau.

Als er zurückschaute auf die Straße, sah er die Blutspur vom Zaun bis zum Gehweg, dunkle Flecken, die in der Sonne rasch trockneten.

9 Sie waren mit Plischkes Schwager in der »Mühle« in Bernau verabredet. Lippold trug ein Holzfällerhemd, seine zehn Jahre alten Turnschuhe, eben hatte er noch Grünzeug weggebracht. Zwei junge Mütter unterhielten sich vor dem Drogeriemarkt gegenüber. An den Laternenpfählen hingen Wahlkampfplakate: *Unser Land zuerst*. Drei Jugendliche saßen im Schatten über ihre Handys gebeugt. Ein anderes Plakat verkündete: *Bargeld ist Freiheit*.

Plischke stellte Lippold als Gartenfreund vor und erzählte, er sei zwei Jahre lang als Finanzberater in Dubai tätig gewesen.

»Mensch, Dubai«, sagte Plischkes Schwager und gab ihm die Hand. »Da wollte ich auch immer mal hin. Ich bin Rico. Bleiben wir doch gleich beim Du.«

Rico trug die blonden Haare straff zurückgekämmt. Seine Zähne waren sehr weiß. Schläfen und Nacken ausrasiert, ein schmaler Schlips auf dem rubinroten Sommerhemd, schwere Armbanduhr am Gelenk. Lippold schätzte sie auf achttausend Euro. Chopard Mille Miglia. Nicht schlecht. Er hatte eine Patek Philippe Nautilus gehabt, sein Liebling in den Jahren des Erfolgs. Zwanzigtausend Euro, das war er sich wert gewesen. Jetzt war sein Handgelenk nackt.

Die Patek hatten sie ihm beim Haftantritt abgenommen und in der Hauskammer für ihn verwahrt. In der Habe. Sorry, hieß es, keine teuren Armbanduhren in der Anstalt. Keine Ketten, keine Brillis, nicht mal ein Siegelring. Nach ein paar Wochen sah Lippold, dass die arabischen Jungs ihre Goldketten trugen. Er sah, dass der Zuhälter in Haus 3 eine Rolex am Handgelenk hatte. Er sah, dass der Mann, der mit einer Corona-Teststation Millionen gemacht hatte, einen dicken Siegelring trug. Die Schließer schauten weg. Also kümmerte sich Lippold darum, dass seine Patek von der Hauskammer in seine Zelle wanderte. Das war nicht billig, doch es musste sein. Die Patek verschaffte ihm Respekt. Anerkennung. Sie gab ihm einen Rang. Und dann wurde sie ihm geklaut.

Er hatte eine Sekunde lang nicht aufgepasst. Die Patek war weg. Der ganze Trakt lachte ihn aus, das dreckige Diebsgesindel. Lippold schäumte. Er knöpfte sich einen nach dem anderen vor, wenn die Schließer nicht hinsahen, doch egal, wie hart er zuschlug, niemand sagte etwas, die Uhr blieb verschwunden. Einer von den Schlawacks aus der Harzer Straße wurde nach Heidering verlegt oder entlassen, bevor Lippold ihn in die Mangel nehmen konnte. Die Rechnung war noch offen. Wo die Harzer Straße war, das wusste er.

»Alles fit im Beritt?«, sagte Rico. Er hatte einen Aperol Spritz bestellt. Sein Schlüsselbund lag neben der Sonnenbrille und seinem Handy auf dem Tisch. Seine Mille Miglia glänzte in der Sonne. Plischke nahm ein großes Bier, Lippold ein Wasser.

»Die Himbeeren und Johannisbeeren sind reif«, sagte Plischke. »Aber die Kirschen und Äpfel kannst du für dieses Jahr vergessen, die sind alle erfroren. Ende April hatten wir minus fünf Grad da draußen. Die Quitten haben es auch nicht geschafft.«

»Sei doch froh«, sagte Rico. »Hast du weniger Arbeit.«

»Nein«, sagte Plischke. »Ich mach das gern. Jetzt bleiben nur noch die Johannisbeeren, Stachelbeeren, ich mache da

Eis draus. Neulich habe ich mir eine Eismaschine gekauft, zweite Hand. Wenn du nicht stundenlang mit dem Mixer in der Küche stehen willst, brauchst du eine Eismaschine. Hundert Euro wollten die haben, das war mir egal. Habe mich also mit den Leuten auf halber Strecke getroffen, sie kamen aus Zehlendorf, ich aus Birkenhöhe, wir haben uns in Französisch-Buchholz getroffen, weil sie da Bekannte besuchen wollten. Die Eismaschine wandert von ihrem Kofferraum in meinen, sie kriegen ihre hundert Euro, wir reden noch ein bisschen über dies und das. Jetzt pass auf. Die Bekannten haben da seit dreißig Jahren ihren Garten, haben sie erzählt, ihr kleines Paradies, richtig schön mit einem Teich für ihre Koi-Karpfen, Rosenbeet, Gewächshaus für die Tomaten und den Salat, alles tipptopp in Schuss, und jetzt wird ihnen die ganze Pracht samt Datsche unterm Arsch weggezogen, weil der Vorstand die Pachtzahlungen eingesackt hat. Das Geld ist weg. Wenn sie die Pacht für die letzten Jahre nicht noch mal zahlen, kriegen sie die Kündigung. Der ganze Verein. Dann wird die Kolonie aufgelöst und als Neubaugebiet ausgeschrieben. Tschüss, liebe Koi-Karpfen. Die Bekannten sind fix und fertig, sagen sie.«

»Nicht nur die«, sagte Rico. »Halb Pankow dreht deswegen am Rad. Wie ich gehört habe, betrifft das fünftausend Kleingärtner in Pankow, die müssen alle jetzt noch mal zahlen, oder sie verlieren ihre Gärten. Kannste dir nicht ausdenken. Die Leute vom Bezirksvorstand saßen an der Quelle, und die haben sich richtig bedient. Fünftausend Laubenpieper abkassiert, alles in die eigene Tasche gesteckt, und als die Verpächter nachgefragt haben, wo denn die Pachtzahlungen bleiben, da war kein Geld mehr da. Ich rede jetzt nicht von einer Kiste Äpfel, sondern von achthunderttausend Euro im Jahr. Verbrecherbande.«

»Das Geld ist eben woanders«, sagte Plischke. »Die Schatzmeisterin hat sich eine Villa auf Mallorca gekauft. Die hat nicht nur die Pachten kassiert, sondern sich und ihren Verwandten und Bekannten im Vorstand noch zusätzlich zwölftausend Euro im Monat gezahlt, das wurde alles untereinander bewilligt und abgesegnet. Im Grunde wie beim RBB, bei der Schlesinger. Dazu hat man doch Vorstände, dass die alles absegnen. Die Unterlagen und Pachtverträge sind leider, leider irgendwie verschwunden. Jetzt steht die Schatzmeisterin vor Gericht und heult. Alles ein großes Missverständnis! Aber die Villa auf Mallorca, die hat sie. Und den Kleingärtnern werden ihre Gärten gekündigt, obwohl sie immer schön gezahlt haben.«

»Dann ist es doch auch egal«, sagte Rico, »ob die Kirschen und die Quitten im Mai erfrieren. Dann gibt's eben keinen Kirschkuchen aus eigenem Anbau, dann müssen sie den beim Bäcker holen.«

»Das liebe Geld«, sagte Lippold.

»Das liebe Geld«, sagte Rico. »Kann mir vorstellen, dass das in Dubai nicht so das Problem ist.«

»Nicht bei den Leuten, für die ich gearbeitet habe«, sagte Lippold. »Da ging es um andere Beträge.«

»Jungs«, sagte Plischke, »wenn ihr jetzt über Geld reden wollt, dann würde ich mich mal vom Acker machen.«

»Das Bier geht auf mich«, sagte Rico. »Wir sehen uns.«

Rico bestellte noch einen Aperol, Lippold ein kleines Bier, sie saßen und unterhielten sich über Union und Energie Cottbus.

»Wie kommt man überhaupt nach Dubai?«, sagte Rico. »Ich hab das auch mal überlegt, den Schritt zu tun. Ein Schulfreund von mir war damit sehr erfolgreich, der ist Arzt geworden, hat sich auf kosmetische Chirurgie verlegt und ist nach Dubai gegangen. Wie viele Nasen der da unten operiert hat, weiß er gar nicht mehr. Aber heute gehört ihm der halbe Barnim. Die Fußballspieler machen das ja auch. Zwei Jahre in der Wüste kicken, dann können sie den Rest ihres Lebens am Pool liegen.«

»Dubai ist Dubai«, sagte Lippold. »Muss man mögen. Im Sommer wartet man da eigentlich immer auf den Winter, weil man dann rausfahren kann in die Wüste. Wanderungen in Ras Al Khaimah, das ist wunderbar, kannst du aber nur im Winter machen. Wenn es da mal regnet, hast du grüne Oasen in einer Steinwüste. Oder die Yacht-Partys, du fährst raus zum Burj Al Arab und hast die besten Sonnenuntergänge. Macht schon Spaß.«

Ricos Blick glitt über Lippolds Holzfällerhemd, sein nacktes Handgelenk, seine Turnschuhe. Er nickte. »Und jetzt bist du zurück in Berlin«, sagte er.

»Zurück in der Heimat«, sagte Lippold. »Zwei Jahre in der Wüste haben mir gereicht.«

»So richtig braun wird man da unten nicht, würde ich mal sagen«, sagte Rico und lächelte. »Und wenn ich das richtig sehe, hat das Geld auch nicht für eine Armbanduhr gereicht. Soll jetzt kein Vorwurf sein. Ich finde das mutig, hier im Holzfällerhemd herumzulaufen, mit ausgelatschten Turnschuhen, und mir vom Sonnenuntergang in Dubai zu erzählen. Finde ich mutig.«

»Was soll das denn heißen?«, sagte Lippold. Er starrte

auf Ricos Mille Miglia und auf seine weißen Zähne. Er war mit einem Schlag zurück im Bau, hatte einen Klumpen Hass in der Brust. Wer ihm blöd kam, kriegte seine Faust.

»Was das heißen soll?«, sagte Rico. »Kann ich dir sagen, was das heißen soll: Du siehst mir nicht aus wie jemand, der in Dubai Finanzberatung gemacht hat. Meine Meinung. Du siehst eher aus wie jemand, der nachts zwischen parkenden Autos herumkriecht und beim Golf vier den Katalysator ausbaut, um ihn in der nächsten Schrauberhöhle zu verhökern. Du siehst mir aus wie jemand, der dringend Geld braucht.«

Lippold sagte nichts. Die jungen Mütter waren gegangen. Die drei Jugendlichen saßen immer noch im Schatten und spielten mit ihren Handys. Die Bedienung räumte die Tische ab, Rico setzte seine Sonnenrille auf und beobachtete sie.

»Ist nicht persönlich«, sagte er. »Wirklich nicht. Mein Schwager erzählt mir was von einem Finanzberater, der in Dubai gearbeitet hat. Also nehme ich mir den Nachmittag frei. Finanzberatung interessiert mich. Leute mit Geld interessieren mich. Was mich nicht so stark interessiert, ist ein Laubenpieper, dem ich die neue Heckenschere vorfinanzieren soll.«

Lippold trank sein Bier aus und legte sechs Euro auf den Tisch. Rico ließ die Bedienung kommen und zahlte.

»Wie gesagt, ist nicht persönlich«, sagte Rico und nahm sein Schlüsselbund.

»Kein Problem«, sagte Lippold. »Alles gut.«

Er ließ Rico einen Vorsprung. Die Seitenstraßen waren so gut wie menschenleer. Rico war in die Nachrichten auf seinem Handy vertieft, als er zum Parkplatz ging. Zwei Autos fuhren vorbei. Die Lichter an Ricos 718 Spyder RS blinkten kurz auf, als er zehn Meter von ihm entfernt war. Lippold war jetzt hinter ihm, und er war immer noch schnell.

»Was …«, sagte Rico und wollte die Sonnenbrille abnehmen. Im selben Augenblick traf Lippolds Faust ihn hart im Unterbauch. Lippold wusste, dass der erste Schlag entscheidend ist, er legte das ganze Gewicht seiner kalten Wut hinein. Rico atmete aus und krümmte sich nach vorn. Das Handy fiel ihm aus der Hand. Lippold nahm Ricos Kopf zwischen beide Hände und riss sein rechtes Knie hoch. Es traf den Unterkiefer, der Kopf kippte mit einem Ruck nach hinten. Die Sonnenbrille brach auseinander. Rico sackte gegen die Fahrertür und ging zu Boden. Sein Gesicht war blutig und verzogen, als wollte er weinen. Er sagte nichts. Seine Augen blickten auf das Kopfsteinpflaster. Lippold beugte sich über ihn, streifte die Uhr von Ricos Handgelenk und steckte sie ein. Rico krümmte sich auf dem Boden. Im Bau hätte Lippold ihm noch mit einem Tritt zwei Rippen gebrochen, hier war Bernau und Sonnenschein, er ließ es dabei bewenden.

Er überquerte die Straße und ging zum Bahnhof Bernau. Als er im Regio nach Berlin saß, holte er die Chopard Mille Miglia aus der Tasche und schob sie auf sein Handgelenk. Sie stand ihm. Alles richtig gemacht. Nach sieben Minuten Fahrt erreichten sie Berlin-Gesundbrunnen, und Lippold stieg aus.

10   Steinmeier parkte vor der Pommesbude am Botanischen Garten. »Ich lade dich ein«, sagte er.

Steinmeier lud Romina immer ein. Eigentlich hieß er Frank-Walter Meier, doch Romina hatte ihn von Anfang an Steinmeier genannt. Ihm gefiel das. Eine bullige Figur, weißer Haarschopf, Schnurrbart, seit zweiundvierzig Jahren im Dienst, immer in Lichterfelde. Steinmeier kannte sich aus. Wusste Bescheid. Romina fuhr gern mit ihm, auch wenn er jedes Mal beim Essen sein Portemonnaie auf dem Tisch platzierte, knapp außerhalb ihrer Reichweite, und sie mit einem Blick einlud, es zu versuchen.

»Die Einschläge kommen näher«, sagte Steinmeier, als sie sich über die Pommes hermachten. »Das war der zehnte Einbruch in dieser Woche, und es ist immer dieselbe Masche. In den anderen Abschnitten, was ich so höre, das gleiche Bild. Das wird ein heißer Sommer. Ich sage dir, mit der EM und Sommermärchen, Berlin macht Party, da fühlen die Brüder sich regelrecht eingeladen.«

Er aß schnell, Romina kam nie hinterher.

»Man konnte drauf wetten, dass sie hier auftauchen«, sagte Steinmeier und zog einen langen Schluck aus seiner Cola. »Das Umland haben sie abgegrast. Kollege von mir arbeitet in Brandenburg. Er sagt, sie haben jetzt kaum noch was zu tun mit Wohnungseinbrüchen. Früher ständig, erst an der polnischen Grenze, dann an den Rändern der Kleinstädte, Eberswalde, Fürstenwalde. Reisende Banden aus Moldau, Bulgarien, Rumänien, ich will jetzt niemandem zu nahe treten, aber die Brüder haben geklaut, was sie kriegen konnten. Dann haben die Brandenburger ihrerseits aufgerüstet, die sind ja auch nicht blöd. Ihre Häuser verriegelt und verrammelt, mit Überwachungskameras und Alarmanlagen bestückt, neue Fenster mit Sicherheitsglas und Rollläden und Türen mit Stangenschlössern. Außerdem haben sie sich Waffen auf Jagdschein besorgt und ihre Hunde scharf trainiert. Jetzt sitzen sie auf der Couch, haben die Schrotflinte quasi auf dem Schoß und warten nur darauf, dass sich jemand an der Terrassentür zu schaffen macht. Weißt du, wie jemand aussieht, der eine Ladung Schrot frontal abkriegt?«

»Nein«, sagte Romina. Das Portemonnaie lag unbeaufsichtigt vor ihr, Steinmeier war in seine Erzählungen vertieft, schaute auf die Straße, suchte in der Brusttasche nach seinen Zigaretten.

»Das ist kein schöner Anblick, so viel steht fest«, sagte er und zündete sich eine Zigarette an. Er hustete rasselnd. »Kein schöner Anblick. Das Zeug streut. Das kriegst du gar nicht mehr rausgepult. Und die Brandenburger stehen dann mit rauchender Flinte vor dem Dorfsheriff und sagen: Notwehr. Musste meine Familie verteidigen, Frau und Kinder. Was soll er da sagen? Der sagt nichts. Im Grunde sind das alles gutmütige Leute, sagt mein Kollege. Aber mit sehr kurzer Lunte, wenn man sie reizt. Seit sich das rumgesprochen hat, fahren die Jungs aus Moldau, aus Bulgarien, aus Georgien lieber direkt durch bis Berlin. Erst nur am Stadtrand, an der Peripherie, wo sie Autobahnanschluss haben. Aber jetzt sind sie auch bei uns in Lichterfelde.«

»Dann kann dein Kollege ja wieder eine ruhige Kugel schieben«, sagte Romina.

»Dachte er auch«, sagte Steinmeier. »Mit den Wohnungseinbrüchen sind sie durch. Das neue Ding da draußen, hat er neulich erzählt: Sie sprengen die Geldautomaten in den Bankfilialen. Schon mal gehört? An der Grenze zu Holland machen die das seit Jahren. Jetzt fangen sie auch hier im Umland damit an. Sag mal, hier war doch eben noch ein Portemonnaie.«

Vor ihm der Stehtisch war leer, nur die abgegessenen Schälchen mit Pommesresten, Ketchupschlieren, zerknüllten Servietten. Seine Colaflasche, leer. Rominas Mateflasche, leer.

»Ich habe kein Portemonnaie gesehen«, sagte Romina. »Was für ein Portemonnaie?«

»Ich zähle jetzt bis drei«, sagte Steinmeier. »Nur dass das klar ist: Eine Schrotflinte habe ich nicht dabei, aber meine Dienstwaffe, und wenn bei drei das Portemonnaie nicht wieder auf dem Tisch liegt, dann mache ich von der Dienstwaffe Gebrauch. Ich sage es dir im Guten. Eins.«

»Warte mal«, sagte Romina. »Warte doch mal. Du willst doch nicht ernsthaft unterstellen, dass ich dich beklaue? Deine eigene Kollegin?«

»Zwei«, sagte Steinmeier und stand auf. Er löste den Verschluss seines Halfters.

»Weil ich eine Romni bin?«, sagte Romina. »Eine von Zigeunern, die immer klauen? Steinmeier, das ist einfach respektlos. Das ist verletzend. Das kannst du nicht glauben. Ich schwöre beim Auge meiner Mutter: Da lag kein Portemonnaie. Du hast es beim Bezahlen am Tresen vergessen.«

Er schaute sich um, der Verkäufer winkte ihm zu, doch der Tresen war leer. Als Steinmeier sich wieder zu Romina umdrehte, lag sein Portemonnaie auf dem Stehtisch.

»Du wirst alt«, sagte Romina. »Tut mir leid, wenn ich das so offen anspreche. Deine Reflexe lassen nach, aber das macht nichts, das ist ganz natürlich im Alter. Wahrscheinlich hättest du mich nicht mal getroffen. Wann warst du zuletzt am Schießstand?«

Steinmeier sagte nichts, nahm sein Portemonnaie und schob es in die rechte Gesäßtasche.

»Danke für die Einladung«, sagte Romina. »Ein Kavalier der alten Schule, das ist selten geworden. Die jungen Kerle laden einen nicht ein, da kannst du warten, bis du schwarz wirst. Übrigens, ich wollte dich noch was fragen. Jemand hat meine kleine Schwester verprügelt. Richtig krass zugerichtet. Sie weiß nicht, wer es war. Was soll ich tun?«

»Anzeige«, sagte Steinmeier. »Sie muss ihn anzeigen. Was denn sonst? Bringen sie einem das auf der Polizeiakademie nicht mehr bei? Diese Stadt geht wirklich vor die Hunde.«

»Anzeige, klar«, sagte Romina, als sie auf den Beifahrersitz glitt. »Anzeige. Hat der Polizist in der Notaufnahme im Urban auch gesagt. Da sitzen immer welche von denen, wie die Aasgeier. Die wollen immer wissen, was los war, wenn man da mit einem Loch im Kopf aufschlägt. *Wollen Sie Anzeige erstatten? Haben Sie Ihre Papiere dabei?* Meine Schwester wollte keine Anzeige erstatten. Hier in Lichterfelde, da wollen die Bürger Anzeige erstatten, und weißt du, wieso? Wegen der Versicherung. Weil die Schadensersatz kriegen. Aber nicht, weil sie glauben, dass die Polizei die Sache aufklärt. Wie hoch ist die Aufklärungsquote bei Einbrüchen? Kann ich dir sagen, haben wir auf der Akademie gelernt. Fünf Prozent.«

»Deine Schwester hat ein Loch im Kopf?«, fragte Steinmeier. Sie fuhren zurück zum Abschnitt.

»Meine Schwester hat kein Loch im Kopf«, sagte Romina. »Jemand hat sie verprügelt, habe ich dir doch gesagt. Hörst du überhaupt zu?«

»Wie ich schon sagte«, sagte Steinmeier. »Anzeige. Polizei regelt. So muss das. Oder willst du den etwa selbst zur Strecke bringen?«

»Will ich«, sagte Romina. »Da kannst du dich drauf verlassen, dass ich den zur Strecke bringe.«

11 Koba kam nicht aus dem Bett. Sein Arm tat weh. Sah nicht gut aus. Sah überhaupt nicht gut aus. Koba fieberte, schlief ein, träumte. War zurück in Tiflis, tanzte im Bassiani-Club, in den Katakomben unter dem Stadion, wachte auf und war wieder in Berlin, auf seiner stinkenden Pritsche. Sein Arm roch süßlich. Hatte sich vielleicht entzündet, Koba wollte es nicht genau wissen. Ins Krankenhaus konnte er nicht, zu einem Arzt konnte er nicht. Er hatte die Wunde ausgespült mit warmem Wasser, dann Wodka draufgekippt zur Desinfektion und war fast ohnmächtig geworden vor Schmerz. Jetzt, drei Tage später, roch der Arm nach Zuckerwatte, tat weh, und Toma stand an seinem Bett, Cargo-Hose, T-Shirt, Brusttasche, eine verspiegelte Sonnenbrille auf der Stirn.

»Aufstehen, Bruder«, sagte er und schnickte mit den Fingern. »Du musst aufstehen. Du schläfst seit drei Tagen.

Du siehst scheiße aus. Streng dich mal an, das ist kein Urlaub hier.«

»Mein Arm«, sagte Koba. Seine Stimme war ihm fremd.

»Was ist mit deinem Arm? Zeig mal.«

»Nichts ist mit meinem Arm«, sagte Koba. Er wollte ihn nicht heben. Sobald er ihn bewegte, schoss ein heißer Schmerz längs durch den Arm hinauf zur Schulter. Nicht noch mal mit Wodka behandeln, das würde er nicht aushalten. »Alles okay.«

»Super«, sagte Toma. »Dann steh auf. Frische Luft hat noch keinem geschadet. Wir gehen einen Kaffee trinken, was essen, du kommst wieder in Ordnung. Weißt du was? Mein Onkel steht mir auf den Füßen. Er ist ungeduldig. Seit drei Tagen können wir nichts machen, seit drei Tagen warten wir auf dich.«

Koba setzte sich auf, beide Füße auf den Boden, ihm war schwindlig. »Was ist mit deinem Onkel? Hast du ihm erzählt, dass ich durch dieses Scheißfenster geklettert bin? Dabei war das *dein* Job. Ich bin reingeklettert und habe dir die Tür aufgemacht. Was hast du da rausgeholt, Schmuck für zwanzigtausend? Das waren richtig reiche Leute dort, das Wohnzimmer groß wie eine Turnhalle und vollkommen leer, nur an die Wand haben sie sich ein Scheißkunstwerk genagelt. Wenn wir das rausgeschleppt hätten, wäre dein Onkel jetzt um hunderttausend reicher.«

»Mit *dem* Arm hättest du nichts rausgeschleppt«, sagte Toma. »Wie willst du eine rostige Bahnschiene rausschleppen, drei verlötete Auspuffrohre, fünf Tonnen Schrott? Wie willst du das in Levans Benz verstauen? Willst du die auf den Schoß nehmen? Vergiss es. Aber was mit meinem

Onkel ist, das kann ich dir sagen. Ich habe mit ihm gesprochen. Telefoniert. Habe ihm alles erzählt.«

»Und?«, sagte Koba. Er wollte nicht aufstehen. Allein die Vorstellung trieb ihm Tränen in die Augen. »Hast du ihm gesagt, dass ich nach Kanada will? Ob er mir da helfen kann?«

Toma lachte, schob seine Sonnenbrille auf die Nase und beugte sich zu ihm. »Ehrlich gesagt, mein Onkel hat ein kleines Problem. Er sieht das nicht ein, dass wir drei Tage auf der faulen Haut liegen, nur weil du dir einen Splitter einreißt. Die Maschine läuft, und er kriegt Druck von oben, wenn wir nichts tun. Richtig Druck, und da ist er empfindlich. Hat mich gefragt, ob er für Ersatz sorgen soll. Wie beim Fußball, verstehst du? Ein Spieler verletzt sich, kann nicht mehr laufen, muss ausgewechselt werden. Der Trainer nimmt ihn raus und schickt einen neuen Spieler auf den Platz. Das Spiel läuft doch weiter, sind noch siebzig Minuten zu spielen, wir sind in Rückstand. Mein Onkel ist der Trainer, der sieht die ganze Mannschaft. Wenn wir das Spiel verlieren, muss er das dem Vorstand erklären. Der Trainer ist immer das schwächste Glied, weißt du doch. Der landet in der Kiesgrube in der Vorstadt, wenn wir nicht liefern. Er wollte dich rausnehmen, ich habe ihm gesagt: Gib ihm einen Tag, zwei Tage, Koba kommt wieder auf die Beine. Ich habe mich für dich eingesetzt. Weißt du was? Mein Onkel mag dich. Hat er mir selbst gesagt. Der schickt dich nach Kanada, wenn du in der neunzigsten Minute das fünf zu null machst, aber nicht, wenn du in der zwanzigsten Minute über deine eigenen Beine stolperst.«

Koba stand auf. Toma wollte ihm helfen, doch er schüttelte den Kopf. »Fass mich nicht an. Gehen wir.«

Sie gingen durch den Flur des Wohnheims zum Fahrstuhl. Die Treppe würde er nicht schaffen, das wusste er. Im Foyer saßen Bauarbeiter und Handwerker, Polen und Weißrussen, tranken Bier, rauchten und würfelten. Nach Feierabend saßen sie immer dort. Also war es früher Abend. Zu spät für eine Tour.

Toma hielt ihm die Tür auf, die heiße Luft verschlug Koba den Atem, der Lärm der Autos auf der Kreuzung sprang ihn an. Das Linden-Center. Hochhäuser rechts und Hochhäuser links, voll mit Vietnamesen. Mit Russen und Ukrainern. Mit Türken und Arabern. Mit deutschen Müttern, die einen vollen Einkaufswagen von Lidl schoben und drei Kinder im Schlepptau hatten. Die die Vietnamesen in der Nachbarwohnung anblafften, weil die morgens schon ihre Fischsuppe kochten. Hochhäuser rauf und runter, dazwischen eine sechsspurige Ausfallstraße, Tram und Busse und S-Bahn. Betonklötze mit Billigläden, Nagelstudios, Arztpraxen und Apotheken für die alten Leute.

»Schön hier draußen«, sagte Koba. »Sehr schön. Aber ich muss mich wieder hinlegen.«

»Nein, Bruder«, sagte Toma, »du musst dich nicht hinlegen. Du bleibst schön auf den Beinen. Du läufst mit mir, bis du nicht mehr kannst. Ich soll dich wieder fit machen, hat mein Onkel gesagt. Ich mache dich wieder fit. Ich mache immer, was mein Onkel sagt.«

Koba sagte nichts. Er hatte auch getan, was sein Onkel ihm aufgegeben hatte, vor vier Wochen in Tiflis. Kam ihm jetzt vor wie ein anderes Zeitalter. »Die Reihe ist an dir«, hatte der Onkel gesagt. »Du bist ein junger Mann, Koba. Tust du es nicht, wird niemand es tun. Und Gott wird dich hassen, wenn du es nicht tust.« Koba hatte zugehört. Sein Onkel wurde respektiert im Viertel. Sein Wort galt.

Ein entfernter Vetter war bei einem Autounfall ums Leben gekommen. Von einem SUV überfahren, als er eine unbeleuchtete Straße überquerte. Der Fahrer war ein junger Kerl, Koba kannte ihn aus dem Viertel. Der Vetter lag noch zwei Tage im Krankenhaus, ehe er starb. Kein Mann von Bedeutung, er hinterließ eine Frau und ein kleines Kind. Argo hieß er. Koba war ihm nur ein Mal begegnet, auf einer Hochzeit. Aber Argo war Familie.

Hätte Argo den Unfall überlebt, wäre nichts weiter passiert, dann hätte sein Onkel nicht mit Koba von Mann zu Mann geredet. Mit Schnaps und Zigaretten und flüsternder Stimme, Koba hatte den Atem seines Onkels gerochen. Doch Argo war gestorben, und der Onkel sprach mit Koba: »Wenn du es nicht tust, liegt die Schande auf der ganzen Familie. Er hat ihn überfahren, Koba. Er ist tot. Die Reihe ist an dir.« Hätte Argo den Unfall überlebt, wäre Koba nicht losgegangen, um den Fahrer des SUV zu suchen. Jetzt ging er los. Den Fahrer fand er nicht, doch dessen Bruder. Das gleiche Blut. Er traf ihn drei Tage später auf der Fußgängerbrücke am Wohnhochhaus vor dem Steilhang und wusste, was zu tun war. Sein Onkel hatte es ihm erklärt und ihm das Messer gegeben.

Zwei Tage darauf hatte er Tiflis verlassen, seine kleine Prinzessin verlassen, seine Familie, die stolz auf ihn war. Sein Onkel hatte ihn an Tomas Onkel vermittelt, der ohnehin gute Leute fürs Ausland suchte. Dann also Berlin, später vielleicht Kanada. Ein neues Leben.

»Gut«, sagte Koba. Sie standen vor dem Linden-Center.

Er fieberte immer noch, doch das war ihm jetzt egal. Er wollte nicht mehr zurück auf die stinkende Pritsche im Viermannzimmer. »Machen wir weiter. Du bringst mir eine Flasche Wodka, damit ich die Wunde auswaschen kann. Morgen könnt ihr mich abholen.«

»Siehst du«, sagte Toma. »Das ist der alte Koba. Das ist die Haltung, die ich sehen will. Du kriegst deinen Wodka, und morgen machen wir die Liste weiter. Nur eine Muschi meinetwegen. Wir fangen langsam wieder an. Nur eine am Tag. Dann kannst du dich ausruhen. Ich sag meinem Onkel, dass er sich keine Sorgen machen muss. Ich sag ihm, dass du wieder fit bist.«

Er gab Koba zum Abschied einen freundschaftlichen Klaps auf den Arm, es war der verletzte Arm, Koba spürte den Schmerz darin auffahren, doch er verzog keine Miene.

12 Lippold war zurück im Reichsbahnbunker Reinhardtstraße. Jetzt hieß er Boros-Bunker. Lippold musste zwanzig Euro latzen, um in den Bunker reinzukommen, und mit anderen Touristen auf einen Guide warten, der die Gruppe durch die Räume führen sollte. Aber er war zurück. Der Bunker roch immer noch nach Schweiß und Mörtel, auch wenn die Wände gestrichen, die Böden geschrubbt und die Räume ausgelüftet waren.

Eine Stunde lang war er durch die Stadt gelaufen, nachdem er bei seiner Mutter gewesen war, hatte sich zweihundert Euro von ihr geliehen und ihre Fragen an sich abperlen lassen. Wovon er denn jetzt leben wolle. Wo er unterkommen wolle. Was Mütter eben fragen. Er hatte ihr Geschichten erzählt und die zweihundert Euro eingesteckt. War in seinem Holzfällerhemd und den ausgelatschten Schuhen die Torstraße heruntergelaufen, am Oranienburger Tor vorbei, wo früher mal das Tacheles war, jetzt gab es dort nur noch Touristen und Läden, die von Touristen lebten.

Endlich war er zurück. Hier im Bunker hatte alles angefangen. Damals hatte es gestunken nach dem Schweiß, der Hitze von Tausenden, die sich hier drängten und tanzten. Im Bunker. Als es fies auf die Fresse gab: Gabba ohne Ende, die beste Musik. Das waren die Neunziger. Die harten, räudigen Neunziger. Damals war Lippold siebzehn Jahre alt und jede Nacht im Bunker, jede verdammte Nacht und jeden Tag. Er war der Tickerboy. Die Türsteher ließen ihn durch, denn er hielt sie wach, Tanith und die anderen DJs grüßten ihn, auch sie hielt er wach, er hielt sie alle wach mit dem, was er Schönes in seiner Außentasche hatte.

Jetzt war der Raum ausgeleuchtet und still, in der Mitte ruhte eine gelbe Baggerschaufel. Nie benutzt, einfach nur gelb und groß, mit Edelsteinapplikationen. Der Guide mit seiner schwarzen Bügelfaltenhose erklärte, dass Cyprien Gaillard gern mit Baggern arbeite, in der Wüste von Nevada habe er ein Baggerballett aufgeführt. Zwei weißhaarige Frauen nickten kundig.

»Bitte keine Fotos von den Kunstwerken und von den Räumen«, sagte der Guide. »Und bitte lehnen Sie sich nicht gegen die Wände.« Er schaute Lippold an, wie junge Männer einen Mann Mitte vierzig ansehen. Lippold drückte sich von der Wand ab und blickte ihm direkt in sein Kunststudentengesicht, auf den dünnen Oberlippenbart, die blau-rosa gefärbten Haare, und sagte nichts. Das war seine Wand. Sein Wohnzimmer. Sein Bunker. An dieser Wand hatte er schon stundenlang gelehnt, da war der Guide mit seiner Bügelfaltenhose noch gar nicht geboren. Damals war die Wand glitschig, nass vom Schweiß der zweihundert, dreihundert, fünfhundert Leute, die hier in der Finsternis tanzten. Tausend Gabbanauten auf der Reise in die Ewigkeit. In ihrem Bunker. Im geilsten Club des Planeten.

Die Musik war über die Maßen laut, erbarmungslos schnell, dreckig, hysterisch, die Finsternis manisch durchbrochen vom Schwarzlicht, und der Stahlbetonboden unter ihren Füßen gab keinen Millimeter nach. Der Reichsbahnbunker war deutsche Wertarbeit, mitten im Krieg in acht Monaten von Zwangsarbeitern aus dem Boden gestampft, vier Stockwerke hoch, die Wände zwei Meter dick, Stahlbeton. Fußböden, Wände und Decken: bester deutscher Stahlbeton. Der federte nicht, der gab nicht nach.

Einer mit einem fahlen Gesicht hielt ihn an: »Hast du was?« Lippold, damals noch Lippe oder Tickerboy, verkaufte Pillen an der Bunkertreppe, schrie dem Mann ins Ohr: »Was brauchst du? Olympics, Hammer Sichel, Miraculix?« Der andere nickte, nickte, nickte. Das Gabba-Nicken, das niemals aufhörte. »Gib mir, was du hast.« Lippe gab ihm, was er brauchte, vier Miraculix, zwei Hammer Sichel, ein bisschen Bruch für die Kundenbindung. Ein zerknüllter Zwanziger wanderte in seine Tasche. Der Nächste kaufte für einen Fünfziger. Lippe machte tausend Mark in manchen Nächten, steuerfrei, doch er hatte auch den Stress, das Zeug in Aachen oder Arnheim zu besorgen am Mittwoch und Donnerstag, bevor es wieder in den Bunker ging.

Zwischendurch warf er selbst was ein, um wach zu bleiben. Warf die Pillen auf dem Klo ein, trank am Hahn, rannte zurück in den zweiten Stock, manchmal verirrte er sich im Labyrinth der Räume, der kleinen Kammern. In manchen lagen noch Rosinen auf dem Betonboden, Kokosraspeln, das Zeug hatte die DDR-Führung hier gebunkert, um die Bevölkerung bei Laune zu halten, jetzt hielt die Bevölkerung sich selbst bei Laune. Lippe vertickte keine Rosinen, kein Orangeat, sondern Pillen für alle Lebenslagen, tanzte allein im flackernden Licht, verlief sich in seinem verklatschten Hirn. Lag manchmal, wenn er nicht mehr konnte, mit den anderen, den BFC-Hools, den Bauarbeitern, den Boxern im Luftmatratzenzimmer, einfach nur fertig, aber glücklich. Nie war er so wach, so glücklich gewesen. Der Bunker war Hardcore, der Ex-Kreuz-Club davor noch härter, da ging er nicht hin, er hörte nur die Schreie der Leute dort.

Heute: stilles Neonlicht und die weiche, nasale Stimme des Guides: »Das ist ein Parcours von Amalia Pica. Schweine unter Stress neigen zum Kannibalismus. Deswegen haben wir hier die Spielbälle zum Stressabbau. Schweine sind sensibel.«

Lippold war auch sensibel. Lippold war auch in der Fleischfabrik gewesen, zweieinhalb Jahre lang, oben in Tegel, da hatten sie auch einen Parcours, Eisengitter und Geländer, allerdings keine Spielbälle zum Stressabbau, sondern Fangnetze zwischen den Stockwerken, falls einer keine Lust mehr hatte auf den Stress und sich runterstürzen wollte, um die zwei Jahre, fünf Jahre, zehn Jahre abzukürzen. Lippold war nicht gesprungen, so sensibel war er nun doch nicht, sondern hatte die zweieinhalb Jahre abgesessen und jeden Dienstag Paprika mit Reis gegessen, und jetzt musste er sich zweihundert Euro von seiner Mutter leihen. Die Wohnung in Friedrichshain war weg, der Porsche eingezogen, die Patek geklaut, seine Freunde waren weg, die Freundinnen, seine Kunden ebenso. Die fetten Jahre waren vorbei, er musste neu anfangen. Jetzt konnte er nicht wieder rausfahren nach Birkenhöhe zu seiner Datsche, dort würden sie schon auf ihn warten. Er musste zur Wohnung seiner Mutter laufen mit seinem Holzfällerhemd und ausgelatschten Schuhen an den Füßen.

Mit siebzehn hatte er die Taschen voller Geld, sprang vom Boden ab, zerkratzt von den Bässen, die gegen den Beton knallten, unablässig ballerten, endlos weitermachten von Freitagabend bis Montagmorgen. Der DJ gab ihnen auf die Fresse. Die Leute neben ihm sprangen hoch und tanzten, Hände und Gesichter im Bodennebel, Sonnenbrillen, weite Hosen, nackte Schultern. Alle waren drauf, übelst drauf, sonst ließ sich das die ganze Nacht nicht durchhalten.

Der Guide sah Lippold an und lächelte sein Guide-Lächeln, während die Kunsttouristen sich die Kunstwerke ansahen, die Amerikaner mit ihren quietschenden Turnschuhen, die alten Frauen mit ihren Peggy-Guggenheim-Frisuren. Wenn einer der Touristen sich von der Gruppe entfernte, wurde er sofort zurückgepfiffen von den Aufsehern, die überall wachten. Der Guide hatte bessere Zähne als Lippold damals, aber die gleichen schwarzen Schatten unter den Augen. Lippold kam es vor, als habe er dreißig

Jahre lang geschlafen, verdämmert im Stand-by, ein Zombie. Jetzt war er wach, endlich wieder wach. Endlich wieder im Bunker. Hier hatte alles begonnen, hier ging es weiter. Eine gelbe Baggerschaufel konnte er sich auch besorgen, ein paar Absperrgitter und rot-weiße Warnbaken, Kaffeebohnen aus unfairem Anbau, Latexmonturen, Taucherbrillen. Wenn er keine Pillen mehr verticken konnte und keine Versicherungen, dann konnte er immer noch Kunstwerke verkaufen. Contemporary Art.

Lippold nickte, als die Führung zu Ende war und die Kunsttouristen zu ihren Schließfächern gingen. Er nickte und drehte sich um, wollte noch zwei Gabba-Steps machen, ohne Musik, ohne Schwarzlicht, ohne auch nur ein Mikrogramm Pillenrest im Hirn, zwei Schritte, nur um zu zeigen, dass er wieder da war. Der Guide mit seiner schwarzen Bügelfaltenhose schaute ihn genervt an, er störte den Ablauf, und der Stahlbetonboden unter Lippolds Füßen gab keinen Millimeter nach.

13 »Ich habe ihn gesehen«, sagte Sanda. Sie war wieder zu Hause, vor drei Stunden hatten die Eltern sie aus dem Krankenhaus geholt. Jetzt lag sie im Wohnzimmer auf der Couch. Sanda sprach leise, es fiel ihr schwer, den Mund zu bewegen. Romina saß bei ihr und hielt ihre Hand. »Er stand vor dem Haus, als ich rausging. Er war nett. Sah gut aus. Ich habe mit ihm geredet.«

Der Fernseher lief mit voller Lautstärke. Die Mutter

klapperte in der Küche mit Tellern und Besteck, musste sich bemerkbar machen, wenn niemand mit ihr redete. Nachbarsfrauen klingelten und brachten Essen vorbei, erkundigten sich nach Sanda, gingen ins Wohnzimmer, umarmten Romina und legten Sanda die Hand auf die Stirn. Das ganze Dorf kam vorbei. Der Vater saß gegenüber im Sessel und rauchte, sein großes Gesicht voller Schmerz, wenn er Sanda anschaute. Ständig klingelte sein Telefon, auch die Vettern und Cousinen aus Spandau wollten zu Besuch kommen. Romina wollte mit Sanda reden.

»Wie sah er aus?«, fragte sie. »Der Typ. Kanntest du ihn?«

»Das war keiner von uns«, sagte die Großmutter. Sie schaute auf den Fernseher. »Ich habe ihn auch gesehen. Keiner von uns. Keiner aus dem Haus. Ich habe vor dem Haus gesessen, als Sanda rausging. Was muss das Mädchen so spät noch rausgehen, habe ich gedacht.«

Die Großmutter saß tagsüber auf den Stufen vor dem Haus in der Harzer Straße, breitbeinig, in bunten Röcken und mit ihren Goldmünzen-Ketten, und rauchte Zigaretten. Jeder kannte sie hier, und sie kannte jeden. So war es schon in ihrem Heimatdorf gewesen, bevor sie alle in die Harzer Straße gekommen waren.

»Der Mann hatte den bösen Blick«, sagte sie. »Ich habe ihn hier noch nie gesehen. Was muss das Mädchen mit ihm reden, habe ich gedacht, sieht sie seine Augen nicht, habe ich gedacht. Gesagt habe ich nichts, sie hört nicht auf mich. Sie redet mit allen Leuten.«

»Er sah nett aus«, sagte Sanda. »Ganz normal.«

»Ganz normal«, sagte die Großmutter vor dem Fernseher. »An dem war nichts normal. Der Mann hatte einen toten Blick.«

»Dann ist er mir gefolgt«, sagte Sanda. »Ich habe mit ihm geredet, dann bin ich weitergegangen, und er ist mir gefolgt. Er wollte es geschickt anstellen, damit ich es nicht merke, doch ich habe es gemerkt.«

»Was hatte er an?«, fragte Romina.

»Jeans, ein Hemd«, sagte Sanda. »Mittelalt. Blass. Das ist mir aufgefallen, wie blass er ist. Deshalb habe ich mit ihm geredet. Da wusste ich doch nicht, dass er mir dann folgt.«

»Wie waren seine Haare?«, sagte Romina. Wieder kam eine Nachbarin, stellte einen Nachtisch auf den Couchtisch, kniete sich vor Sanda hin und begann zu weinen. Der Vater zündete sich die nächste Zigarette an.

»Seine Haare waren kurz«, sagte die Großmutter. »Wie die Soldaten früher. Und blass war er, da hat sie recht. Wie tot. Kein Araber, kein Türke. Keiner von den Syrern von der Grenzallee. Vielleicht ein Pole, ein Russe. Von hier war er nicht.«

»Wohin ist er dir gefolgt?«, sagte Romina. »Hat er dich noch mal angesprochen?«

»Ich hatte Angst«, sagte Sanda. »Es war schon dunkel, ich bin den Weg am Landwehrkanal gegangen, und umkehren wollte ich nicht, da wäre ich ihm entgegengelaufen. Das wollte ich nicht. Ich bin zu den Leuten gegangen, die am Maybachufer ihre Zelte haben. Die Frau hat mal gesagt, ich kann vorbeikommen. Sie war auch da, ich hatte Glück. Sie hat mir einen Schlafsack gegeben. Ich konnte nicht viel schlafen in der Nacht, aber ich habe mich sicher gefühlt.«

»Und der Mann war weg?«, sagte Romina. Sie hatte noch kein Bild von ihm vor Augen. Jeans, Hemd. Kurzes Haar, blass, ganz normal. Solche Beschreibungen hatte sie hundertmal gehört. Damit ließ sich nichts anfangen. Ein Stalker? Die meisten Stalker kamen aus dem unmittelbaren Umfeld der Betroffenen, oft die ehemaligen Freunde, die mit der Trennung nicht fertigwurden. Sanda hatte keinen Freund. Noch nie gehabt. Manchmal waren Stalker auch seltsame Nachbarn, die kurze Gespräche auf der Straße missverstanden hatten und sich eine Beziehung einbildeten. Das passte auch nicht. Sanda hätte ihn gekannt.

»Der Mann war am Morgen weg«, sagte Sanda. »Ich habe nach den Krähen geschaut, sie haben mich gewarnt, deshalb blieb ich lieber im Zelt. Die polnische Frau hat ständig geraucht. Wir hatten nichts zu essen. Ich wollte trotzdem nicht raus.«

»Ich weiß«, sagte Romina. »Ich habe dich gesucht. Konnte ich ja nicht ahnen, dass du in einem Zelt am Landwehrkanal sitzt.«

»Tut mir leid«, sagte Sanda. Sie versuchte sich aufzusetzen. Tastete nach ihrem Gesicht.

»Nicht anfassen«, sagte Romina. »Das wird schon wieder. Lass es verheilen. Aber du bist dann irgendwann rausgegangen. Was war los?«

»Du fragst und fragst«, sagte die Großmutter zu Romina. »Was willst du denn wissen? Haarfarbe, Kleider, Schuhe. Willst du Polizei spielen? Wir brauchen hier keine Polizei.«

»Ich will wissen, wer es war«, sagte Romina. »Was für ein Mensch das ist, der meine Schwester angreift und ihr das Gesicht zerschlägt.«

»Das war kein Mensch«, sagte die Großmutter und wischte mit der rechten Hand quer durch die Luft. Ihre Stimme wurde laut. »Ich kann dir sagen, wer das war. Ein Strigoi. Ein Nachtwolf. Das war er. Ein Strigoi. Ich habe ihn selbst gesehen.«

Vor siebzehn Jahren waren sie aus Fântânele gekommen, einem Dorf in der Nähe von Bukarest. Der ganze Ort, fünfhundert Roma, hatte die Sachen gepackt und sich aufgemacht und hier in Berlin, in der Harzer Straße Quartier genommen. Damals war Romina zehn Jahre alt, ihre Schwester acht. Kleine Mädchen. In Rumänien waren sie bespuckt worden, auf dem Schulweg verprügelt und getreten. Deshalb hatten sie Fântânele verlassen. In der Harzer Straße hatten sie ein neues Leben begonnen, nur die Großmutter lebte innerlich weiter in ihrer alten Heimat, träumte von Wölfen und Vampiren.

»Du mit deiner Polizeischule«, sagte sie und zeigte auf Romina, als wolle sie ihr die Tür weisen, »was weißt du schon.«

»Am Nachmittag bin ich doch gegangen«, sagte Sanda. »Über den Görlitzer Park und den Bahndamm, ich wollte nach Hause, hatte Hunger. Da waren nicht viele Leute unterwegs, selbst die Dealer waren nicht mehr da. Aber er war da, und diesmal sah er nicht mehr nett aus. Diesmal wollte er nicht reden. Sondern kam auf mich zu gerannt und schlug mir gleich ins Gesicht, als hätte ich ihm etwas getan. Er hatte furchtbare Kraft.«

»Kanntest du ihn?«, fragte Romina. »Von früher? Was sollst du ihm getan haben?«

»Ich habe ihm nichts getan«, sagte Sanda. »Ich kannte

ihn nicht. Noch nie gesehen, nur am Abend vorher, vor unserem Haus. Da haben wir noch nett geredet.«

»Worüber geredet?«

»Über nichts«, sagte Sanda. »Einfach nur so. Ob ich hier lebe. Er hat nach einer Straße gefragt. Nach einer Kneipe. Ganz normal.«

»Ganz normal«, sagte die Großmutter. »Das kannst du mir nicht erzählen, dass das normal ist. Ein Strigoi am hellen Tag. Ich sage dir, sie sind uns nachgekommen. Wir sind hier nicht sicher.«

14 Am nächsten Morgen holen sie Koba am Linden-Center ab. Levan am Steuer sah übernächtigt aus, die drei Tage Pause hatten ihm nicht gutgetan. Toma auf der Rückbank winkte ihm zu. Koba stieg ein, hielt seinen Arm eng am Körper, als er sich setzte, es tat dennoch weh.

Toma hielt ihm seine Schachtel Zigaretten hin: »Rauch eine.«

Koba nahm sich eine, Toma gab ihm Feuer mit dem goldenen Dupont. Sieh an, hatte er behalten. Der Onkel musste nicht alles einkassieren. Sie fuhren an einem großen jüdischen Friedhof vorbei, dann auf den Fernsehturm am Alexanderplatz zu, mitten durch die Stadt. Es war wieder heiß geworden, Koba schwitzte, vielleicht war es auch sein Fieber. Trotzdem war es besser, als im Bett zu liegen und die Ausdünstung seines Arms zu riechen. Er rauchte, hielt seine linke Hand vor sich. Die Finger zitterten. Seine rechte

Hand: Die Finger bewegten sich, obwohl er versuchte, sie stillzuhalten. Er ballte seine Hände zu Fäusten.

Levan fuhr wie ein Henker, knallte die Gänge rein, wechselte die Spuren, ohne auf den Verkehr zu achten. Der Benz schlingerte, schaukelte, und Kobas Arm schmerzte bei jedem Spurwechsel.

»Du fährst zu schnell«, sagte Toma. »Fahr langsamer. Wir haben noch was vor.«

Levan starrte auf die Straße vor sich und biss auf seine Fingernägel. »Bist du der Chef hier? Willst du vielleicht fahren? Ich habe es eilig. Ich habe seit drei Tagen nichts gegessen. Du kannst gern fahren, wenn du unbedingt willst.«

»Fahr langsamer«, sagte Toma. »Wir machen hier alle unseren Job. Du machst deinen Job, du bringst uns hin.«

Berlin war riesig. Sie waren eine halbe Stunde unterwegs, die Straßen waren voll, jede Ampel rot. Draußen liefen Passanten über den Potsdamer Platz, Touristen in Turnschuhen und kurzen Hosen, Baseballcaps, Kaffeebecher in der Hand, Handy in der anderen, sie sahen überall gleich aus. Frauen in kurzen Röcken, abgeschnittenen Jeans, Koba sah zur Seite und dachte an seine kleine Prinzessin. Sie hatte sich in den letzten beiden Tagen nicht mehr gemeldet. Keine spitzen Fragen mehr geschickt, wann die Überweisungen kämen. Sie brauchte immer Geld. Vielleicht hatte sie jemanden kennengelernt im Bassiani-Club, der sie jetzt einlud.

Endlich hatten sie die Innenstadt hinter sich, fuhren durch kleine Seitenstraßen, über Kopfsteinpflaster. Wenige Autos parkten auf den Straßen, die standen alle auf den Grundstücken: BMW, Tesla, Tiguan nebeneinander. Hier hatten die Leute Geld genug, um ihr Auto unter ein eigenes Dach zu stellen. Nur die Handwerker und Lieferanten mussten ihre Wagen auf der Straße lassen. Hinter den Zäunen ragten die Stadtvillen auf, beschattet von alten Kiefern. Eine Frau mit sechs Hunden an der Leine kam vorbei, ansonsten waren keine Passanten unterwegs. Mittagszeit.

»Heute ist es nur eine Muschi«, sagte Toma zu Koba. »Nur rein und wieder raus. Danach gehen wir was essen, ich lade euch ein, geht auf meinen Onkel. Alles klar bei dir?«

Koba nickte. Levan fuhr langsamer, suchte das richtige Haus. An der Ecke war eine Baustelle, dort hielt er an.

»Wenn sie Mittagspause machen, könnt ihr reingehen«, sagte er. »Schnell, ich warte nicht lange. Ich falle hier bloß auf mit dem polnischen Kennzeichen. Der Alarm ist ausgeschaltet, hat man gesagt.«

Hat man gesagt. Wie oft hatte Koba das schon gehört? Es hieß: Kann sein, kann auch nicht sein. Koba und Toma tauschten einen Blick. Was solls. Sie lachten. Toma ging ums Auto und öffnete die Tür für seinen Kollegen. Koba stieg aus und lief sofort auf das Grundstück zu, nahm den Weg zum Dienstboteneingang, er schaute sich nicht um. Er wusste, Toma folgte ihm. Sein Onkel saß ihm im Nacken, der Boss wollte Ergebnisse sehen, Alarmanlage hin oder her.

Sie hatten Glück. Die Tür war angelehnt, die Fliesenleger waren offenbar im Vorraum beschäftigt, doch jetzt machten sie Pause, es war niemand da. Die beiden horchten.

Das Haus war sehr still. Die Tür zur Küche stand weit offen, links führte eine Treppe in den Keller hinab. Koba ging nie in den Keller, dort war nichts zu holen. Es gab andere Ansichten dazu, er hatte schon endlose Diskussionen über

Keller geführt. Über wahre Schätze im Keller, Leichen im Keller, Labyrinthe und Gewölbe, Weinkeller und Partyräume. Trotzdem. Er ging einfach nicht gern runter in einen Keller, fühlte sich dort immer wie in der Falle.

Toma war vorausgegangen in die Küche, sie roch nach frischem Obst, nach Vanille. Der Vorraum war getäfelt, dunkles Holz auch auf dem Boden, es knarrte leise unter ihren Schritten. Koba war ein lautloser Tänzer. Das war ein Haus reicher Leute. Toma war bereits im Wohnzimmer, am alten Sekretär, zog die Schubladen auf, fingerte durch die Papiere. Seine Hände waren rasch, schlüpften durch die Schriftstücke, suchten nach Geldscheinen, Goldmünzen. Toma war ein Idiot, das hatte Koba oft genug gesehen, er wusste nicht, wo er zu suchen hatte.

Koba ging weiter ins Arbeitszimmer, es roch nach altem Staub, Bücherreihen an drei Wänden, hoch bis zur Decke. In all diesen Büchern konnte Geld stecken, manche Leute machten das, versteckten ihr Bargeld in den Buchseiten, doch die Zeit hatte er nicht, jedes einzelne Buch rauszuholen und durchzublättern. Er konnte nur mit einer Hand arbeiten, der rechte Arm klebte an seinen Rippen, verhielt sich aber ruhig. Der Wodka am Morgen zeigte Wirkung. Er hatte nicht die Kraft, mit einer Hand den wuchtigen Schreibtisch aufzubrechen, und eigentlich wollte er noch in die Schlafzimmer schauen, wo der Schmuck der Ehefrau liegen musste. Zwei goldene Füllfederhalter, die obenauf lagen, nahm er mit, einen teuren Kugelschreiber. Der Schreibtisch eines erfolgreichen Mannes, Anwalt oder Professor. Zwei Manschettenknöpfe aus einer Schale auf dem Fensterbrett. Hinter einem Stoß Rechnungen steckte ein flaches Heft mit Kreditkarten, es wanderte in seine Tasche. Zeit fürs Schlafzimmer.

Er hörte Toma nebenan scharf husten und kehrte sofort um, lief ins Wohnzimmer, sah seinen Kollegen schon verschwinden in Richtung Vorraum. Draußen waren Stimmen zu hören – die Handwerker kamen zurück. Sie standen vor dem Dienstboteneingang und rauchten, lachten in der Runde. Toma winkte ihm zu und führte Koba zum getäfelten Vorraum; die zweite Tür öffnete sich zum Windfang des Haupteingangs. Eine massive Tür, der Schlüssel steckte von innen. Die Tür war verschlossen. Koba schloss auf und zog den Schlüssel ab.

»Kann man nie wissen, ob wir ihn noch brauchen«, sagte er und ging die geschwungene Außentreppe nach unten auf den Kiesweg. Sie liefen im Schatten von Ulmen zur Straße.

Zwei Minuten später saßen sie im polnischen Benz. Levan fuhr sich durchs Haar. »Ich habe die Männer zurückkommen gesehen. Die Handwerker. Außerdem kam ein Typ die Straße runter und wollte mein Auto mit dem Handy fotografieren. Die Scheißdeutschen, misstrauisch wie Hunde.«

Sie winkten ab. Alles war gutgegangen.

»Drei Minuten«, sagte Koba und holte die Manschettenknöpfe, die Kreditkarten, die beiden Füllfederhalter, den Kugelschreiber heraus. »Immerhin.«

»Mehr brauchen wir nicht«, sagte Toma. Sein Gesicht war jetzt glatt und offen, er strahlte. »Mein Onkel wird zufrieden sein, und vielleicht kommen wir wieder. Schnell rein, schnell raus, das hat die Muschi am liebsten.«

Er lud seine beiden Kollegen zum Essen ein, wie versprochen. Sie saßen im »Schwiliko« in der Schlesischen Straße. Für eine Stunde waren sie zurück in Tiflis, saßen am reich gedeckten Tisch, tranken Bier. Kobas Hände zitterten, als er Messer und Gabel nahm. Die beiden anderen merkten es nicht, doch er bekam seine Finger nicht unter Kontrolle. Sie zitterten, als er das Fleisch schneiden wollte und die Gabel zum Mund führte. Er war Anfang zwanzig und fühlte sich wie ein alter Mann.

»Toma«, sagte er, als sie draußen ihre Zigarette rauchten. »Ich bin raus. Das war meine letzte Tour. Sag deinem Onkel, er soll mich auswechseln. Geht nicht weiter mit mir.«

»Dein Arm kommt in Ordnung«, sagte Toma. »Das war doch nicht schlecht heute. Wir sind rechtzeitig raus, keiner hat uns gesehen. Sei nicht so ein Weißbrot. Das Leben geht weiter.«

»Ohne mich«, sagte Koba.

Er stieg nicht zu ihnen in den Benz.

»Nun mach schon«, sagte Toma. »Morgen geht es weiter. Wir holen dich ab. Drei Muschis morgen, wir haben was aufzuholen. Wenn du nicht da bist, gibt es Ärger.«

»Ich werde nicht da sein«, sagte Koba. »Ich bin raus.«

15 Lippold saß in der Fasanenstraße bei Grisebach. Die Abendauktion bot zeitgenössische Kunst. Er hatte bei seiner Mutter die drei Kartons durchgesehen, die er bei ihr eingelagert hatte, bevor er in den Bau musste. Drei Kartons mit seinen Anzügen aus den fetten Jahren. Seine Hemden, Krawatten, seine Schuhe. »Wasch dir mal lieber die Haare«, hatte seine Mutter gesagt. Lippold hatte sich die Haare gewaschen und seinen hellen Boss-Anzug angezogen, das Richards-Hemd, die Budapester Schuhe. War mit der U-Bahn quer durch die Stadt gefahren und vom Kurfürstendamm aus gelaufen. Er war aufgeregt. Er begann ein neues Leben.

Der Auktionssaal bei Grisebach war voll. Viele Damen trugen Blazer mit Nadelstreifen, dazu Yamamoto-Hosen, ein junger Mann tänzelte in burgunderroten Slippers. Vor Lippold saß ein älterer Herr und stützte seine Hände auf einen Gehstock mit silbernem Knauf, das dünne weiße Haar zu einem Zopf gebunden. Ein Mann mit Sandalen kramte in einem Stoffbeutel mit dem Aufdruck *Koenig Books*. Die Werke wurden rasch hintereinander aufgerufen und versteigert. Katharina Grosse, Norbert Bisky, Jonathan Meese, Bernd Koberling, *Tauende Schneefelder, Terror*.

»Geht in den Nachverkauf«, sagte der Auktionator vorn am Pult und rief das nächste Los auf. Das Bild wurde von zwei jungen Mitarbeitern hereingetragen und präsentiert. »Arnulf Rainer, *Frauenrausch*, ein wunderbares Werk von 1985, ich kann mit dreißig, vierzig, fünfzigtausend Euro beginnen. Fünfzigtausend also.«

An den Telefonen hoben sie die Karten, zweiundfünfzig, fünfundfünfzig, sechzigtausend.

»Sechzigtausend. Möchten Sie noch einsteigen?«

Der Saal wartete ab. Lippold saß an einem Pfeiler in der Mitte, vor sich die reservierten Plätze der reichen West-Berlinerinnen, neben sich eine Dame mit zurückgekämmten, offenen Haaren. Goldene Ohrringe, eine blauweiß gestreifte Bluse, Jeansjacke, sie hatte eine Bieternummer in der Hand.

Rainer Fettings *mad clown* wurde aufgerufen und präsentiert: ein aufgerissener schwarzer Mund mit wenigen verbliebenen Zähnen, schwefelgelbe Stirn, entschieden auf die Leinwand geworfen. »Wir können hier mit fünfzehn, zwanzig, fünfundzwanzigtausend beginnen.«

Dreißigtausend, fünfunddreißig, vierzigtausend wurde an den Telefonen geboten. Lippolds Nachbarin hob ihre Karte hoch.

»Fünfundvierzigtausend, danke«, sagte der Auktionator.

Links vorn im Saal nickte ein Herr. »Achtundvierzigtausend.«

Seine Nachbarin ging auf fünfzigtausend.

»Fünfzigtausend, eine schöne runde Zahl«, sagte der Auktionator vorn. »Fünfzigtausend gegen den Saal, gegen die Telefone und gegen das Netz. Bietet jemand mehr?«

Der Herr vorne links nickte.

Die Dame neben Lippold hielt dagegen.

Die Mitarbeiterinnen an den Telefonen wedelten abwartend mit ihren Karten, doch sie stiegen nicht mehr ein.

»Für achtundsechzigtausend verkauft, herzlichen Dank«, sagte der Auktionator und klopfte auf das Pult. Er notierte ihre Nummer.

»Gratuliere«, sagte Lippold leise, ohne die Dame anzuschauen.

»Danke«, sagte sie.

Als sie aufstand, folgte er ihr. Sie rauchte auf dem Gehweg vor dem Auktionshaus eine Zigarette, eine zierliche Frau, energisch, er schätzte sie auf sechzig.

Er zündete sich ebenfalls eine Zigarette an.

»Wohin hängen Sie das Bild?«, fragte er.

»Das kann ich Ihnen sagen«, sagte sie. »Das kommt in meine Kanzlei. Die Wand über meinem Schreibtisch ist leer, seit ich mich von meinem Kompagnon getrennt habe. Da kommt das Bild hin, das musste einfach sein.«

»Das war spürbar«, sagte er. »Und ich muss sagen, ich kann es verstehen, dass Sie das Bild wollten. Darin liegt eine Kraft, die hat mich sofort angesprochen.«

»Genau«, sagte sie. »Die jungen Wilden sind immer noch stark. Ich habe sie immer gemocht. Mitte der Achtziger haben sie so gut wie nichts gekostet, aber jetzt sind sie richtig teuer. Ich wäre bis zweiundsiebzigtausend gegangen, mehr nicht, muss auch mal gut sein. Aber ich wollte es haben.«

»Wir waren damals auf der anderen Seite der Mauer«, sagte Lippold. »Meine Mutter war mit Conny Schleime befreundet. Bevor sie nach West-Berlin gegangen ist. Sie hat ja endlos auf die Ausreise gewartet. Kennen Sie die Installation, als sie sich an die Tür gefesselt hatte?«

»Natürlich«, sagte die Anwältin. »Von Fotos jedenfalls. Fand ich ganz toll.«

»Toll«, sagte er. »Ich weiß nicht. Conny hat so gelitten, ich war erst zehn, aber das habe ich mitgekriegt. Und dann war sie weg, Penck war schon in England, Ralf Kerbach in West-Berlin, Sascha Anderson auch. Meine Mutter musste bleiben, und ich natürlich auch.« Er wusste, dass er log. Seine Mutter hatte Cornelia Schleime immer verachtet. Doch jetzt sah er sich als zehnjährigen Jungen in der Küche sitzen mit ihr und seiner Mutter, und Conny malte eine Einladungskarte für ihn, mit einer Zigarette zwischen den Lippen.

»Cornelia Schleime finde ich auch großartig«, sagte die Anwältin. »Sie hat sich unfassbar weiterentwickelt, seit sie in den Westen gekommen ist, das gelingt nur wenigen. Kennen Sie sie noch?«

Eine junge Dame von Grisebach trat auf sie zu und lud zu einem kleinen Umtrunk im Garten ein.

»Ich will Sie nicht aufhalten«, sagte Lippold. »Feiern Sie Ihren Erfolg. Ich sehe den *mad clown* schon über Ihrem Schreibtisch hängen. Gefällt mir. Da gehört er hin.«

»Nein«, sagte die Anwältin. »Sie kommen jetzt mit. Sie stoßen mit mir an. Das wäre ja noch schöner, wenn ich Sie hier stehenließe.«

Sie unterhielten sich im Garten bei einem Weißwein weiter, Lippold lobte die Rebe. Die Anwältin nickte. Die Leute standen in Gruppen, einige flanierten, schauten sich die Skulpturen im Garten an, darüber der abendliche Sommerhimmel. Lippold schaute nach den Wolken, und sie folgte seinem Blick.

»Ich muss Ihnen etwas gestehen«, sagte er und spürte sofort, wie sie sich verspannte und wappnete. Er drehte sein Weinglas, nippte daran und schaute sie an. »Ich bin fasziniert von zeitgenössischer Kunst. Das fing damals mit Conny Schleime an und ging weiter, bis heute. Neo Rauch, Jonathan Meese, Simone Haack, Daniel Mohr, das sind Werke, die inspirieren mich. Aber was ich wirklich liebe, ehrlich gesagt, das sind die Wolkenbilder von Menzel und vor allem von den alten Niederländern, Ruisdael, Santvoort, Avercamp. Drei Viertel des Bildes einfach ein riesiger Himmel, ein Himmel voller Wolken. Ein paar winzige Vögel darin, und die sind frei.«

Die Anwältin lachte auf, erleichtert.

Sie tranken ein zweites Glas Weißwein, rauchten noch eine Zigarette zusammen.

»Silvaner vom Juliusspital, den haben sie auch in meinem Fischladen auf der Schönhauser«, sagte Lippold.

»Kenne ich nicht«, sagte sie. »Aber Fisch liebe ich. Ich gehe gern zu Rogacki auf der Wilmersdorfer.«

»Der ist auch gut«, sagte Lippold. »Aber den Fischladen sollten Sie mal ausprobieren, die haben wunderbaren Fisch. Schönhauser. Ich bin dort jeden Donnerstag, immer mittags.«

Die beiden tauschten keine Visitenkarten aus, worüber Lippold froh war, weil er keine dabeihatte, auch keine Telefonnummern, keine Mailadressen. Sie hatten sich nicht einmal einander vorgestellt, kannten ihre Namen nicht. Sie nickten sich zum Abschied nur zu, und Lippold lächelte.

16 »Wir haben Ärger«, sagte Steinmeier und legte sein Portemonnaie auf den Tisch. Draußen war es heiß, sein Diensthemd hatte schon vormittags dunkle Flecken unter den Achseln. »Sie haben bei Rückert eingebrochen, und jetzt sind wir auf einmal schuld.«

»Rückert, der Anwalt?«, sagte Romina. »Sie haben ihm die Wohnung ausgeräumt? Auweia.«

»Genau«, sagte Steinmeier. »Gestern, am helllichten Tag. Er hatte die Handwerker im Haus, deshalb war die Alarmanlage ausgeschaltet. Fliesenleger, Elektriker. Sie haben Mittagspause gemacht, die Tür stand sozusagen offen. Die Männer sagen, sie haben sich bloß belegte Brötchen und Wasser vom Späti geholt, sie waren keine drei Minuten weg. Sagen sie.«

»Drei Minuten können lang sein«, sagte Romina. »Dein Portemonnaie liegt seit nicht mal drei Minuten auf dem Tisch, und du bist schon schweißgebadet.«

»Was ist mit deiner Schwester?«, fragte Steinmeier. »Geht's ihr besser?«

»Sie hat den Mann gesehen«, sagte Romina. »Ich hab mir ihr geredet. Steinmeier, du bist doch so der ruhige Typ, wenn es nicht grad um dein Portemonnaie geht. Aber wenn du mal bei einer Zeugenvernehmung durchdrehen willst, dann komm zu uns nach Hause und rede mit meiner Schwester. Sie liegt auf der Couch, der Fernseher läuft, die Nachbarn latschen alle drei Minuten rein, meine Mutter heult in der Küche, und meine Großmutter hat den Mann auch gesehen. Ein Strigoi, sagt sie. Mit einem ganz gemeinen Blick.«

»Immerhin hat sie ihn gesehen, ich meine, deine Schwester.«

»Hat sie. Sagt sie jedenfalls. Sie fand ihn nett. Sie hat sogar mit ihm geredet. Angeblich hat er vor dem Haus gewartet, das sagt auch meine Großmutter. Am nächsten Tag habe ich mit den Nachbarn geredet, ob sie was gesehen haben, und sie haben niemanden gesehen. Die mögen es nicht, wenn sie ausgefragt werden. Die kennen mich, die mögen mich auch, ich bin mit ihnen aufgewachsen, ich bin Familie für die, aber die wissen auch, welchen Job ich mache, und das finden sie einfach nicht gut. Ich bin jetzt vor allem Polizei für sie, und sie wollen nicht mit der Polizei reden.«

»Anzeige erstatten«, sagte Steinmeier. »Habe ich dir doch gesagt. Deine Schwester sollte Anzeige erstatten. Dann kümmern sich die Kollegen drum. Das musst du nicht selbst machen.«

»Mit den Kollegen reden meine Leute noch weniger«, sagte Romina. »Ich habe mich auch mit den Dealern vom Görlitzer Park unterhalten, mit denen hinten auf dem stillgelegten Bahndamm, wo ich Sanda dann gefunden habe. Die Dealer haben auch nichts gesehen. Keinen Mann, keinen Strigoi, niemanden. Verstehen gar nicht, was man sie fragt. *Kein Deutsch, sorry.* Und wenn man sie auf Englisch fragt, können sie plötzlich auch kein Englisch. Das wüsste ich gern, wie die ihre Geschäfte abwickeln, wenn sie kein Deutsch und kein Englisch reden. Ich habe auch die Späti-Händler gefragt, die kennen sich in ihrem Kiez aus, ihre Stammkunden und wer sonst noch auf der Straße herumläuft. Niemand hat an dem Tag irgendwas gesehen. Das Komische ist, dass der Typ sie anscheinend verfolgt hat. Sie hatte dann doch Angst, hat sich über die Nacht in einem Zelt am Landwehrkanal verkrochen. Und am nächsten Tag war er wieder da, und dann hat er sie erwischt. Er hat sie übel zugerichtet. Richtig verdroschen.«

»Und noch mehr?« Steinmeier machte eine wedelnde Geste zu seinem Schoß, die Sache war ihm peinlich.

»Nein«, sagte Romina. »Hat sie nicht vergewaltigt, falls du das meinst. Ins Gesicht geschlagen.«

»Hört sich nach einer Bestrafung an«, sagte Steinmeier.

»Sie kannte ihn nicht«, sagte Romina. »Wofür soll er sie bestrafen? Das ist doch Quatsch. Aber was wollte jetzt eigentlich dieser Anwalt von dir?«

»Der Mann mit dem Goldhelm«, sagte Steinmeier.

»Der Mann mit dem Goldhelm?«, sagte Romina.

»Kennst du nicht? Richard Rückert ist einer der großen Förderer der Berliner Kunstmuseen. Freunde der Neuen Nationalgalerie, Gemäldegalerie. Er hat den Barnett Newman nach Berlin geholt. Und er fährt gern Rad, und dazu hat er sich einen goldenen Fahrradhelm gekauft, wegen Rembrandt.«

»Verstehe, wegen Rembrandt«, sagte Romina. »Was will er denn nun? Dass wir ihm die Sachen zurückbringen, die die Jungs geklaut haben? Was kann man denn in drei Minuten klauen? Ist dein Portemonnaie überhaupt noch da?«

Steinmeier griff sich an die Gesäßtasche. Er nickte. »Im Grunde ja. Er will, dass wir eine Sonderkommission einsetzen.«

»Dazu ruft er dich an?«, sagte Romina und legte eine Hand vor den Mund. »Kollege Frank-Walter Meier, den alten Klepper, der hier in Lichterfelde sein Gnadenbrot verzehrt?«

»Das habe ich jetzt nicht gehört«, sagte Steinmeier. »Ich bin seit zweiundvierzig Jahren in Lichterfelde. Und Richard Rückert ist auch seit zweiundvierzig Jahren in Lichterfelde. Man kennt sich. Man schätzt sich. Man nutzt dann auch mal den kurzen Dienstweg, um sich auszutauschen. Aber du kannst davon ausgehen, dass Rückert die Idee einer Sonderkommission zu den Einbrüchen auch der Polizeipräsidentin vorgelegt hat, ihre Nummer hat er jedenfalls. Der hat von allen die Nummer, und er ist ein Mann, der gern jemanden anruft, wenn er eine Idee hat.«

»Der Mann mit dem Goldhelm«, sagte Romina. »Das ist toll. Ich muss ihn mal fragen, ob der wirklich aus Gold ist. Und wer ist jetzt Barnett Newman? Wieso holt er den nach Berlin?«

»Andere Geschichte«, sagte Steinmeier. »Die muss er dir selbst mal erzählen, und dann bringst du besser drei Stunden Zeit mit.«

»Mit mir redet der doch nicht«, sagte Romina. »Ich bin bloß eine kleine Bulette. Ich hoffe, die Brüder haben ihm nicht seinen Goldhelm geklaut.«

»Von wegen, kleine Bulette«, sagte Steinmeier. »Der wird schon mit dir reden. Ich habe dich vorgeschlagen für die Sonderkommission. Du hast Biss. Du hast die Zeit, dich da reinzuhängen. Du bist belastbar. Keine Familie. Sonderkommission heißt vierundzwanzig sieben, da kannst du froh sein, wenn du mal drei, vier Stunden schläfst.«

»Kommt überhaupt nicht in die Tüte«, sagte Romina. »Ich hab keine Zeit. Ich muss den Typen finden, der meine Schwester verprügelt hat. Ich will im Biergarten sitzen und Fußball gucken. Ich will mit interessanten Männern ins Gespräch kommen.« Sie dachte an Felix, die Nacht mit ihm war lange her, doch eine der Nächte, die man nicht vergisst.

»Ich habe dich vorgeschlagen, weil ich dich geeignet finde«, sagte Steinmeier. »Und du solltest das als Chance sehen. Das kann ein wichtiger Karriereschritt für dich werden, du willst doch nicht in Lichterfelde versauern.«

»Voll nett von dir«, sagte Romina. »Danke.« Sie stand auf und umarmte ihren Kollegen unbeholfen. »Außerdem habe ich durch meine familiäre Herkunft auch eine quasi natürliche Affinität zu Eigentumsdelikten. Ist dir sicher auch durch den Kopf gegangen, oder? Alles okay mit deinem Portemonnaie?«

Steinmeier griff sich an die Gesäßtasche, sie war leer. Er schaute Romina lange an.

Sie warf ihm das Portemonnaie zu, und er steckte es wieder ein.

»Ich mache drei Kreuze, wenn ich dich los bin«, sagte er. »Drei Kreuze.«

17 Kobas Hände zitterten auch am dritten Tag. Er hatte noch sieben Euro in der Tasche und zehn Zigaretten. Zurück ins Wohnheim am Linden-Center konnte er nicht. Sie würden es nicht verstehen, dass er so nicht arbeiten konnte. *Arbeitsunfähig? Ich geb dir gleich arbeitsunfähig.* Sein Handy lag noch dort, sein Pass, seine Hosen und Hemden, Brot und Wurst. Er hatte Hunger.

Geschlafen hatte er auf Parkbänken, und da war er nicht der Einzige. Berlin hatte viel Wasser, den großen Fluss und den Kanal, dem er lange folgte. Am Ufer standen Bäume und Sträucher, Liebespaare hielten Händchen, Koba saß neben ihnen, und sie rückten ab von ihm, denn er stank. Nicht nur sein Arm, sondern sein ganzer Körper. Nach drei Tagen ohne Dusche roch Koba wie ein Obdachloser; es widerte ihn selbst an. Ein Dieb achtet auf sein Äußeres, ein Dieb ist ein Herr. Jetzt war er ein Penner und roch wie ein Penner. Nachts immerhin hatten er und die anderen Obdachlosen die Parkbänke für sich. Er schlief gut, die Nächte waren warm, und sein Arm schmerzte nicht mehr.

Er war allein. Mit wem sollte er reden? Er sprach kein Deutsch, nur wenig Englisch. In Kanada würde er Englisch sprechen. Das kommt dann von selbst. Die Kanadier helfen einem, sie sind höflich. Sie sind gastfreundlich, ihre Tür steht jedem offen. Wie in Tiflis. Der Tisch dort war immer reich gedeckt, wenn Gäste kamen; Koba sah die Speisen vor sich, warm und gut. Er zündete sich eine Zigarette an, lief weiter. Die Stadt war ungeheuer groß, in Kanada würde er sich zurechtfinden, in Berlin fand er sich nicht zurecht. Eine Altstadt gab es nicht, ein Zentrum gab es nicht, es gab nur Häuser und Häuser in langen Reihen. Wohnviertel mit Mietshäusern, Geschäftsstraßen, Kneipen und Restaurants, doch nicht so wie in Tiflis.

Dann hatte er Glück. Hinter einer großen Straße mit einer Synagoge mit goldener Kuppel lief er in eine Seitenstraße und fand ein georgisches Restaurant. »Kin Za«. Es war voller Touristen. Draußen saßen sie an kleinen Tischen, drinnen an langen Bänken, so wie es sich gehörte. Die Kellnerinnen liefen zwischen den Tischen hin und her und brachten Bier, Tabletts mit Chinkali, Schaschlik oder Bohnensuppe.

Als die jüngere der beiden nach draußen kam und einen Tisch abräumte, fragte er auf Georgisch: »Bekomme ich hier zu essen?«

Sie lachte, und ihr Lachen erinnerte ihn an seine Schwester.

»Ein Landsmann«, sagte sie. »Woher kommst du?«
»Tiflis.«

»Zu Besuch hier?«

»Geschäftlich.«

»Natürlich bekommst du bei uns zu essen. Jeder Gast ist ein Geschenk Gottes. Wenn du Geld hast.«

»Ich habe noch sieben Euro«, sagte er.

»Deine Geschäfte laufen offenbar nicht besonders gut«, sagte sie. »Wir haben drinnen noch einen Platz am großen Tisch in der Ecke. Ich gebe dir ein Bier und frage den Koch, was er für sieben Euro hat. Er hat Geburtstag heute, er gibt dir was.«

Koba folgte ihr ins Lokal. Er hörte nur Amerikanisch, es waren junge Touristen, überall lagen Handys auf den Tischen, Geldbörsen, Kopfhörer. Niemand achtete darauf, sie unterhielten sich oder scrollten auf den Telefonen. Ihnen gehörte die Welt. Kinder reicher Eltern, sie trugen Goldrandbrillen, Piercings, Ketten, Ringe. Wenn nur seine Hände nicht so zitterten. Er setzte sich an den letzten Platz am großen Tisch.

Die junge Kellnerin redete mit einem Mann in der offenen Küche und wies auf Koba. Er hob die Hand und grüßte. Rief hinüber: »Herzlichen Glückwunsch!«

Der Koch nickte ihm zu und hob einen Daumen.

Das Bier, das sie ihm brachte, war aus der Heimat. Ein Zedazeni. Er ließ sich Zeit damit.

Sie brachte ihm einen Teller mit gefüllten Auberginen.

»Heute bist du unser Gast. Iss und trink, wie zu Hause.«

Sie strich mit den Fingerspitzen kurz über seinen Nacken. Koba schaute sie an und lächelte. Er mochte sie, aber nicht so. Nur wie er seine Schwester mochte.

Das Essen war gut. Er aß langsam, Bissen für Bissen.

Trank das Bier langsam. Er wollte nie wieder von diesem Platz aufstehen. Immer weiter essen und trinken.

Die Touristengruppe zahlte, er saß allein am großen Tisch, den leeren Teller vor sich, den leeren Bierkrug.

Die Kellnerin kam und räumte ab.

»Das war gut«, sagte Koba. »Danke.«

»Tut mir leid«, sagte sie. »Wir brauchen den Tisch jetzt. Die nächste Gruppe steht vor der Tür.«

»Klar«, sagte er. »Ich geh schon. Kein Problem.« Er legte die sieben Euro auf den Tisch.

»Lass mal«, sagte sie. »Geht aufs Haus.«

»Dann nimm es als Trinkgeld. Das war mein bester Abend in dieser Scheißstadt.«

»Wenn du Lust hast, kannst du nachher wiederkommen«, sagte sie. »Wir feiern ein bisschen, wenn die Gäste raus sind. So um Mitternacht etwa.«

»Mach ich«, sagte Koba. »Dann bis nachher.«

Er ging hinüber zum großen Fluss, satt und zufrieden. Vor dem alten Museum tanzten Leute Tango, er sah ihnen eine Weile zu. Toma hatte ihm von dem Museum erzählt, dort hatten Libanesen vor einigen Jahren die größte Goldmünze der Welt rausgeholt. Sie kam aus Kanada, natürlich. Die Gruppe war durch ein Seitenfenster eingestiegen und hatte die Münze durch das Fenster rausgeschafft. Sein Blick glitt über die Fensterreihe des Museums, er nickte anerkennend. Gute Arbeit. – Um Mitternacht war er zurück im Restaurant. Die Kellnerinnen, der Barkeeper, die Köche saßen alle am langen Tisch und unterhielten sich. Koba schüttelte dem Koch die Hand und gratulierte nochmals. Er fand einen Platz neben der jungen Kellnerin.

Sie hoben gemeinsam das Glas auf den Koch und stießen an. Kobas Hände zitterten.

18 Sie kam spät, doch sie kam. Lippold hatte einen Tisch für zwei im Fischladen auf der Schönhauser Allee reservieren lassen. Er war sich sicher, dass die Anwältin auftauchte. Er konnte warten. Er hatte zweieinhalb Jahre gewartet.

Als sie das kleine Lokal betrat, hob er die Hand, sie winkte erleichtert und kam an seinen Tisch.

»Sie haben es gefunden«, sagte er. »Und ich habe hier einen Platz frei. Ich wollte gerade bestellen.«

Sie setzte sich. Der Mittag war drückend schwül, über dem Süden der Stadt zog sich ein Gewitter zusammen, das Donnergrollen war noch weit entfernt. Hier auf der Schönhauser Allee schien die Sonne.

»Es war doch weiter weg, als ich dachte«, sagte sie und richtete sich ihre Haare. Ihre Stirn war feucht. Sie holte eine Lesebrille heraus, um die Karte zu lesen.

»Berlin ist groß«, sagte Lippold. »Und kein Weg ist so weit in Berlin wie der vom Westen in den Osten.« Er trug ein hellblaues van-Laack-Hemd auf der nackten Haut. Im Ausschnitt ein Lederband mit dem silbernen Tuareg-Kreuz. »Die Dorade ist gut. Die Jakobsmuscheln. Im Grunde können Sie hier alles essen. Und der Weißwein ist vom Würzburger Stein, den hatten sie bei Grisebach auch.«

»Nein«, sagte die Anwältin. »Mittags trinke ich nie. Und bei dieser Hitze schon gar nicht. Das ginge nicht gut.«

»Das hört sich interessant an«, sagte Lippold.

»Ich könnte dann einfach nicht mehr aufhören«, sagte sie und lachte. »Nicht dass ich heute noch viel zu arbeiten hätte. Aber Weißwein bei dieser Hitze, da würden die Pferde mit mir durchgehen.«

»Ich bin in der glücklichen Lage, nicht arbeiten zu müssen«, sagte Lippold. »Wenn ich meinen Klienten helfen kann, helfe ich gern. Dann bin ich zur Stelle, doch heute bitte nicht.«

Ihr Blick ruhte auf seinem Lederband mit dem Anhänger. Er löste ihn von seinem Hals und reichte ihr das eigenartig geformte Kreuz. »Aus der Sahara«, sagte er. »Die Tuareg sind großartige Schmuckkünstler. Ich habe nie wieder so klare und harmonische Formen gesehen, und ich war viel unterwegs. Sie arbeiten fast ausschließlich mit Silber, es verleiht ihnen Schutz. Ein solches Kreuz wird vom Vater an den Sohn gegeben, wenn er die nötige Reife erreicht hat.

»Hat Ihr Vater Ihnen denn auch etwas gegeben, als Sie ein junger Mann waren?«, fragte sie.

»Mein Vater«, sagte er. »Mein Vater hatte mit Schönheit nichts am Hut. Er war Elektriker. Ein guter Elektriker. Er hat das Hotel Berlin verkabelt, das war sein ganzer Stolz. Ein gefragter Mann. Aber für Schönheit hatte er keinen Sinn, das kam eher von meiner Mutter.«

Sie gab ihm das Tuareg-Kreuz zurück, und Lippold wartete ab, ob sie etwas über ihre Mutter sagen wollte. Die meisten Frauen redeten gern über ihre Mutter. Man muss Frauen reden lassen.

»Ich glaube, ich bestelle doch einen kleinen Weißwein«, sagte sie. »Aber Sie müssen auf mich aufpassen.«

»Keine Sorge, ich passe auf«, sagte Lippold. »Hängt der Fetting schon?«

Die Anwältin strich sich mit den Fingerspitzen das Haar an den Schläfen zurecht, es war unauffällig blond gefärbt.

»Noch nicht«, sagte sie. »Er wird nächste Woche geliefert, und ich dachte, ich lade ein paar Freunde ein, wenn wir das Bild hängen.«

»Das klingt gut«, sagte er. »Ein wichtiger Moment. In meiner Zeit in Dubai waren das Ereignisse, wenn die neu gekauften Werke gehängt wurden. Und die Emiratis haben gern gekauft, die haben viel Platz in ihren Villen.«

»Vielleicht haben Sie ja auch Lust zu kommen«, sagte sie und nippte an ihrem Weißwein. »Keine große Sache. Nur ein kleiner Umtrunk. Doch es wäre schade, wenn ausschließlich meine Klienten den Fetting zu sehen kriegen.«

»Es wäre mir ein Vergnügen«, sagte Lippold und hob sein Glas.

Sie lachte. »Nun haben wir so viel miteinander geredet und kennen noch gar nicht unsere Namen. Darf ich Ihnen das Du anbieten? Ich bin Beate.«

»Jacques«, sagte er.

Sie stießen an.

»Jacques«, sagte Beate. »Ungewöhnlicher Name. Ich fürchte, in der Schule haben sie dich Jacke genannt. Jacke wie Hose.« Sie musste lachen.

Lippold lachte nicht. Für einen Moment spannten sich seine Kiefermuskeln an, und sein Blick wurde kalt.

»Könnte sein«, sagte er und lächelte.

Beate bekam den Moment nicht mit, sie war mit einer Gräte beschäftigt. Nahm noch einen Schluck Weißwein.

»Ich glaube, ich habe immer noch nicht verstanden, was du machst«, sagte sie nach einer Weile.

»Kunstberater«, sagte Lippold. »Ich habe viel gemacht in meinem Leben, und jetzt berate ich Leute beim Kauf von Kunstwerken oder beim Aufbau einer Sammlung. Art Advisor, wenn du so willst. Kennst du die Taschen bei Murkudis in der Potsdamer? *You can buy taste.* Genau darum geht es. Die meisten wohlhabenden Leute haben nicht die Zeit, sich mit Kunst auseinanderzusetzen. Die wissen nicht, was sie wollen. Die haben keinen Geschmack, die haben nur Geld. Da komme ich ins Spiel. Und ich habe das sehr gern gemacht. Zweieinhalb Jahre in Dubai. Da kann man wirklich Geld in die Hand nehmen, das spielt für die keine Rolle. Anita Pallenberg und Julian Schnabel, ich habe denen alles besorgt.«

»Das finde ich toll«, sagte Beate. »Eine ganz andere Welt. Da muss dir Berlin doch langweilig sein. Trotzdem bist du zurückgekommen.«

Lippold strich mit dem Teelöffel über den Rand seiner Espressotasse. »Es sind die Menschen, Beate«, sagte er. »Da unten bist du nicht mehr als ein Dienstleister. Die bezahlen dich gut, die bezahlen dich richtig gut. Aber darum geht es doch nicht. Ich war einsam da unten. Du kannst überall Leute treffen, in Jumeirah, in al-Barsha. Du gehst abends aus ins Burj Khalifa und triffst Inder, Pakistani, Ägypter, Libanesen, auch mal einen Schweden oder Franzosen. Du hast Spaß mit denen, fährst raus in die Wüste, die beamen Filme auf eine Steildüne, die Sonne geht unter, das sind magische Momente, keine Frage. Kann man eine Weile aushalten. Aber ich habe gemerkt: Ich sitze in der Wüste und mir fehlen die Blumen, mir fehlt ein Garten, um den ich mich kümmern kann, mir fehlen Menschen, mit denen ich reden kann. So wie wir beide jetzt reden.«

Beate bestellte sich noch einen Wein, Lippold nahm einen zweiten Espresso. Das Gewitter grollte weit entfernt im Süden, sie ließen sich Zeit. Beate erzählte von ihrem Balkon, den sie neu bepflanzt hatte. Sie zog Tomaten, hatte einen kleinen Kräutergarten. Salbei, Rosmarin, Oregano, Schnittlauch, Petersilie. Lippold nickte und hörte zu. Sie erzählte von ihrer Arbeit. Sie erzählte von ihrer Mutter. Lippold saß ihr gegenüber und spielte mit seinem Tuareg-Kreuz. Man muss Frauen reden lassen.

»Du kommst bitte zu meiner kleinen Vernissage«, sagte sie zum Abschied und reichte ihm die Hand. Sie war schmal und warm. »Es wäre mir wirklich eine Freude.«

19 »Ich muss schlafen, einfach mal schlafen«, sagte Romina. Sie saß mit Felix vor dem »Daffke«, er spielte mit ihrer Hand. Sie hatte einen Espresso vor sich. »Letzte Nacht bin ich erst um fünf ins Bett gekommen, und um sieben haben sie wieder angerufen.«

»Du trinkst zu viel Kaffee«, sagte er. »Lass doch einfach. Dann würdest du besser schlafen. Ich habe vor zwei Jahren aufgehört mit Kaffee, und seitdem schlafe ich super. Vorher konnte ich auch nicht einschlafen.«

»Ich kann damit nicht aufhören«, sagte sie. »Kein Gedanke. Dabei weiß ich genau, dass Kaffee nichts mehr bringt.

Das war mal. Ich trinke den aus reiner Gewohnheit. Wenn du zwei Stunden Schlaf in der Nacht kriegst, würdest du auch ohne Ende Kaffee trinken, hundert Pro. Das Problem ist, dass sie ständig anrufen.«

Felix trank sein Bier aus. Sie gingen rein und zahlten. Liefen nebeneinander die Straße runter, die Nacht war warm. Vom Tempelhofer Feld wehte ein leichter Wind. Felix hatte so gut wie nichts an, Shorts und ein Dänemark-Trikot. Vor ihrer Tür umarmten sie sich, und Romina konnte ihn nicht loslassen, ein straffer junger Mann, seine Haut glatt wie Seide.

»Kommst du noch mit hoch?«, fragte sie.

»Ich dachte, du musst schlafen.«

Sie beeilten sich, die Treppen hochzulaufen. Das amerikanische Paar im Nachbarhaus war schon zugange, der ganze Hinterhof hörte mit. Romina und Felix fielen ins Bett.

Sie waren mittendrin, als der neue Kollege anrief. Felix lag unter ihr und hielt sie fest. »Nicht jetzt. Nicht jetzt.«

Sie langte nach ihrem Handy.

»Wir sind in zehn, zwölf Minuten da«, sagte ihr Kollege. »Tut mir leid, wenn ich störe. Einsatz läuft.«

Zehn Minuten hatte sie noch, und die nutzte sie. Nach zwölf Minuten stand sie vor ihrer Haustür, und die Kollegen bogen auf ihre Straße ein.

Der Kollege hielt ihr einen Becher mit Kaffee hin. »Zum Aufwachen.«

Sandro sah aus wie ein BVG-Kontrolleur. Glatze, Fünftagebart, Brustbeutel über dem Männerbauch, schwarze Socken, Turnschuhe. »Wir suchen einen Benz mit polnischem Kennzeichen«, sagte er. »Anwohner in mehreren Außenbezirken haben so ein Fahrzeug in ihrer Nachbarschaft beobachtet, und immer gab es dort Einbrüche, wenn der Benz dort gewesen war. Malchow, Hohenschönhausen, Dahlem, Lichterfelde, auch in Erkner und Hoppegarten. Wir brauchen diesen Benz. Jetzt ist er in Marienfelde gemeldet worden, da fahren wir hin.«

Sie fanden ihn nicht. Der Morgen kam, der Vormittag, sie kreuzten vier Stunden lang mit zwei Wagen durch die Seitenstraßen der Außenbezirke. Sandro war wortkarg. Romina trank den vierten Becher Kaffee.

Mittags setzte er sie wieder zu Hause ab. »Bleib wach«, sagte er. »Kann sein, dass wir gleich wieder losmüssen.«

Felix schlief noch, Romina weckte ihn auf und zog sich aus. Sie machten da weiter, wo sie aufgehört hatten. Das Handy blieb still.

So ging es die ganze Woche.

Sie saß mit ihrem Vater vor dem Haus in der Harzer Straße, er rauchte eine Zigarette nach der anderen. Zu seinen Füßen sammelten sich die Kippen. »Ich komme nicht damit klar«, sagte er. »Wer macht so was? Ich kriege das nicht aus meinem Kopf. Nachts liege ich wach und wälze mich. Alle mögen Sanda. Hast du sie jetzt gesehen? Wie sie aussieht? Sie geht nicht mehr aus dem Haus.«

Die Großmutter saß auf der Türschwelle, rauchte und hielt Ausschau.

»Steinmeier sagt, es sei wie eine Bestrafung«, sagte Romina.

»Was für eine Strafe? Wofür? Sie hat niemandem was getan.« Er senkte den schweren Kopf und spuckte aus. Seufzte tief. »Wahrscheinlich ist es meine Schuld. Wahrscheinlich wegen mir. Ich bin ein schlechter Vater gewesen, war zu oft weg.«

»Quatsch«, sagte Romina. Sie saß neben ihm und hätte am liebsten ihren Kopf an seine Schulter gelegt, wie früher. »Du warst ein guter Papa.«

»Sie hassen uns, das ist es«, sagte die Großmutter. »Wir hätten nicht weggehen sollen aus Fântânele. Da waren wir unter uns. Wenn es Streit gab, haben wir das unter uns geklärt. Jetzt gehst du herum und redest mit allen Leuten. Wer ist dieser Steinmeier? Was für eine Strafe?«

»Sie haben uns auch in Fântânele gehasst«, sagte Rominas Vater. Rominas Handy klingelte, sie musste los.

Die Außenbezirke in der Sommerhitze. Enge Seitenstraßen mit Kopfsteinpflaster, dahinter Einfamilienhäuser mit kleinen Grundstücken, Obstbäume im Garten, Blumenbeete, niedrige Hecken. Kleine Geschäfte, Uhrmacher, Reinigungen, Bäcker, Bestattungen. Ein S-Bahnhof. Der Benz mit dem polnischen Kennzeichen war nicht zu finden. Sandro fuhr die Gewerbegebiete in Neukölln ab, Romina trank noch einen Becher Kaffee.

»Müssen das die Außenbezirke sein?«, fragte sie. »Was ist mit Kreuzberg? Mit Neukölln? Moabit? Treptow?«

»Wohnungen fassen die nicht an«, sagte Sandro. »Die sind nicht blöd. In Mietshäusern sitzen die Nachbarn hinter jeder Tür, da kommt dir ständig jemand im Treppenhaus entgegen. Die Jungs sind nicht blöd, die halten sich an Einfamilienhäuser, schön mit Zäunen, Hecken und hohen Koniferen. Außerdem ist der Weg nach Brandenburg nicht weit, zur nächsten Autobahn, und da sind sie sicher. Halbe Stunde nach Polen, eine Stunde nach Tschechien, wenn du dich ranhältst. In den Mietshäusern der Innenstadt stehst du vor der Wohnungstür, kannste klingeln, kannste klopfen, und selbst wenn niemand zu Hause ist, kommst du nicht rein. Hast du schon mal den Schlüssel vergessen? Du kriegst diese Schlösser nicht auf. Da rufst du den Schlüsseldienst, die machen dir für zweihundert Euro deine Tür auf. Aber unsere Jungs können das nicht.«

»Mit Säure«, sagte Romina.

»Mit Säure, klar«, sagte Sandro. »Hast du in der Zeitung gelesen. Vergiss es. Mit Säure hast du nur Ärger. Das machen die nicht. Wollen die nicht. Wozu auch? In Kreuzberger Wohnungen brechen Junkies ein, wenn sie unbedingt Geld brauchen. Unsere Jungs sind Profis. Die wissen, dass in Kreuzberg nichts zu holen ist. Hör mir bloß auf mit Kreuzberg.«

20 Koba war zurück in Hohenschönhausen. Er brauchte seine Sachen. Sein Handy, seinen Pass, seine Klamotten, irgendwo steckten auch noch dreißig Euro. Er war beim Koch des »Kin Za« untergekommen und kratzte im Restaurant die Reste von den Tellern ab, ehe sie in die Spülmaschine kamen.

Der Montagmorgen war kühl; in der Nacht war ein Gewitter über die Stadt gezogen, und auch jetzt hingen graue Fetzenwolken über den Hochhäusern. Hinter dem Linden-Center reihten sich die verschiedenen Blocks der Plattenbauten, einige waren zwanzig Stockwerke, andere dreißig

Stockwerke hoch, auf jeder Etage drei oder vier Wohnungen. Die Außenfassaden waren hellgrau, manche Balkone grün oder gelb gestrichen. Auf mehreren Balkonen war eine Deutschlandfahne ausgehängt. Die Gehwege zwischen den Häusern waren grau gepflastert. Die Geschäfte in den Flachbauten an der Seite waren ebenfalls grau: Kosmetik und Fußpflege, Teppiche, eine Shisha-Bar *Medusa*, eine Sportsbar *Double*. Dazwischen enge Zufahrtstraßen mit Parkbuchten, in denen die Anwohner ihre Autos abgestellt hatten.

Koba wollte sich ohnehin nicht lange aufhalten, nur seine Sachen holen, keine Diskussionen mit Toma und Levan. Er nahm den Gehweg am Bretterzaun entlang, das Hochhaus dahinter war eingerüstet und mit grauen Baunetzen verhängt. Er sah den Benz mit dem polnischen Kennzeichen auf dem Parkplatz stehen, wo er immer stand, und wollte eben die Straße überqueren, als er ein Fahrzeug bemerkte, in dem ein Mann und eine Frau saßen. Sie fotografierten die Autos mit professionellen Kameras.

Sie hatten ihn nicht bemerkt, er kam von hinten. Wenn er zum Hauseingang wollte, musste er an ihnen vorbei; sie standen schräg gegenüber dem Eingang. Wer Autos oder Hauseingänge mit professionellen Kameras fotografierte, war entweder ein Dieb oder ein Ermittler, das wusste Koba. Er blieb am Bretterzaun stehen. Sein Arm schmerzte. Er zündete sich eine Zigarette an, ging einige Schritte zurück, konnte sich aber nicht entschließen, zurück zum S-Bahnhof zu laufen. Konnte seine Leute nicht ins offene Messer rennen lassen. Konnte sie auch nicht warnen, sein Handy lag oben in der Wohnung.

Der Mann auf der Fahrerseite legte die Kamera beiseite und stieg aus. Unrasiertes Gesicht, Glatze, Brustbeutel, schwarze Socken, Turnschuhe. Eine Zivilhure. Er telefonierte hastig, schaute zum Hauseingang hinüber, nickte mehrmals. Er ging quer über die Straße zum Benz und schaute durch die Seitenscheibe, das Handy am Ohr. Die Frau blieb auf dem Beifahrersitz, hatte die Kamera sinken lassen. Als zwei junge Kerle aus dem Hauseingang traten, hob sie die Kamera und fotografierte. Koba kannte die beiden nicht. Sie gingen in Richtung der Sportsbar. Der Mann mit der Glatze setzte sich wieder hinter das Steuer.

Koba rührte sich nicht vom Fleck. Sie blieben noch fünfzehn Minuten vor dem Hauseingang stehen, und wenn Leute aus dem Haus kamen, fotografierten die beiden sie. Dann fuhren sie langsam davon.

Koba blieb, wo er war. Fünfzehn Minuten lang wartete er. Eine halbe Stunde. Dann kamen Levan und Toma aus dem Hauseingang und gingen zum Benz. Koba pfiff, sie achteten nicht darauf. Levan schloss den Benz auf.

Koba ging auf sie zu. »Gehen wir«, sagte er. »Wir müssen reden. Sie haben euch entdeckt.«

Toma verstand sofort und folgte ihm. Levan blieb am Steuer sitzen.

Koba blieb an der nächsten Ecke zwischen zwei geparkten Autos stehen.

»Was soll das heißen«, sagte Toma. »Wer hat uns entdeckt? Was willst du hier überhaupt? Du hast gesagt, du bist raus. Lässt dich drei Tage lang nicht blicken. Ich habe dir gesagt, es gibt Ärger, wenn du nicht auftauchst.«

»Ich will mein Zeug haben«, sagte Koba. »Nichts weiter.

Mein Handy, meinen Pass, die Klamotten. Ich komme heute Morgen hier an und sehe zwei Leute in einem Auto sitzen und fotografieren. Sie haben den Benz fotografiert und den Hauseingang. Zwei Zivilhuren. Sie haben euch am Arsch. Dann sind sie weggefahren, und wenn ich nicht so ein Idiot wäre, wäre ich auch verschwunden. Aber ich bin geblieben. Wollte euch nicht im Stich lassen.«

»Scheiße«, sagte Toma. Levan war ausgestiegen und kam zu ihnen herüber. »Was erzählst du? Hier fotografiert niemand. Wir haben drei Muschis heute, und du hältst uns nicht von der Arbeit ab. Am besten steigst du ein und erledigst deinen Job. Wie wär's? Die letzten Tage waren wir zu zweit unterwegs, ich bin allein in die Häuser gegangen, und ich kann dir sagen, ich habe mich ein bisschen einsam gefühlt ohne Partner.«

»Was will er?«, sagte Levan.

»Mein Zeug aus der Wohnung«, sagte Koba. »Außerdem haben sie den Benz fotografiert, den Hauseingang.«

»Dann müssen wir weg«, sagte Levan.

»Ich will mein Zeug aus der Wohnung«, sagte Koba. »Das dauert zwei Minuten. Eine Zigarettenlänge.« Er hielt die Hand auf.

Toma zündete sich eine Zigarette an und warf ihm den Schlüssel zu.

Koba lief zum Hauseingang, nahm die Treppen in den vierten Stock, schloss die Wohnung auf. Auf seiner Matratze lagen Pizza-Schachteln, leere Dosen. Er nahm sich eine Plastiktüte und stopfte seine Klamotten hinein, holte Pass und Handy aus der Matratze und verließ die Wohnung.

Unten warf Toma seine Zigarette weg. »Wir fahren morgen«, sagte er. »Ich habe nachgedacht. Wir machen noch vier Häuser, heute zwei, morgen zwei. Ich spreche heute Abend mit meinem Onkel, und wenn er einverstanden ist, fahren wir morgen zurück. In fünf Minuten sind wir auf der Autobahn, in einer Stunde in Polen. Noch vier Muschis, Leute. Dann ist erst mal gut.«

»Okay«, sagte Levan. »So machen wir das. In Polen können wir den Benz wieder verkaufen, und dann geht's ab nach Hause.«

»Ich setze mich bei Gott nicht in den Benz«, sagte Koba. »Würde ich euch auch nicht raten. Ich nehme die S-Bahn. Ich bin raus.«

»Mein Onkel wird sich freuen, wenn er das hört«, sagte Toma. »Wir sind nur zur Hälfte mit der Liste durch. Wir haben den Job nicht erledigt. Jetzt haben wir die Huren am Hals, und das Weißbrot nimmt die S-Bahn.«

Koba sah die beiden nicht mehr an, er nahm die Plastiktüte und ging den Gehweg zwischen den grauen Hochhäusern zurück zur S-Bahn.

21 Lippold war einer der ersten Gäste in der Kanzlei. Fettings *mad clown* lachte ihm über Beates Schreibtisch mit aufgerissenem schwarzen Mund entgegen. Beate hatte das größte Arbeitszimmer der Beletage, ihre Fenster gingen hinaus auf den Lietzensee. Parkettboden, prachtvoller Stuck an der hohen Decke, viele satte Rottöne. In der Ecke hinter der Tür reichte ein alter, reich verzierter Kohleofen fast bis hinauf zur Decke.

»Der musste bleiben«, sagte Beate. »Falls unser Wirtschaftsminister mal wieder auf dumme Ideen kommt.«

Lippold überreichte ihr eine Schnabel-Orchidee. »Danke für die Einladung«, sagte er. »Ich sehe, der Fetting hat seinen Platz gefunden. Sehr starker Eindruck.« Er trug ein tiefblaues Jackett mit goldenen Knöpfen, eine helle Sommerhose und eine leichte Knize-Note.

»Komm«, sagte Beate. »Ich stelle dich den anderen vor.«

Frau Schmiedlitz war viele Jahre im Berliner Abgeordnetenhaus gewesen. Frau Brokast Lehrerin, ihr Mann Studienrat, Frau Schropp Dozentin für Kosmetik. Weitere Damen, deren Namen er nicht verstand, waren Kolleginnen. Beate hatte mit den Gästen zu tun, es gab Crémant. Lippold unterhielt sich. Manchmal betrachtete er einfach den *mad clown*.

»Ich finde ihn schrecklich«, sagte eine Dame neben ihm. »Sagen Sie es nicht Beate, aber das Bild ist furchtbar. Waren Sie in der Caspar-David-Friedrich-Ausstellung?«

»Ja«, sagte Lippold. »Natürlich.«

»Wie akkurat der die Blätter eines Baumes gemalt hat«, sagte sie. »So fein. Das könnte ich nicht. Da stimmt alles. Das hat mich wirklich beeindruckt.«

»Ein anderes Konzept«, sagte Lippold. »Das hier ist expressiv. Das waren die rauen Achtziger.«

»Ach, anderes Konzept«, sagte sie. »Wenn ich das schon höre. Meine Freundin war kürzlich in Paris bei der Rothko-Ausstellung. Von Paris hat sie nichts gesehen, sie ist drei Tage lang in die Rothko-Ausstellung gerannt. Ich habe mir den Rothko in der Neuen Nationalgalerie angeschaut, und ehrlich gesagt, ich wäre fast daran vorbeigelaufen. Dafür fahre ich doch nicht drei Tage nach Paris.«

»Paris ist toll«, sagte Lippold. »Ich bin immer gern dort. Die Stadt inspiriert mich.«

»Genau«, sagte die Dame. »Eine ganz wunderbare Stadt. Wenn die Fahrräder nicht wären. Die Bürgermeisterin hat die Stadt völlig umgebaut, jetzt darf man da nur noch Rad fahren. Wenn ich das will, gehe ich nach Amsterdam oder Kopenhagen. Oder nach Mitte, da versuchen sie es auch. Die Friedrichstraße zum Radweg umzubauen, das konnten auch nur die Grünen.«

Davon hatte Lippold nichts mitbekommen, es musste in der Zeit gewesen sein, als er im Trockendock war. Er nickte, damit die Dame weitersprach. Zwei weitere Gäste kamen hinzu.

»Die Polizei macht ungefähr mal gar nichts«, sagte die eine. »Selbst wenn sie wollten, könnten sie nicht. Die sind kaputtgespart.«

»Bei meinem Bekannten in Kaulsdorf waren sie auch im Haus, haben alles rausgezerrt«, sagte die andere. »Alles zerwühlt. Denen ist doch alles egal. Die haben sich sogar an der Keksschachtel in der Küche bedient. Die haben am Ende noch ihren Kuhfuß im Ehebett vergessen. Stellen Sie sich das mal vor.«

»Wie geht's denn Ihren Bekannten jetzt?«, fragte Lippold. »Das macht ja was mit einem.«

»Denen geht's nicht so gut.« Die Dame nahm einen Schluck Crémant. »Die sind ganz schön mitgenommen. Die Frau hat eine Schließneurose entwickelt, sie schließt ständig ab. Dann schließt sie wieder auf, um noch mal abzuschließen. Nachts steht sie auf, um noch mal abzuschließen. Wenn sie einkaufen geht, dreht sie an der Gartentür um und muss noch mal abschließen, und die haben Sicherheitsschlösser, Stangenschlösser noch und noch. Trotzdem. Man hört anders, man denkt anders, sagen sie. Die Tochter isst nicht mehr. Die weint, wenn im Keller Licht brennt. Und sie isst nicht mehr. Meine Bekannte sagt: ›Wenn das Kind nicht langsam anfängt zu essen, dann wird sie sterben.‹ Was soll man da machen? Die haben sich total verrammelt, gehen so gut wie gar nicht vor die Tür.«

»Unten in Dahlem sind sie vor zwei Wochen bei den Galeristen eingestiegen«, sagte die erste Dame. »Wo der Vater mal Sekretär bei Beuys war. Die haben seit dem Einbruch für vierzigtausend Euro aufgerüstet, jetzt leben sie wie im Bunker.«

Die Dozentin für Kosmetik mischte sich ein, sie sprach mit stark russischem Akzent. »Letzte Woche sie waren bei uns. Was kann ich Ihnen erzählen. Ich war bei Alexa, drei Stunden weg. Ich komme nach Hause, mache die Tür auf, das ganze Haus ist verwüstet, ich habe geschrien. Ich sage Ihnen: Achtzehntausend Euro Bargeld waren weg. Schmuckstücke, die ich für die Kinder gesammelt habe. Kleidung, Gürtel, sie haben alles genommen.«

»Warum haben Sie denn so viel Bargeld im Haus?«, sagte die Dame, die den Fetting nicht mochte. »Achtzehntausend Euro?«

»Warum«, sagte die Dozentin. »Wegen Krise. Bankenkrise. Haben Sie Ihr Geld auf der Bank? Da ist es nicht sicher. Da können sie es einfrieren, und man kommt nicht mehr heran. Ich wollte es zu Hause haben, bei mir.«

»Ich habe Nachbarn in Biesdorf, ein älteres Paar«, sagte eine Anwältin. »Bei denen wurde vor vier Jahren eingebrochen. Wie Sie schon beschrieben haben, alles rausgezerrt, das ganze Haus komplett auf links gedreht. Und die beiden dachten sich: Die Jungs kommen wieder. Bei den anderen waren sie auch mehrmals. Wollen wir doch mal sehen. Also haben sie sich einen Tresor gekauft, ein richtig schweres teures Teil. Zweihundert Kilogramm. Und den haben sie mit Felssteinen gefüllt.«

»Mit Felssteinen«, sagte Lippold. »Was soll das denn?«

»Das habe ich mich auch gefragt«, sagte die Anwältin. »Die wussten, die kommen wieder. Kommen sie heute nicht, kommen sie morgen. Und die sind auch tatsächlich wiedergekommen, als meine Nachbarn im Urlaub waren, das ist jetzt keine drei Wochen her. Die Männer hatten ihre liebe Not mit dem Tresor, sie haben ihn aus der Wand gehebelt, in Decken eingewickelt und im Schweiße ihres Angesichts rausgeschleppt. Wie gesagt, zweihundert Kilogramm. Die haben sich sicher sehr gefreut, als sie ihn endlich aufmachen und reinschauen konnten. Felssteine.«

Alle lachten. Nur die Dozentin für Kosmetik verzog ihren Mund, weil sie nicht mehr zu Wort kam.

»Sehr gut«, sagte Lippold. »Anders lernen die Brüder es nicht.«

»Die werden ja nicht gefasst«, sagte eine Richterin. »Die Aufklärungsquote ist weniger als acht Prozent. Dass von denen mal welche vor Gericht stehen und dass ihnen von der Staatsanwaltschaft die Taten dann auch so zweifelsfrei zugeordnet werden können, dass es für eine Verurteilung reicht, kommt so gut wie nie vor. So gut wie nie.«

»Und selbst wenn sie verurteilt werden«, sagte eine Dame. »Das macht denen gar nichts. Das deutsche Gefängnis ist für die wie ein Hotel verglichen mit dem, was sie aus Bulgarien oder Moldawien kennen. Bei uns können sie sich mal so richtig erholen. Die sind im deutschen Vollzug wie auf Kur. Geregelter Tagesablauf, medizinische Betreuung, neue Zähne kostenlos, Tischtennis im Hof, zwei warme Mahlzeiten am Tag. Da kann man doch nicht meckern.«

Lippold sagte nichts. Warme Mahlzeiten, ja klar. Montags Fußlappen und mittwochs gesprengter Schweinekopf, samstags Weißkohleintopf und Sülze. Blutwurst, die sie tote Oma nannten. Er hatte den Geschmack jetzt noch im Mund. Das Rasseln der Schlüssel beim Durchschluss hatte er jetzt noch im Ohr. Den Geruch nach Bratenfett frühmorgens hatte er jetzt noch in der Nase. Zweieinhalb Jahre auf Kur? Acht Stunden auf dem Kettenbett, wenn er ausgerastet war. Andere bekamen ein halbes Jahr die Betonspritze. *Wie auf Kur.* Am liebsten hätte er der Frau eine gelangt. Im Bau wäre das eine Selbstverständlichkeit gewesen. Du kommst mir blöd, du fängst eine. War im Reichsbahnbunker anders gewesen, da hatte er den Türstehern Bescheid gegeben, wenn es Stress beim Verticken gab, und die gingen mit dem Vogel dann mal kurz um die Ecke. Im Bau hatte Lippold die Sache dann selbst in die Hand genommen, mit seinem selbst gefertigten Schlagring. Kurze Lunte, prompte Antwort. Hatte ihm immer Freude gemacht, jemandem Bescheid zu geben.

Aber das lag nun hinter ihm. Er nickte sein Gabba-Nicken in die Charlottenburger Runde, die rechte Hand lässig in der Hosentasche, in der linken Hand das Glas Crémant. Fettings *mad clown* lachte über ihnen mit seinem aufgerissenen schwarzen Mund.

22 Romina und Sandro waren am nächsten Morgen um sieben am Linden-Center in Hohenschönhausen, diesmal mit zwei Kollegen in einem weiteren Wagen. Der Vorgangsführer hatte einen Observationsbeschluss erwirkt, sie sollten den Benz beobachten und dranbleiben. Sie brauchten eine Stunde, um den Wagen ausfindig zu machen. Er stand auf einem entlegenen Parkplatz fünf Straßen weiter, gegenüber der *Kiss*-Lounge. Vor der Bar waren schwarze Korbstühle aufgestapelt. Die beiden neuen Kollegen, Jens und Murat, warteten in ihrem Wagen vor dem nächsten Hauseingang.

»Das kann sich jetzt hinziehen«, sagte Sandro. »Wenn du willst, holst du dir Kaffee und Schrippen. Keine Ahnung, wann sich hier was bewegt. Vielleicht müssen die Jungs erst noch ausschlafen, vielleicht haben sie heute überhaupt keine Lust. Weiß man nicht. Man steckt nicht drin.«

»Immerhin haben wir den Wagen«, sagte Romina.

»Den Wagen haben wir«, sagte er. »Und den Wagenhalter. Doch das heißt gar nichts. So ein Wagen wandert gern von Hand zu Hand, und wenn du anklopfst und die Papiere sehen willst, sitzt da ein ganz anderer Otto drin.«

Zwei Stunden vergingen. Nichts tat sich. Die Leute waren auf dem Weg zur Arbeit, zum Einkauf, der Benz stand in seiner Ecke. Ein vietnamesischer Mann schloss die Tür von *Kim Moden Änderungen* auf. Die Gardinen von *Andrea's Fußpflege Kosmetik* wurden zur Seite geschoben. Die Sonne kam über die Hochhäuser. Junge Mütter mit Kinderwagen, Hundehalter. Ein Schwarm Sperlinge flog auf. Der Benz stand in seiner schattigen Ecke.

Zwei weitere Stunden vergingen. Sandro döste. Romina trank den dritten Kaffee und schrieb Nachrichten an Felix.

Zehn nach elf tauchten zwei junge Männer auf und gingen geradewegs auf den Benz zu. Baseball-Caps, Camouflage-Shirts, Brustbeutel, Siebenachtel-Hosen, Turnschuhe. Der Fahrer schloss die Tür auf, der andere setzte sich auf den Beifahrersitz. Romina stieß Sandro an, er war sofort wach und sagte den Kollegen Bescheid.

»Dann wollen wir mal«, sagte er und startete den Wagen. »Ich bin gespannt. Wir bleiben drei Wagen hinter ihnen, die Kollegen versuchen, vorneweg zu fahren.«

Der Benz schob sich aus der Parklücke auf die Seitenstraße, bog dann ab auf die größere Straße zum Prerower Platz, dann links raus auf die Ausfallstraße nach Ahrensfelde und weiter zur Autobahn.

»Die wollen nach Polen«, sagte Romina. »Nach Hause. Gefällt ihnen bei uns nicht mehr.«

»Quatsch, Polen«, sagte Sandro. »Die nehmen bloß Anlauf, das gehört dazu.«

Der Benz zog über die schmale Landstraße nach Lindenberg, dort die Abfahrt zur Autobahn nach Prenzlau und Hamburg. Die Kollegen im zweiten Wagen vorne mussten abreißen lassen.

Auf der Autobahn nahm der Benz die linke Spur und beschleunigte auf hundertfünfzig, hundertsechzig Stundenkilometer. Die Schatten der großen Windräder auf den Feldern wischten an ihnen vorbei. »Da kann man nicht meckern«, sagte Sandro, der immer noch drei oder vier Wagen zwischen ihnen und dem Benz Abstand ließ. »Der zieht was vom Teller. Für einen alten Diesel ist das nicht schlecht.«

Der Benz scherte von einem Moment auf den anderen aus auf die Standspur. Die Autos hinter ihm bremsten abrupt ab, schleuderten, hupten. Sandro nahm den Fuß vom Gas und musste den Benz passieren, der auf dem Seitenstreifen stand, die Warnblinker leuchteten.

»Alter«, sagte Sandro. »Ich fasse es nicht. Jetzt ist denen das Auto verreckt.«

»Nein«, sagte Romina. »Die wollen nur sicher sein, dass ihnen keiner folgt. Die kommen wieder.«

Sie kamen wieder. Überholten auf der linken Spur und nahmen dann die Abfahrt nach Berlin Weißensee. Vier Wagen dahinter folgte Sandro. Auch die beiden anderen Kollegen hatten wieder Anschluss gefunden. Im zähen Stadtverkehr waren überraschende Fahrmanöver kaum noch möglich. Man fuhr dem Fernsehturm am Alexanderplatz entgegen. Die Sonne stach.

»Die sind nur zu zweit«, sagte Romina. »Da sind nur zwei eingestiegen, du hast gepennt.«

»Kann nicht sein«, sagte Sandro am Steuer. »Die müssen zu dritt sein. Einer bleibt im Auto, zwei gehen rein. Es gehen immer zwei ins Haus rein, sonst dauert das ewig.«

Die Kollegen im zweiten Wagen schoben sich auf der linken Fahrspur vorbei. Sie passierten den Alexanderplatz, Sandro blieb vier Wagen hinter dem Benz.

Auf der Leipziger Straße ging es kaum noch voran, erst hinter dem Potsdamer Platz löste sich der Stau. Der Benz fuhr die Potsdamer Straße hinunter, Galerien, Modeläden, Cafés, junges Volk auf der Straße, schwarze Tops, Sonnenbrillen, Touristen, dann die Ecke Kurfürstenstraße mit dem Strich, einige Frauen waren schon an ihrem Platz. Der Benz überquerte die Bülowstraße, unter der Hochbahn hindurch, hinter dem Kleistpark wurde der Verkehr flüssiger.

»Die wollen nach Steglitz«, sagte Sandro. »Lankwitz vielleicht. Dahlem, Lichterfelde. Die trauen sich was zu.«

Im Dahlemer Univiertel bog der Benz ohne zu blinken rechts ab in das Labyrinth der schmalen Seitenstraßen. Drosselweg, Falkenried, Wachtelstraße. Kleine Stadtvillen aus den zwanziger Jahren, Gärten mit Sandkasten und Schaukel, Kinderspielzeug, gepflegte Hecken davor. Zwei Radfahrer, ein Lieferwagen vom Supermarkt. Jetzt waren Sandro und Romina direkt hinter dem Benz.

»Das geht nicht lange gut«, sagte Sandro und verlangsamte die Fahrt. »Die sind nicht blöd, di e haben auch einen Rückspiegel.«

»Sie sind wirklich zu zweit«, sagte Romina.

Der Benz hielt an der nächsten Ecke. Ein Mann stieg aus und schlug die Beifahrertür zu. Der Benz wendete und blieb an der Ecke stehen, die Schnauze zeigte nach vorn zur Königin-Luise-Straße. Sandro wendete und parkte außer Sicht des Benz, hinter einem Lieferwagen. Sie konnten den Benz durch den Seitenspiegel beobachten.

»Soll ich zu Fuß weiter?«, sagte Romina. »Wo läuft der Typ jetzt hin?«

»Du bleibst, wo du bist«, sagte Sandro. »Wir kommen an dem Benz nicht vorbei. Der Fahrer steht Schmiere. Wir halten die Füße still.«

Er gab die Position des Benz an die Kollegen im zweiten Wagen weiter, sie näherten sich über die Seitenstraßen dahinter.

Doch bevor sie ihn sichten konnten, war der Mann zurück an der Beifahrertür des Benz, öffnete sie und glitt in den Wagen. Er schlug die Tür zu, der Wagen setzte sich sofort in Bewegung.

»Das ging schnell«, sagte Romina. »Das waren keine zwei Minuten.«

»Vielleicht war ein Hund im Haus«, sagte Sandro. »Hunde mögen sie nicht. Oder es war doch jemand zu Hause, als er geklingelt hat. Ist manchmal so.«

Er fuhr vor zur Königin-Luise-Straße, der Benz war in einiger Entfernung zu sehen, er wollte offenbar zur großen Clayallee. Zwei kantige Land Rover und ein Lieferwagen waren zwischen ihnen.

»Jetzt sind sie nervös«, sagte Sandro. »Mal sehen, wie sie reagieren. Ob sie weitermachen oder abbrechen. Die haben auch ihr Pensum, und wenn sie nicht liefern, kriegt der Chef einen Hals. Nicht anders als bei uns.«

Der Benz nahm die Stadtautobahn, die jetzt in den Mittagsstunden auf allen Spuren voll war, die Autos schoben sich im Schritttempo vorwärts. Sandro und Romina waren zwischen zwei Umzugslastern eingekeilt, behielten den Benz aber in Sichtweite.

Sie folgten ihm bis nach Kaulsdorf, Mahlsdorf, das war schon fast die Stadtgrenze. Hinten begannen die Äcker, dort ging es weiter nach Hoppegarten. Doch der Benz blieb in Mahlsdorf, bog in ein Viertel mit Einfamilienhäusern ein, die Straße war noch ungepflastert.

»Kenn ich, die Gegend«, sagte Sandro. »Das ist noch alter Osten hier. Meine Oma hat hier gewohnt, die hatte einen richtigen Garten mit Kirschen und Apfelbaum.«

Der Benz hielt in der Lübecker Straße. Sandro setzte

zurück. Die Kollegen im zweiten Wagen sicherten die Ausfahrt der Lübecker an der nächsten Kreuzung.

»Sehr schön«, sagte Sandro. »Jetzt sitzen sie in der Falle.«

»Und?«, sagte Romina. »Gehen wir rein? Worauf warten wir?«

»Wir sollen dranbleiben«, sagte Sandro. »Das ist der Auftrag. Von Zugriff war erst mal keine Rede. Man muss die Vögel auch mal machen lassen, sonst haben wir nichts in der Hand.«

Sie warteten eine halbe Stunde, dann startete der Benz. Sandro stellte seinen Wagen quer auf die Straße, sie sahen den Benz herankommen, hinter sich den Wagen der beiden Kollegen.

»Und stopp«, sagte Sandro und hielt seine Dienstmarke aus dem geöffneten Fenster. Der Benz hielt an.

»Sichern«, sagte Sandro zu Romina. »Wir schauen uns die beiden mal an. Schön langsam.«

Die beiden Kollegen hielten hinter dem Benz. Der Fahrer des Benz hob beide Hände. Sein Beifahrer stieg aus und zeigte seine Handflächen. »Was wollen Sie?«

»Polizei«, sagte Sandro.

Im gleichen Moment rannte der Mann los, quer über die Straße, setzte über einen Jägerzaun und verschwand im Garten. Romina achtete nicht auf die Rufe der Kollegen, sie flankte ebenfalls über den Zaun, sprintete über den Rasen. Hatte die falschen Schuhe an, doch sie war schnell, war immer die Schnellste im Training gewesen. Der Mann vor ihr verlor seine Baseball-Kappe, setzte über den Zaun hinter dem Kompost, war im nächsten Garten. Ein Hund im Nachbargarten schlug an.

Romina holte auf, fasste schon nach seinem Rücken, als er sich über die Hecke wälzte, sie wollte seinen Gürtel fassen, griff ins Leere. Er fiel in ein Beet mit Lupinen, rappelte sich hoch. Von rechts kam ein Dackel auf ihn zugelaufen mit wütendem Bellen. Der Mann trat nach ihm, wollte weiter.

Romina kam über die Hecke, federte hoch, rannte auf den Mann zu, der jetzt die Arme hob. Der Dackel stand kläffend vor ihm.

»Stehenbleiben«, sagte sie. »Polizei.«

»Alles gut«, sagte der Mann. »Bleib stehen. Alles gut.«

»Würde ich jetzt nicht so sehen«, sagte Romina und griff nach den Handschellen. Sie hatte keine dabei. Hinter ihr kam ein Kollege aus dem zweiten Wagen, Jens oder Murat, der brachte den Mann zu Boden und hatte Handschellen dabei.

23 »Ich brauche eine Wohnung in der Stadt«, sagte Lippold. Er hatte vier Buben auf der Hand und eine Herz-Flöte. »Sieht nicht gut aus für euch, das wird ein Grand.«

»Das ist nicht so einfach zurzeit«, sagte sein Freund aus alten Tagen. Mario. Eine Bekanntschaft aus den Bunker-Jahren. »Jeder sucht grad eine Wohnung. Jeder. Es gibt in Berlin keine Wohnungen, jedenfalls keine bezahlbaren. Nicht mal in Marzahn. Außerdem Kontra.«

»In Spandau soll es noch welche geben«, sagte der dritte Spieler. Tecke. Sie saßen in seinem Atelier. Der niedrige

Tisch war mehrfach geflickt. Darauf zwei leere Chipstüten und acht Bierflaschen, der Aschenbecher war voll. Sie spielten seit drei Stunden. »In Staaken. Heerstraße Nord. Maulbeerallee. Aber wer will schon nach Spandau.«

»Re«, sagte Lippold. »Ich muss wieder einen Fuß in die Tür kriegen, und da kann ich nicht ständig nach Bernau rausfahren und zu meiner Datsche in Birkenhöhe laufen. Das geht nicht.«

Tecke kam mit einem Pik-Ass raus, Mario warf die Zehn dazu, Lippold stach sie mit dem Kreuz-Buben ab. »Schneider sag ich nicht an, weil ich nett bin.« Er spielte eine Herzlusche aus, die anderen warfen ab. Lippold räumte alles ab, legte die drei restlichen Buben auf den Tisch. Die Kreuz-Dame ließ er ihnen.

»Oben in Tegel fackeln sie die Autos von Schließern ab«, sagte Mario. Er mischte die Karten neu. »Hat mir jemand erzählt. Jede Nacht brennen drei, vier Autos. Direkt auf dem Parkplatz vor der Anstalt. Keine Ahnung, woher sie wissen, welcher Wagen einem Schließer gehört.«

»Weil jeder Wagen, der auf dem Parkplatz steht, einem Schließmuskel gehört«, sagte Lippold. »Wer sollte da sonst parken?«

»Der Parkplatz wird bewacht«, sagte Mario und teilte die Karten aus. Zwei in den Skat. »Trotzdem brennen da jede Nacht Autos. Die Beamten sind in Aufruhr. Jetzt haben sie nicht nur drinnen Ärger, sondern auch draußen. Das macht sie fertig. Kann ich ja verstehen: Du kommst von einer anstrengenden Nachtschicht und hast endlich Feierabend. Du freust dich darauf, endlich in deinen Kadjar einzusteigen und die neue Rammstein auf dem Heimweg anzuhören. Und dann ist dein Kadjar nur noch ein stinkender Haufen Schrott. Das ist schon hart für die Betroffenen.«

»Das macht mich fast ein bisschen traurig«, sagte Lippold. »Was du mir für ein Blatt gibst. Hast du was gegen mich?«

»Kann dir dein Bewährungshelfer nicht eine Wohnung besorgen?«, fragte Tecke. Er schüttelte den Kopf, als er seine Karten sortierte. »Ist das nicht deren Job, dir bei deiner Wiedereingliederung in die Gesellschaft behilflich zu sein?«

»Mein Bewährungshelfer hat locker zweihundert Klienten«, sagte Lippold. »Jeder von denen will eine Wohnung von ihm und einen Job und eine neue Freundin. Ich sag dir, mein Bewährungshelfer ist froh, wenn ich ihn in Ruhe lasse. Ich gliedere mich selbst wieder ein.«

»Wo gliederst du dich denn ein?«, sagte Mario. »In der Datsche bei Bernau? Lippe, dich habe ich mal anders gekannt. Du standest mal gut im Saft. Jetzt sitzt du in der Datsche deiner Mutter und wässerst die Radieschen. Du hast ein Null-Blatt auf der Hand. Null ouvert, wenn's hoch kommt.«

Lippold reizte sein Blatt aus und bekam den Skat. »Das sehe ich anders«, sagte er. »Grand ist mein Spiel. Darunter mache ich es nicht. Ich will ans große Geld.«

»Wer will das nicht«, sagte Tecke. »Das haben vor dir auch schon andere gewollt, und die sitzen jetzt in Tegel, trinken kuhle Jampe und sehen nachts die Wagen auf dem Parkplatz brennen.«

»Kennst du den Mann, der mit Baggern arbeitet?«, sagte Lippold und schaute Tecke an. »Eine gelbe Baggerschaufel von ihm steht im Bunker, mitten im Raum, sorgfältig angestrahlt, damit man auch die Edelsteine sieht, die er da drangeklebt hat. Der Mann hat auch ein Bagger-Ballett in der Wüste von Nevada gemacht, hat der Guide uns erzählt.«

»Cyprien Gaillard«, sagte Tecke. »Der schaufelt ordentlich Geld mit seinen Baggern.«

»Genau das meine ich«, sagte Lippold. »Der ist aus dem Gröbsten raus. Weiter oben haben sie Absperrgitter und Gummibälle für sensible Schweine. Das hat mir zu denken gegeben.«

»Du warst im Bunker?«, sagte Mario. »Ich fasse es nicht. Du Ratte. Ich habe seit dreißig Jahren keinen Fuß mehr in den Bunker gesetzt. Seit sie uns da verjagt haben. Und du gehst da rein und schaust dir gelbe Baggerschaufeln an.«

»Warum nicht?«, sagte Lippold. »Ich muss sehen, wo ich bleibe auf meine alten Tage. Ich brauche eine ordentliche Wohnung, und ich brauche Geld. Und ich bin bereit zu lernen.«

»Was soll denn das heißen«, sagte Mario.

»Ich sag dir, was das heißen soll«, sagte Lippold. »Das soll heißen, dass ich mich mehr in Charlottenburg sehe als in Heerstraße Nord. In Charlottenburg hast du Leute mit Geld. Das alte West-Berlin. Die haben im Grunde noch gar nicht mitgekriegt, dass die Mauer gefallen ist. Eigentlich sind das voll die netten Leute. Ich habe eine Anwältin kennengelernt, die weiß nicht, wohin mit ihrem Geld. Letztens hat sie sich einen Fetting für achtundsechzigtausend Euro gekauft.«

»Willst du mich verarschen?«, sagte Tecke. »Wo gibt es denn einen Fetting für achtundsechzigtausend? Alter, schau dich hier mal um. Siehst du die Bilder hier? Acryl auf Leinwand, wie beim dicken Fetting. Ich würde die für dreitausend Euro verkaufen. Ich packe sie dir sogar noch hübsch ein, wenn du sie haben willst. Problem ist, die will keiner kaufen. Nicht für achtundsechzigtausend und nicht für dreitausend. Zuletzt habe ich vor zwei Jahren ein Bild verkauft, für vierhundertfünfzig Euro.«

»Tut mir leid zu hören, dass es bei dir nicht läuft«, sagte Lippold. Er nahm einen langen Schluck Bier und stieß leise auf. Kramte in einer Chipstüte. »Aber vielleicht ist heute dein Glückstag. Der Tag, an dem du vier Buben auf die Hand kriegst und eine schöne lange Pik-Flöte.«

Tecke lachte trocken. »Sehr witzig. Wer soll mir einen Grand mit vier Buben geben. Hast du mitgekriegt, was Mario mir austeilt? Zehn Luschen auf die Hand.«

»Ich geb dir«, sagte Lippold. »Kannst dich drauf verlassen. Ich und ganz Charlottenburg.«

Mario teilte die nächste Runde aus. Lippold passte, Mario nahm den Skat auf und spielte Kreuz. Sie rauchten, sie tranken. Es ging auf drei.

»Das würde mich trotzdem mal interessieren«, sagte Tecke. »Wo gibt es einen Fetting für achtundsechzigtausend? Fetting war gut, als die Mauer am Moritzplatz noch stand. Ich glaube, da war ich noch gar nicht geboren.«

»Bei Grisebach«, sagte Lippold. »Sommerauktion. Neben mir saß eine Anwältin, die hat ihn sich für ihre Kanzlei gekauft. Die Wand über ihrem Schreibtisch war so leer. Eine Woche darauf hat sie ihre Freundinnen und Bekannten eingeladen, kleiner Umtrunk in ihrer Kanzlei. Es gab Crémant und Schnittchen.«

»Alter«, sagte Mario. »Du sitzt bei Grisebach? Du solltest bei deinem Bewährungshelfer sitzen. Was machst du bei Grisebach?«

»Ich arbeite«, sagte Lippold. »Ich netzwerke. Lerne Anwältinnen kennen und deren Freundinnen. Die anderen finden Fetting furchtbar, aber ein Bild wollen die auch.«

»Die haben doch alle keine Ahnung«, sagte Tecke. Seine Stimme klang bitter.

»Richtig«, sagte Lippold. »Die haben keine Ahnung. Und da komme ich ins Spiel. Ich bin Kunstberater. Ich habe Ahnung. Falls du es noch nicht weißt: Ich habe in den letzten drei Jahren Kunstsammlungen aufgebaut, für Kunden, die lieber ungenannt bleiben möchten. In Doha, Kairo, Katar, Islamabad.«

»Kunstberater«, sagte Mario. »Warst du nicht neulich erst Finanzberater oder so? Und hast dafür drei Jahre im Knast gesessen? Da hat's dir anscheinend gut gefallen.«

»Zweieinhalb«, sagte Lippold. »Die habe ich abgesessen, und ich muss da nicht zurück. Weißt du, was das Schlimmste am Knast ist?«

»Der Bus«, sagte Mario. »Mein Onkel hat in den Achtzigern gesessen, der hat mir mal vom Bus erzählt. Zwei Etagenbetten zusammengeschoben und mit Decken verhängt, dann konnten die Jungs da drin eine Nummer schieben, die wollten, und auch die, die nicht wollten, aber mussten. Mein Onkel sah nicht glücklich aus, als er vom Bus erzählt hat.«

»Das Essen, hab ich gehört«, sagte Tecke. »Jede Woche derselbe Fraß. Das kann einen fertigmachen.«

»Fußlappen und gesprengter Schweinekopf«, sagte Lippold. »Ich kann dir sagen, viele Männer da drin finden das super, regelmäßig warmes Essen zu kriegen. Auch wenn es nicht immer warm ist, wenn man es kriegt. Ist denen egal. Die freuen sich darauf, weil sie das von zu Hause nicht kennen. Manche werden richtig fett im Stall. Nein, das Schlimmste ist die Musik. Jeder hört da nur Hip-Hop. Die Araber hören Araber-Hip-Hop, die Türken hören Türken-Hip-Hop, die Nordafrikaner hören afrikanischen Hip-Hop, die Russen hören Russen-Hip-Hop, die Deutschen hören Bushido.«

»Hör mir auf«, sagte Mario.

»Ernsthaft«, sagte Lippold. »Weil die alle Gangster sein wollen. Ganz schlimme Gangster. Da gibt es nur Hip-Hop. Ich habe in zweieinhalb Jahren im Bau nie auch nur eine Sekunde Techno gehört, von Gabba ganz zu schweigen, und Gabba war groß.«

»Gabba ist tot«, sagte Mario. »So was von tot. Ich kann das selbst nicht mehr hören, das macht mich mega kirre, ich bin auch nicht mehr zwanzig. Aber das ist doch kein Grund, Hip-Hop zu hören.«

»Genau«, sagte Lippold. »Und deshalb will ich nicht zurück in den Bau und halte schön die Füße still. Mein Bewährungshelfer wäre stolz auf mich. Ich bin wieder auf den rechten Weg eingebogen. Und weil ich noch so zwanzig, dreißig Jahre bis zur Rente habe, dachte ich, ich kann mal ordentlich Geld verdienen.«

»In Charlottenburg«, sagte Mario.

»Als Kunstberater«, sagte Tecke.

»Richtig«, sagte Lippold und mischte die Karten neu. »Ab jetzt spiele ich nur noch Grand. Wer kommt raus? Besser gesagt: Wer kommt groß raus?«

»Ich bin dabei«, sagte Tecke. »Weißt du was? Du kannst bei mir wohnen. Ich habe eine Dreiraumwohnung oben in Weißensee, Komponistenviertel, da kannst du ein Zimmer haben. Wenn du auch nur ein einziges Bild von mir verkaufst, musst du nicht mal Miete zahlen.«

24 Der große Saal des Restaurants »Tiflis« war am Dienstagmittag so gut wie leer. Am Eingang saß eine amerikanische Touristenfamilie vor abgegessenen Tellern, die Kinder schauten auf ihre Telefone. Eine junge Kellnerin nickte Koba zu und zeigte nach hinten. Er ging durch den Saal bis zur hinteren Ecke.

Der stämmige Mann erhob sich, als Koba an seinen Tisch trat, und streckte seine Hand aus. Sie begrüßten sich.

»Setz dich«, sagte der Mann. »Schön, dass du die Zeit gefunden hast.«

Sein Gesicht war vernarbt. Er trug ein weißes Hemd, die Ärmel waren umgeschlagen. Das dichte graumelierte Haar war akkurat geschnitten, ebenso die Fingernägel. Er war schon bei der Vorspeise.

»Ich habe schon angefangen«, sagte er. »Bestell dir, was du willst. Heute bist du mein Gast.«

Kobas Hände zitterten leicht, als er die schwere, in Leder gebundene Speisekarte nahm und durchblätterte. Er hatte hierherkommen müssen. Der Geschäftsführer des »Kin Za« hatte ihm gesagt, dass Tomas Onkel in der Stadt sei und ihn sprechen wolle. Vor drei, vier Wochen noch hätte er es als Ehre empfunden. Jetzt war er nicht so sicher. Er fragte sich, weshalb Toma und Levan nicht auch am Tisch saßen.

»Was ist mit Toma und Levan«, fragte er.

»Das frage ich mich auch«, sagte Tomas Onkel. »Ich habe seit Tagen nichts mehr von ihnen gehört. Ich weiß nicht, was passiert ist. Koba, wir sollten offen reden. Ich weiß, dass Toma ein Idiot ist. Ein Schwachkopf. Musst du mir nicht sagen. Er hat den Verstand eines Dreijährigen. Aber er ist Familie, er gehört dazu.«

»Ich habe ihn gewarnt«, sagte Koba. »Das ist zehn Tage, zwei Wochen her. Ich habe ihm gesagt, dass sie beobachtet werden. Er wollte mit der Liste weiterkommen.«

»Da gab es diesen Aussetzer«, sagte Tomas Onkel. »Vorher schon. Drei Tage, an denen ihr nichts gemacht habt. Toma sagte, du hast dir den Arm aufgerissen.«

Koba zeigte seinen rechten Arm vor. Die Wunde war schlecht verheilt. »Glassplitter in einem Seitenfenster«, sagte er.

»Sieht nicht gut aus«, sagte Tomas Onkel. »Ich bin mal auf die Hand gefallen, als wir aus dem ersten Stock einer Fabrik springen mussten. Damals dachte ich, das sei eine gute Idee, mich mit der Hand abzufangen. War keine gute Idee. Ich war besoffen. Die Hand meldet sich immer noch, wenn das Wetter umschlägt.«

»Jedenfalls konnte ich drei Tage nicht arbeiten«, sagte Koba. »Fieber und so, ich konnte nicht aufstehen.«

»Verstehe ich«, sagte Tomas Onkel. »Verstehe ich. Andererseits habt ihr hier was zu erledigen. Das ist alles vorbereitet und getaktet. Da haben sich welche gekümmert, um die Zeiten rauszufinden, wann die Leute zu Hause sind und wann nicht. Ob sie Alarmanlagen haben. Ob es Hunde gibt. Kinder. Eine Oma, die im Bett liegt und die vielleicht einen Herzinfarkt bekommt, wenn plötzlich jemand durchs Fenster kommt. Das sind alles Vorarbeiten, die geleistet werden müssen und die von mir bezahlt wurden. Und dann – passiert nichts. Verstehst du? Das ist nicht gut.«

Die junge Kellnerin brachte das Essen. Hammeleintopf mit Auberginen. Koba aß langsam, es erinnerte ihn an Tiflis. Tomas Onkel war rasch fertig mit seinem Teller. Er trank ein Bier dazu, wischte sich mit der Serviette den Schweiß von der Stirn.

»Um mal zum Punkt zu kommen«, sagte er, »drei Tage Ausfall kann ich verschmerzen. Aber nicht drei Wochen. Ich habe auch meine Rechnungen zu zahlen.«

»Vielleicht sind sie eingesackt worden, Toma und Levan«, sagte Koba. »Ich habe sie gewarnt. Als ich hinkam, um meine Sachen zu holen, habe ich zwei Leute in einem Wagen gesehen. Sie haben den Benz fotografiert. Sie haben die Leute fotografiert, die aus dem Wohnblock kamen. Wer macht so was?«

»Haben sie dich auch fotografiert?«, fragte Tomas Onkel.

»Nein. Ich stand in ihrem Rücken. Hab gewartet, bis sie weggefahren sind. Toma und Levan hatten Glück, dass die beiden weggefahren sind, statt sie gleich einzusacken.«

»Deutsche Polizei«, sagte der Onkel. »Die müssen immer noch was erledigen. Papierkram. Die haben jede Menge Gesetze, an die sie sich halten müssen. Ich finde das gut. Das ist nicht so ein Durcheinander wie bei uns.«

»Aber es war klar, dass sie wiederkommen«, sagte Koba.

»Und das habe ich Toma auch gesagt. Er meinte, er sei verantwortlich für die Liste. Wollte noch zwei Häuser machen, am nächsten Vormittag noch zwei. Er hatte nicht gesehen, was ich gesehen hatte. Und ich wollte nicht mit ihnen fahren, das war mir zu heiß.«

»Das gefällt mir«, sagte Tomas Onkel. »Du machst auf mich einen intelligenten Eindruck. Die beiden sind also weg, die hocken jetzt sehr wahrscheinlich in irgendeiner Zelle, bis sie ihren Prozess kriegen. Wegen Fluchtgefahr. Levan kenne ich nicht, und wegen Toma tut es mir nicht leid. Der kommt zurecht in einem deutschen Knast, vielleicht findet er dort irgendwo eine Handvoll Grips. Dann ist das so, wie es ist. Und du kriegst zwei neue Kollegen, ich habe schon welche im Auge.«

»Für was?«, sagte Koba.

»Ein neues Team«, sagte Tomas Onkel. »Ihr bildet ein neues Team, und jetzt bist du verantwortlich. Die Liste ist noch lang, und ich will Ergebnisse sehen.«

Koba schwieg.

Tomas Onkel redete weiter. »Ich kenne deinen Onkel, habe mit ihm geredet. Dein Onkel ist eine Autorität, auf sein Wort kann man sich verlassen. Koba ist ein Mann von Ehre, hat dein Onkel gesagt. Du hast Schande abgewendet von eurer Familie, sagt er. Du bist seit zehn Jahren dabei, sagt er. Kannst es weit bringen, sagt er, und nicht nur er. Die ruhigen Hände des Eisenbahnviertels, sagen sie nicht so? Und was machen die Hände jetzt? Sie waschen den Dreck der stinkenden Touristen von den Tellern. Ich konnte es nicht glauben, als der Geschäftsführer es mir erzählt hat. Konnte es nicht fassen. Ich gebe dir gute Arbeit in Berlin, und du stellst dich in die Küche wie ein streunender Köter und leckst die Teller der Amerikaner ab.«

Koba saß am Tisch und hörte zu. Die Touristenfamilie war gegangen. Tomas Onkel schwieg. Er beugte sich vor und schaute Koba in die Augen. Mit einer raschen Bewegung schlug er Koba mit der flachen Hand ins Gesicht.

»Wach auf«, sagte er. »Du musst wach sein. Stolz musst du sein. Du bist ein Dieb, kein Tellerwäscher. Du gehörst zu den Herren. Du übernimmst keinen Scheißjob in der Welt da draußen. Verstehst du? Deine Hände gehören uns. Du arbeitest für uns.«

25 Romina baute Überstunden ab. Die beiden Georgier, Toma Gubeladze und Levan Haraschwili, saßen in Untersuchungshaft, und dort würden sie bis zur Gerichtsverhandlung auch bleiben. Der Benz war eingezogen. Die Gespräche mit den beiden waren zäh gewesen; sie sprachen kein Deutsch und wollten sich zur Sache nicht einlassen. Ihre Rechte kannten sie. Man saß mit Dolmetscher und Pflichtverteidiger in einem stickigen Raum, der Dolmetscher hatte nicht viel zu übersetzen. Draußen war es heiß, Mitte Juli.

»Uns fehlt noch einer«, sagte Sandro. »Mindestens. Zwei Leute sind noch keine Bande. Die waren fast immer zu zweit in den Häusern, das ist auf allen Kamerabildern, die wir haben, zu sehen. Und einer sitzt draußen im Benz und wartet. Der Fahrer. Den haben wir. Und dann gibt es noch die

Leute, die die Vorarbeiten machen, und die, die ihnen das Zeug abnehmen. Die halten jetzt alle die Füße still. Vielleicht sind sie nach Hause gefahren, vielleicht sind sie noch in der Stadt. Mach mal ein paar Tage halblang, dann sehen wir weiter.«

Felix wollte mit ihr an die Ostsee fahren, doch dafür reichte die Zeit nicht. Sie reichte für einen Nachmittag am Liepnitzsee. Sie lagen unter hohen Kiefern und Buchen, schwammen im See, hatten Zeit zu reden. Dann rief Sanda an.

»Der Mann ist wieder da«, sagte sie. »Der Mann, der mich verfolgt und der mich geschlagen hat. Großmutter hat ihn auch gesehen. Ich habe Angst. Und Papa hat Corona. Kannst du nicht kommen?«

Romina fuhr am Abend noch in die Harzer Straße. Die Wohnung war aufgeheizt, und obwohl alle Fenster offenstanden, kam kein frischer Luftzug. Die Mutter hatte die Teppiche auf den Balkon gebracht, um sie zu lüften. Sie machte sich Sorgen um ihren Mann.

»Ich verstehe ihn nicht«, sagte sie. »Er raucht im Ehebett. Gestern habe ich ihn getestet, der Test ist positiv. Aber rauchen kann er.«

Romina fand ihren Vater im Bett. Es ging ihm nicht gut. Er hustete stark, dennoch rauchte er. »Setz dich zu mir, Romina«, sagte er, »ich will dir erzählen.«

Das hatte er gern getan, als er ein junger Vater war, damals im Dorf bei Bukarest, bevor sie nach Berlin kamen und sich in der Harzer Straße ansiedelten. Zum Einschlafen hatte er seiner Tochter Märchen erzählt, und Romina konnte erst einschlafen, wenn das Märchen zu Ende erzählt war.

Romina setzte sich zu ihm. Er hatte ein Kissen hinter dem Rücken, die Zigarette in der einen Hand, zwischen den Fingern der anderen Hand wanderte eine Kugel aus Brot. Das war ihm im Gefängnis zur Gewohnheit geworden, es hielt die Finger geschmeidig.

»Es war und es war nicht«, sagte er. »Wäre es nicht geschehen, so würde ich es nicht erzählen. Es war einmal ein Mann, der lebte mit seiner Frau in einem fremden Land. Der Mann versuchte sein Glück als Autohändler, es gab Probleme. Er machte Import-Export, auch hier traten Schwierigkeiten auf. Er sammelte Schrott und Altmetall, das brachte ihm jedoch nicht genug ein. Da klagte er seiner Frau: Was soll ich tun. In diesem fremden Land ist kein Auskommen für mich. Sie aber sagte: Besinne dich auf das, was du am besten kannst. Und der Mann wusste, dass sie, wie alle Frauen, recht hatte, und besann sich. Er war nun einmal ein Dieb. Ein geschickter Dieb. Wenn er nur seine Finger bewegte, öffneten sich die Taschen wie von selbst. Seine Finger wussten den Weg. Er redete mit den Leuten, wie man mit den Leuten redet, lachte mit ihnen, wie man mit den Leuten lacht, und währenddessen erleichterte er sie um ihr Geld, ihren Schmuck, ihre Uhren. Wie gesagt, er war geschickt. So konnte er seine Familie versorgen, denn er hatte zwei Töchter, die er sehr liebte. Sie waren schön wie die Sonne.«

Romina sah ihn in seinem Bett sitzen. Er zog an seiner Zigarette, und zwischen den Fingern der anderen Hand wanderte die Kugel aus Brot. Er hustete und fuhr fort: »Nun ging es ihm wie jedem Dieb: Man schickte ihn ins Gefängnis. Dort saß er und langweilte sich. Er sprach mit den Männern, wie man im Gefängnis spricht, er lachte mit vielen und stritt sich mit anderen. Mit einem Mann, sie alle nannten ihn Jacke, verstand er sich nicht gut. Jacke war ein Aufschneider vor dem Herrn. Ein Blender. Er trug eine Armbanduhr und wurde nicht müde zu betonen, dass sie zwanzigtausend wert sei. Eine Patek Philippe Nautilus. Weshalb saß er? Jacke saß wegen Finanzgeschäften, angeblich hatte er Millionen gemacht, und deshalb hielt er sich für etwas Besseres. Außerdem war er brutal. Wenn ihm etwas nicht passte, schlug er zu. Wenn er schlechte Laune hatte, schlug er zu. Alle hassten ihn, und alle fürchteten sich vor ihm. Wie es eben ist. Unser Mann aber, der nur ein kleiner Dieb war, vermisste seine Frau, er vermisste seine schönen Töchter, und er langweilte sich. Da ergab sich eine Wette. In seinem Trakt saßen viele Diebe, wirkliche Künstler. Man besprach, ob es möglich wäre, Jacke um seine Patek Philippe Nautilus zu erleichtern. Man sprach im kleinen Kreis darüber, alle hielten es für unmöglich, ausgeschlossen. Man setzte eintausend Euro aus. Natürlich war es mehr eine Sache der Ehre als eine des Geldes. Die Tage im Gefängnis gehen langsam dahin, man sucht nach Ablenkung. Und so war es: Jacke prahlte am Montag mit seiner Uhr, am Dienstag mit seiner Uhr, und am Mittwoch war seine Uhr verschwunden. Sein Handgelenk war nackt. Wo war die Patek Philippe Nautilus? Wir alle starben vor Lachen, doch Jacke, man muss es so sagen, war sauer. Sehr sauer. Er machte einen Aufstand. Er brüllte die Beamten an, er sei bestohlen worden und sie hätten versagt. Er schrieb Eingaben an die Gefängnisleitung. Er schlug jeden der Diebe, den er zu fassen bekam, er prügelte auch unseren kleinen Dieb.

Man kann nicht sagen, dass seine Wut verrauchte, indem er wahllos um sich schlug, im Gegenteil, sie wuchs wie ein Feuer, das man mit dürrem Holz füttert. Seine Fäuste waren hart, doch niemand sagte ihm ein Wort. Die Uhr blieb verschwunden. Eine Patek Philippe Nautilus. Zwanzigtausend Euro. Da schwor Jacke Rache. Unser Mann aber wurde bald darauf entlassen und kehrte heim zu seiner Frau und seinen Töchtern. Sie waren sogar noch schöner geworden. Und er kaufte ihnen Haarspangen und seiner Frau neue Teppiche. Man muss sagen, er war ein geschickter Dieb. Und wenn er nicht gestorben ist, dann lebt er heute noch.«

Ihr Vater schwieg und schloss die Augen. Er ruhte aus. Lag da und lächelte. Zwischen seinen Fingern wanderte die Kugel aus Brot.

»An die Haarspangen erinnere ich mich«, sagte Romina. Das Geschenk ihres Vaters aus dem Tegeler Gefängnis. Sie war siebenundzwanzig gewesen und hatte die Spangen nie getragen. »Ein schönes Märchen. Das hast du mir noch nie erzählt.«

»Das war nicht nötig«, sagte er. »Du bist groß geworden, zu groß für Märchen. Immer noch schön wie die Sonne. Auch deine Schwester. Um sie mache ich mir Sorgen. Sie hat keine Feinde. Niemand von uns hat Feinde. Es gibt nur diesen Mann, der Rache geschworen hat. Und ich mache mir Sorgen um Sanda.«

»Aber es ist ein Märchen«, sagte Romina.

»Pass du auf Sanda auf«, sagte ihr Vater. »Ich bin alt und krank, ich liege im Bett und huste mir die Seele aus dem Leib.«

»Papa«, sagte Romina. »Es ist ein Märchen. Never ever

hast du einem Mann im Knast eine Armbanduhr für zwanzigtausend abgenommen. Im Knast gibt es keine Armbanduhren für zwanzigtausend Euro. Das kannst du mir nicht erzählen.«

»Ich bin ein Mann aus Fântânele«, sagte er. »Meine eigene Tochter glaubt mir nicht. Sie hat keinen Respekt vor ihrem Vater. Polizistin ist sie. Eine von denen.«

»Ich bin ein Mädchen aus Fântânele«, sagte Romina. »Was das Klauen angeht, bin ich genauso gut wie du. Aber du sollst mir keine Märchen erzählen. Zwanzigtausend Euro. Hör mir auf.«

Ihr Vater seufzte und schob eine Hand in die Ritze zwischen Bettgestell und Matratze. Er zog sie wieder hervor. An seinem Handgelenk glänzte eine Armbanduhr. Eine Patek Philippe Nautilus. Er schaute Romina an und nickte ihr zu, und in seinem Blick lag der Stolz des Diebes, der sein Handwerk versteht. Romina nahm die Uhr, sie wog schwer in ihrer Hand.

»Es war und es war nicht«, sagte er. »Wäre es nicht geschehen, so würde ich es nicht erzählen.«

»Jetzt mal langsam«, sagte sie. »Wie hieß der Mann?«

»Das kann ich dir nicht sagen, wie er hieß«, sagte ihr Vater. »Alle nannten ihn Jacke. Er mochte das nicht. Überhaupt nicht. Es machte ihn sauer. Allein schon dafür drohte er mit Schlägen. Jacke war ein Mann mit kurzer Lunte. Ich wurde bald entlassen, das war mein Glück. Doch ich weiß, dass er Rache geschworen hat, und da kann die Lunte sehr lang sein. Pass du auf deine Schwester auf.«

26   Lippold wohnte jetzt in Weißensee, im Komponistenviertel, nicht weit vom Jüdischen Friedhof. Von dort aus ging er in die Stadt hinein. Er lief zu Fuß, die Hitze war ihm angenehm, er freute sich an ihrer weißen Glut.

Es war ein seltsamer Sommer. Tagsüber lagen die Straßenzüge und Viertel in sengender Sonne. Nachts zogen Gewitter mit fernem Grollen über die Stadt hin, doch es regnete nie und die Hitze wich nicht. Ihr Atem zog durch die Hinterhöfe und Toreinfahrten, die geöffneten Fenster der Wohnungen, die Kellerluken und Dachböden. Am nächsten Tag waren es wieder fünfunddreißig Grad, und kein Lufthauch regte sich.

Lippold lief den weiten Weg von Weißensee hinein in die Stadt, eine unermüdliche Maschine, sein Herz pumpte, er schwitzte stark, ging trotzdem weiter, die Schönhauser Allee hinunter, durch das Scheunenviertel, nahm den staubigen Boulevard Unter den Linden, drängte sich mit schnellen Schritten durch die Touristengruppen und marschierte weiter zum Brandenburger Tor. Im Tiergarten lagen die Leute im Schatten der Bäume auf der faulen Haut, Lippold ging an ihnen vorbei, nach Charlottenburg, er hatte noch viel vor.

Bei Rogacki in der Wilmersdorfer Straße traf er Beate. Sie probierten die Austern, tranken einen kleinen Weißwein dazu. Beate litt unter der Hitze. »Ich kann nachts nicht schlafen«, sagte sie. »Erst gegen vier, halb fünf komme ich zur Ruhe. Wenn ich um sieben aufstehen muss, habe ich Kopfschmerzen, und die gehen nicht mehr weg.« Sie trank einen kleinen Schluck Weißwein. »Ich weiß nicht, wie du das aushältst.«

Neben ihnen standen die Leute an den Stehtischen und aßen Kassler mit Kartoffelbrei.

»Ich finde es gar nicht so heiß«, sagte Lippold. »In Dubai war es heiß. Dagegen ist das hier nichts. Da kannst du tagsüber nicht auf die Straße, da hast du siebenundvierzig Grad. Du kannst die Luft nicht atmen, so heiß ist es. Aber drinnen, bei den Meetings, ist es angenehm kühl. Je wichtiger die Leute, desto kälter der Raum. Bei manchen meiner Klienten war es so eisig, dass ich ständig erkältet war.«

»Jacques«, sagte Beate. »Ich muss dir was gestehen. Darfst aber nicht böse sein, wenn ich es dir sage.«

»Da bin ich mal gespannt«, sagte Lippold.

»Ich hab dich gegoogelt«, sagte sie. »Das hat mich interessiert mit deiner Kunstberatung in Dubai. Meine Freundinnen haben sich nach dir erkundigt, was du so machst. Die fanden dich interessant. Da habe ich nachgeschaut.«

»Ja«, sagte Lippold. »Kann ich verstehen. Kunst hat viel mit Vertrauen zu tun. Ohne Vertrauen geht gar nichts.«

»Genau«, sagte Beate. »Ganz genau. Aber man findet nichts über dich. Nichts über dich, und nichts über dich in Dubai. Ist mir ein bisschen peinlich, dass ich dich google.«

»Ach was«, sagte er. »Völlig in Ordnung. Das Problem ist eher, dass die Leute hier nicht wissen, wie da unten Geschäfte gemacht werden. Meine Klienten wollen absolute Diskretion, und die zahlen auch entsprechend. Die wollen niemanden, der eine Website hat. Du hast schon recht, ich bin nicht Gagosian oder Hetzler, ich habe keinen Bauchladen vor mir hergetragen, sondern exklusiv für zwei oder drei private Kunden gearbeitet. Das war einfach sehr persönlich. Ein völlig anderes Konzept.«

Beate nickte, legte eine Hand an die Schläfe.

»Kopfschmerzen?«, fragte er.

»Die Hitze macht es schlimmer«, sagte sie. »Ich muss mich eine Weile hinlegen, dann geht es wieder.«

»Wenn du magst, bringe ich dich noch«, sagte er. »Kann dich so nicht allein gehen lassen, das macht mir Sorgen.«

Sie hatten es nicht weit, und als sie vor ihrer Tür standen, fragte Beate, ob er noch mit hochkommen wollte. Lippold war einverstanden. Er kümmerte sich um sie, ein wirklicher Kavalier. Als sie auf der Chaiselongue lag und zwei Stunden schlief, saß er im Sessel neben ihr und blätterte in einem Kunstmagazin. Die Wohnung war still, der Parkettboden glänzte im Sonnenlicht. Lippold stand nur einmal auf, um sich aus der Küche ein Glas Wasser zu holen. Auf dem Weg dorthin sah er sich auch die übrigen vier Räume an, dann setzte er sich wieder und betrachtete sie.

»Es ist schön, dass du da bist«, sagte Beate, als sie aufwachte.

Lippold lächelte. »Ich bin gern in deiner Nähe.«

»Wenn du Zeit hast«, sagte sie, »kommst du nachher mit in die ›Victoria Bar‹. Ich treffe einen Kollegen dort, Rückert. Der Mann ist sehr an Kunst interessiert, wir sind beide bei den Freunden der Neuen Nationalgalerie. Netter Mann eigentlich, auch wenn er manchmal sehr begeistert ist, dass es jemanden wie ihn gibt. Er könnte dich mit Galeristen und Sammlern zusammenbringen, der kennt wirklich alle. Wenn du ihm eine Freude machen willst, fragst du ihn, wie er den Barnett Newman nach Berlin gebracht hat. Was meinst du?«

»Großartig«, sagte Lippold. »Das wollte ich schon immer wissen, wie er den Barnett Newman nach Berlin gebracht hat.«

»Na dann«, sagte sie.

Die beiden gingen am Lietzensee eine Kleinigkeit essen, fuhren mit der Taxe zum Park am Gleisdreieck und genossen den warmen Sommerabend. Die U-Bahnen zogen oben auf der Hochstrecke an ihnen vorbei, viel junges Volk war im Park unterwegs, Skater zeigten ihre Kunststücke, Lippold und Beate fühlten sich wieder jung. Er unterhielt sich mit ihr, nahm jedoch nicht ihre Hand, sie verstanden sich einfach gut.

Um neun waren sie in der »Victoria Bar«, die Warteschlange am Eingang war lang. Beate kannte den Türsteher.

»Kommt rein«, sagte er.

Rückert war noch nicht da, Lippold und Beate begannen mit einem Corpse Reviver. Sie saßen hinten in der Couchecke der Stammgäste, am Tresen warteten Geschäftsleute auf ihren Drink, der lang gestreckte Raum lag in einem goldenen Dämmerlicht.

Rückert kam, als sie beim zweiten Reviver waren. Ein drahtiger, energischer Mann, das verbliebene Haar quer über den Schädel gekämmt. »Was habt ihr da, den Reviver?«, fragte er, als er sein Jackett auszog und zu ihnen auf die Lederbank rutschte. »Genau den brauche ich jetzt. Komme direkt aus dem Büro. Michaela, machst du mal?« Er deutete mit drei Fingern auf die Gläser. Die Barkeeperin mit der schwarzen Hornbrille nickte, und wenig später stand die dritte Runde auf dem Tisch. Beate stellte Lippold vor, sie stießen an.

»Freut mich«, sagte Rückert und nahm einen langen

Schluck. »Ich muss gleich noch was essen. Neulich war ich mit Neo hier, der kannte den Laden noch gar nicht. ›Du kennst die Victoria Bar nicht?‹, sage ich. ›Unter welchem Stein hast du denn gelebt?‹ Er wusste, was ein Corpse Reviver ist, aber er wollte was mit Wermut, von da an habe ich ihn Wermutbruder genannt. Neo konnte drüber lachen. Können nicht alle. Hat sich dann auf Absinth verlegt, aber damit kannst du mich jagen. Na ja, Ostler. Michaela, machst du mir was zu essen, ich verhungere.«

Rückert bekam zu essen, er bekam zu trinken. Sie besprachen die Andy-Warhol-Ausstellung in der Neuen Nationalgalerie. Beate strich sich über die Schläfe. »Alt werde ich heute nicht«, sagte sie.

»Du bleibst noch zum Hildegard-Gedeck«, sagte Rückert. Er wedelte mit seinem Zigarillo. »Michaela, mach uns das Gedeck, bitte. Danke dir. Und dann will ich was von unserem jungen Freund hören.«

Michaela kam mit der Glocke, mit vier Gläsern Champagner und vier Wodka, die Glocke wurde geschlagen, die halbe Bar applaudierte. Michaela stieß mit ihnen an.

»Wir beide bleiben noch«, sagte Rückert zu Lippold, als Beate sich von ihnen verabschiedete. Lippold brachte sie zur Tür. Sie umarmten sich ungelenk, ihre Taxe wartete.

Rückert und Lippold bestellten sich noch einen Cocktail, diesmal einen Moscow Mule. Der Laden war voll geworden, neben ihnen saßen drei junge reiche Russen mit ihren Frauen.

»Ich wollte mir noch den Fetting ansehen«, sagte Rückert, »den Beate sich geholt hat. Habe auch drüber nachgedacht. Bis achtundsechzigtausend wäre ich nicht gegangen, aber drüber nachgedacht habe ich. Vielleicht wäre ich doch mitgegangen, und deshalb gehe ich nicht mehr zu Grisebach. Ich habe mich zu oft mitreißen lassen. Ich kann das nicht haben, wenn mich jemand überbietet. Achtundsechzigtausend gegen den Saal, gegen das Netz, gegen die Telefone, keiner mehr? Da hebe ich automatisch die Hand. Genauer gesagt, die geht von allein hoch. Dabei habe ich nicht mal einen Platz für einen Fetting. Was soll ich mit einem Fetting? Die achtziger Jahre sind tot. Trotzdem war ich froh, dass ich nicht bei Grisebach war, ich hätte mir den scheiß Fetting geholt. Dann kommst du beim nächsten Mal hierher, und alle lachen dich aus. Nein, ich hole mir die neuen Leute, die hier an der Wand hängen.«

Er deutete auf die Bilder über der Sitzecke im Winkel. »Die kommen alle zum Trinken hierher, und dann zahlen sie mit Bildern. Daniel Mohr zum Beispiel. Westerwelle hat den gesammelt mit seinem Mann. Ackermann hat sich mal sein Atelier angesehen, hat aber nichts gekauft, glaube ich, sollte eine Überraschung für seine Frau werden. Wenn ich das Bild hier von der Wand kaufe, bietet niemand mit, das kriege ich für sechs-, siebentausend. Ich weiß sogar schon den Platz, wo ich es hinhängen will.«

»Das ist gefährlich«, sagte Lippold. »Wenn du schon weißt, wo du es hinhängen willst. Dann bist du im Grunde wehrlos.«

Der Anwalt nickte und blickte auf das Bild von Daniel Mohr. Nahm noch einen Schluck von seinem Drink.

»Ich kenne das«, sagte Lippold. »So wehrlos zu sein. Ich habe einen Maler, von dem will ich alles haben. Für den räume ich meine Wände frei.«

»Wie heißt der?«, sagte Rückert.

»Von Teckenberg«, sagte Lippold.

»Noch nie gehört«, sagte Rückert.

»Wundert mich nicht«, sagte Lippold. »Den kennt niemand, und so soll es auch bleiben. Ein extrem scheuer Künstler. In hohem Maße suizidal. Jedes Bild von dem könnte sein letztes sein. Er kommt aus Salzgitter. Ich habe einige Werke von ihm an einen Klienten in Dubai verkauft, der hat Unsummen dafür geboten, doch dann wollte ich sie für mich behalten, habe ihn einfach nicht mehr angeboten.«

»Salzgitter«, sagte Rückert. »Das ist doch Zonenrandgebiet. Meine Frau sammelt Bilder aus dem Zonenrandgebiet.« Er lachte entschuldigend. »Frauen halt. Ich meine, ist doch auch egal, was man sammelt. Döpfner sammelt Nackedeis, meine Frau sammelt Zonenrandgebiet. Leere Straßen, gesäumt von Peitschenmasten mit Langfeldleuchten aus den Sechzigern. Diese Autobahnraststätte hinter Helmstedt. Wir sind da mal durchgefahren, das sieht im Grunde immer noch so aus wie zweiundachtzig. Da hat sich nichts getan. Ehrlich gesagt, ich würde mir die Bilder von diesem von Teckenberg gern mal ansehen, wenn das möglich ist. Meine Frau hat bald Geburtstag, vielleicht finde ich da was.«

»Kommt gar nicht in Frage«, sagte Lippold.

»Was ist denn das für eine Haltung?«, sagte Rückert. »Ich dachte, du bist Händler. Beate sagte, du kennst dich mit Kunst aus.«

»Eben«, sagte Lippold. »Ich sage doch, der Mann ist extrem scheu. Der ist wie ein rohes Ei im freien Fall. Jeder Pinselstrich von dem könnte sein letzter sein. Das ist jetzt nicht Meese.«

»Mit Meese kannst du mich jagen«, sagte Rückert. »Sage ich ganz offen. Das kann nicht gesund sein, mit vierzig noch bei Mama zu wohnen.«

»Hat Warhol doch auch gemacht«, sagte Lippold. »Hat ihm nicht geschadet.«

»Weiß man nicht«, sagte Rückert. »Warhol ist Warhol. Arbeitet dieser von Teckenberg in Salzgitter? Vielleicht kann man ihn mal besuchen in seinem Atelier?«

»Nein«, sagte Lippold. »Der ist schon lange nicht mehr in Salzgitter, der hat sein Atelier in einer verlassenen Lungenheilanstalt oben bei Oranienburg. Der empfängt keine Besucher, außer im Herbst vielleicht, wenn ich ihm gut zurede. Im Herbst ist er ein bisschen zugänglicher.«

»Das ist schlecht«, sagte Rückert. »Wirklich schade. Meine Frau hat nächste Woche Geburtstag. Aber egal. Dann muss ich was anderes finden. Wollen wir mal allmählich?«

»Ich kann nichts versprechen«, sagte Lippold. »Aber ihn fragen könnte ich. Wollte kommende Woche sowieso zu ihm rausfahren; ich bin der Einzige, der ihn da draußen aufsuchen darf. Keine Ahnung, wie er zurzeit drauf ist.«

Die Glocke schlug, Michaela servierte das Hildegard-Gedeck am Nebentisch, sie hatte auch zwei Champagner und zwei Wodka für Rückert und Lippold. Die beiden stießen an.

»Mach das mal«, sagte Rückert. »Sprich mit dem Mann. Lass uns am Samstag rausfahren. Lass uns das machen. Ich nehme meine Frau mit, du kommst mit Beate.«

»Na schön«, sagte Lippold. »Ich werde ihn fragen. Kann nichts versprechen, das kommt jetzt etwas plötzlich. Ich lasse mich nicht gern überfahren.«

»Das ist schon okay«, sagte Rückert. »Ich überfahre dich nicht, ich kriege bloß immer meinen Willen.«

Um fünf Uhr morgens traten sie aus der Tür der »Victoria Bar«; Rückert schwankte. Er hatte die Rechnung übernommen und verabschiedete sich von Lippold mit einem festen Händedruck. »Bis Samstag. Melde dich. Ich verlasse mich darauf.«

Lippold machte sich zu Fuß auf den Weg durch die Stadt. Die ersten Vögel waren wach.

27 Koba setzte den Kuhfuß unten rechts an. Das Metall glitt knirschend zwischen Rahmen und Terrassentür. Er hebelte. Setzte noch einmal an. Es war eine Standardtür, sie gab rasch nach. Er drückte sie auf, schlüpfte ins Haus. Hinter ihm der neue Kollege, Eldar. »Super«, sagte er. »Das ging schnell.«

Das Haus war still. Im Flur roch es nach Toastbrot. Koba suchte das Schlafzimmer. Öffnete eine Tür: ein Kinderzimmer, vollgestopft mit Spielsachen. Die nächste: eine Kammer mit Waschmaschine, Wäscheständer, Bügelbrett. Er ging die Treppe nach oben, fand das Schlafzimmer und riss die Türen der Kleiderschränke auf. Die Leute hatten unfassbar viele Sachen, Mäntel, Jacken, Hemden, Jacketts, Schubladen mit Pullovern, T-Shirts, alles war ordentlich gefaltet und abgelegt. Er räumte die Sachen aus, warf sie in der Zimmermitte auf einen Haufen, tastete nach Schatullen, Umschlägen, fand nichts. Er sah im Nachttisch nach, da lagen nur zwei Armbänder und eine Armbanduhr, ein altes Handy. Seine Hände zitterten immer noch, er atmete flach, wollte wieder runter. Musste noch im Bad nachschauen, wischte mit einer Handbewegung die Kosmetiksachen der Frau zur Seite. Fand nichts an Schmuck.

Er ging nach unten. Eldar stand in der Küche, aß eine Banane und schaute auf sein Handy. »Hast du was?«, fragte Koba.

Eldar schüttelte den Kopf. »Die haben nichts«, sagte er.

Koba sah selbst im Wohnzimmer nach. Eldar hatte schlampig gearbeitet, nur ein paar Bücher aus dem Regal gerissen, den Fernseher umgetreten. Der Schreibtisch war noch unberührt, die mittlere Schublade verschlossen. Alles blieb an ihm hängen. Er setzte den Kuhfuß an und brach die Lade in zwei Sekunden auf. Papierkram kam ihm entgegen. Rechnungen, Kontoauszüge, Stifte, Lineal und Lupe.

»Wir müssen raus«, sagte er.

Eldar gähnte, steckte sein Handy weg und ließ die Bananenschale fallen. Ein Idiot. Tomas Onkel hatte ihm Vollidioten geschickt. Der andere saß am Steuer des Golf in der nächsten Seitenstraße, statt an der Ecke zu warten. Grigol.

»Ich dachte, die Deutschen haben Geld«, sagte Eldar, als sie wieder im Golf saßen. »Die haben nichts. Aber wir haben es versucht. War lustig.«

Sie fuhren zum nächsten Haus, das auf der Liste stand. Mussten mehrmals um den Block fahren, weil eine Nachbarin auf der Straße ihren Hund ausführte. Als sie endlich verschwunden war, klingelte Koba zur Sicherheit an der Haustür. Eldar war schon auf dem Weg durch den Garten nach hinten zur Terrasse.

Eine Frau öffnete. »Was wollen Sie denn?«

Koba fragte: »Hostel?«

Sie schüttelte den Kopf. »Hier gibt's kein Hostel.«

»Sorry«, sagte er.

Eldar kam erst nach drei Minuten aus dem Garten zurück, hatte alle Zeit der Welt und wieder sein Telefon in der Hand. Die Frau schaute hinter der Gardine des Küchenfensters nach ihnen.

Grigol wartete im Golf zwei Straßen weiter. Koba knetete seine Hände. Jetzt war er verantwortlich, und es lief nicht. Der Mittag war schon vorbei, sie hatten zwei Armbänder, weiter nichts.

»Ich würde gern mal einen Kaffee trinken«, sagte Grigol. »Außerdem habe ich Hunger.«

»Ich auch«, sagte Eldar, ohne von seinem Telefon aufzuschauen. »Ist doch eh nichts los.«

»Keine Diskussionen«, sagte Koba. »Wir fahren zum nächsten Haus.«

Es war ein kleines Haus an einer Straßenecke eines Neubaugebiets, die Straße war leer, niemand reagierte auf ihr Klingeln an der Haustür. Die Terassentür war gut gesichert, sie gab nicht nach. Koba schlug ein schmales Fenster an der Seitenfront ein.

»Du gehst zuerst rein«, sagte er zu Eldar. »Pass auf die Scherben auf und mach mir die Terrassentür auf.«

Eldar schaffte es durchs Fenster, öffnete die Tür zur Terrasse, Koba arbeitete mit ihm gemeinsam das Wohnzimmer durch. Sie fanden zweihundert Euro Bargeld. Oben im Schlafzimmer zwei vergoldete Ketten und einige Ringe. Nach zwanzig Minuten waren sie wieder draußen.

»Zweihundert Euro«, sagte Eldar, als sie zurück in ihre Gegend fuhren. »Das bringt doch nichts. Lass uns heute Abend einfach ein paar Touristen abziehen. Die haben mehr Geld in der Tasche als die Deutschen in ihren Häusern. Außerdem will ich einen Kopfhörer. Alle Jungs und Mädchen hier haben einen Kopfhörer, die sehen geil aus.«

Koba gab ihnen für den Rest des Tages frei und brachte die Beute in die verabredete Wohnung eines Hochhausblocks. Zwölfter Stock.

Der Mann an der Tür warf einen Blick darauf. »Was soll das denn?«, sagte er. »Das ist so gut wie nichts. Taubenscheiße. Ihr müsst euch ranhalten.«

Am nächsten Tag tauchte Eldar mit einem Kopfhörer auf.

»Hat zwei Minuten gedauert«, sagte er. »Mitten auf der Straße, hat niemanden interessiert. Ich habe dem Ferkelchen mein Messer gezeigt, er hat sich sofort eingeschissen und alles hergegeben.«

»Sieht gut aus«, sagte Grigol. »Du siehst aus wie ein Influencer. Muss ich mir auch besorgen.«

Koba sagte nichts. An diesem Tag machten sie fünf Häuser, alles ging glatt. Im zweiten Haus fand er ein Bündel mit zweitausend Euro, im dritten fünf Goldmünzen. Armbanduhren. Eldar brachte eine Brosche und alten Schmuck aus dem Schlafzimmer. Im dritten Haus hingen Säbel und Samurai-Schwerter an der Wand des Wohnzimmers, daneben Flaggen mit schwarzen Adlern. Ölgemälde von Generälen der Wehrmacht. Im Schreibtisch lag eine Sammlung von Orden, außerdem zwei silberne Schnapsgläser. Koba nahm die Orden und Schnapsgläser und ließ die Schwerter hängen, er wollte so rasch wie möglich wieder raus aus dem

Haus, hatte kein gutes Gefühl. Im fünften Haus, hinten in der Schreibtischschublade: zwanzigtausend Dollar in bar, mit einem Gummiband gebündelt. Koba steckte das Geldbündel ein und dachte an Kanada. Damit ließe sich, wenn er es einsteckte, der Pass bezahlen, der Flug nach Toronto und die ersten Tage im Land.

Dennoch lieferte er am frühen Abend alles ab. Der Mann an der Wohnungstür im zwölften Stock winkte ihn herein. Koba ging durch einen schmalen Korridor. Im Wohnzimmer saßen zwei massige Männer in Trainingsanzügen auf der Couch und würfelten. Sie sahen nicht auf, als er hereinkam. Hinter der Durchreiche zur Küche hörte er eine Frau husten. Er legte die Beute auf den Couchtisch. Zwanzigtausend Dollar in Geldbündeln, zwei silberne Schnapsgläser, die Brosche, fünf Goldmünzen, die Armbanduhren, die zweitausend Euro. Die beiden Männer knallten die Würfel auf den Tisch.

»Nicht schlecht«, sagte der Mann, der ihn hereingelassen hatte, mit einem Blick auf die Beute. Er blätterte durch die Dollarscheine. »Das ist für den Anfang gar nicht schlecht. Das möchte ich ab jetzt jeden Tag sehen, dann werden wir Freunde. Gib dem Mann zu trinken, Simona.«

Die Frau kam mit einem Tablett Schnapsgläser aus der Küche, sie tranken zu viert.

»Wir sehen uns morgen wieder«, sagte der Mann.

28 Zwei Bauarbeiter fanden Rominas Vater frühmorgens auf der Baustelle der Stadtautobahn A100 in Treptow. Er lag reglos auf der betonierten Fläche der Unterführung, die noch in Arbeit war. Offenbar war er die acht Meter von der oberen Kante hinuntergestürzt. Die Rettungsdienste versuchten vergeblich, ihn zu reanimieren. Jogger liefen an ihnen vorbei zum Treptower Park. In den Schrebergärten nebenan bellte ein Hund.

Romina kam rechtzeitig, um ihn noch zu sehen, bevor er weggebracht wurde. Einer der Neuköllner Kollegen, der sie von früher kannte, hatte sie angerufen. Sie kam direkt aus dem Bett, in Shorts und Top. Der schwere Körper ihres Vaters lag auf der Seite.

»Nicht anfassen«, sagte ein Beamter.

Romina legte eine Hand auf den Hals ihres Vaters. Fasste nach seiner Hand. Sie war kalt.

»Okay«, sagte sie. »Okay.«

Sein Gesicht sah erschöpft aus. Der Mann aus Fântânele. Sie strich ihm durchs Haar und spürte, dass er nicht mehr da war.

»Nicht anfassen«, sagte der Beamte. »Wir bringen ihn zur Obduktion. Er ist offenbar von dort oben heruntergestürzt, die Kollegen sichern die Spuren. Keine Ahnung, wie er dort überhaupt hingekommen ist, die Baustelle ist eigentlich gut gesichert.«

»Gib mir mal eine Zigarette«, sagte Romina.

»Ich rauche nicht«, sagte er.

Einer von den Rettungsleuten gab ihr eine Zigarette und Feuer. Romina setzte sich an die Betonmauer und rauchte. Ihre Hände zitterten. »Okay«, sagte sie und nickte. »Okay.«

»Kann ich was für Sie tun?«, fragte der Mann vom Rettungsdienst.

»Nein«, sagte sie. »Alles gut. Mir geht's gut.«

Auf dem Weg zurück zu ihrer Wohnung überfuhr sie beinahe einen Radfahrer. Er konnte gerade noch ausweichen und zeigte ihr die Faust. Romina fuhr bei Rot über die Kreuzung, zwei Lieferwagen bremsten scharf ab, hupten. Sie bretterte über das Kopfsteinpflaster der Seitenstraßen, ohne sich umzusehen. Vor ihrem Haus ließ sie das Auto stehen, rannte hoch in die Wohnung. Felix schlief noch. Sie ließ ihn schlafen.

Sie zog sich an. Wusch sich das Gesicht, kämmte ihr schwarzes Haar, das Mädchen aus Fântânele. Hier am Waschbecken spürte sie, dass er noch da war, ganz in ihrer Nähe.

Klingelte gegenüber bei ihrem Nachbarn. »Gib mir mal eine Zigarette«, sagte sie, als er verschlafen öffnete.

»Alles in Ordnung bei dir?«, sagte er.

»Alles gut«, sagte sie. »Mein Vater ist grad gestorben. Kannst du mir auch Feuer geben? Ich habe kein Feuerzeug.«

Er holte ein Feuerzeug aus der Küche, reichte es ihr. Rominas Hände zitterten so stark, dass die Flamme nicht aufsprang. Der Nachbar nahm ihr das Feuerzeug aus der Hand und gab ihr Feuer.

»Aber rauchen kannst du alleine« sagte er. »Mein Beileid mit deinem Vater.«

Sie lief die Treppe hinunter, stieg ins Auto und machte sich auf den Weg zur Harzer Straße. Jetzt fuhr sie langsamer. Das Sonnenlicht glänzte auf dem Asphalt. Auf den Gehwegen waren Kinder und Mütter unterwegs, eine Rentnerin mit Einkaufswagen, Handwerker. Sie lebten. Ihr Vater lag auf der Seite und war kalt. Ihre Hände fühlten noch seinen Hals, sein Haar. Romina ließ das Auto vor dem Eckhaus in der Harzer Straße stehen und ging ins Haus.

Ihre Mutter öffnete. Die Großmutter saß in der Küche vor ihrem Kaffee und rauchte. Romina weckte Sanda auf und sagte es ihnen.

Sie knieten zu viert auf dem Teppich im Wohnzimmer, hielten sich aneinander fest und weinten.

»Er war kalt«, sagte Romina. »Sie haben ihn weggebracht, er wird untersucht. Ihr könnt ihn noch sehen, wenn ihr das wollt. Das lässt sich machen.«

»Wann ist er weggegangen?«, sagte ihre Mutter. »Ich habe es nicht mitgekriegt. Ich habe geschlafen, wir alle haben geschlafen. Wieso geht er vor die Tür, er war immer noch krank, er hat gehustet.«

»Er ist zum Rauchen vor die Tür gegangen«, sagte die Großmutter, »weil du ständig herumgezetert hast, wenn er im Bett raucht. Er wollte nicht rauchen, wenn du neben ihm schläfst.«

»Gib mir mal eine Zigarette«, sagte Romina zur Großmutter.

Sie ging nach unten und rauchte vor der Haustür. Harzer Straße Ecke Treptower. Gegenüber waren Schrebergärten. Ein Kindergarten. Auf der Treptower ein Späti. Der große Spielplatz, auf dem sich alle trafen. Ihr Vater hatte mit den anderen Männern hier gestanden, wenn sie über Autos und Frauen redeten, über Geschäfte und Probleme mit den Ämtern. Die wichtigen Männer im innersten Kreis, die jungen Männer weiter außen. Ihr Vater war anerkannt, man mochte ihn, er galt als geschickter Handwerker, half gern bei Reparaturen. Die Familie war eine der ersten gewesen, die aus Fântânele hierhergekommen waren. Als er seine Zeit in Tegel absaß, hatten sich die anderen um die Familie gekümmert. Es war immer noch ein Dorf. Als er zurückkam, hatten sie gefeiert.

Romina warf die Zigarette weg und stieg ins Auto. Sie fuhr den weiten Weg nach Lichterfelde hinaus, Abschnitt 45, Augustaplatz.

Steinmeier hatte Dienst. Er langte nach seinem Portemonnaie, als er sie hereinkommen sah, und steckte es in die Gesäßtasche.

»Du schon wieder«, sagte er. »Was willst du denn hier?«

»Du musst mir helfen, Steinmeier«, sagte sie. »Ich suche einen Mann, der vor zwei Jahren in Tegel saß und Jacke genannt wurde.«

»Vergiss es«, sagte er.

»Du bist seit zweiundvierzig Jahren im Dienst«, sagte sie. »Du kennst dich aus. Du weißt, wen du fragen kannst. Mein Vater ist heute Morgen gestorben. Er ist von der Autobahnunterführung in Treptow gefallen, acht Meter tief. Vor einer Woche hat er mir erzählt, dass er in Tegel mal Ärger hatte mit einem Häftling, der Jacke genannt wurde. Er hat ihm eine Armbanduhr weggenommen, hat er gesagt. War wohl ein teures Teil.«

Steinmeier sagte nichts, schaute sie nur an. Seine Augen waren müde, er holte sich eine Zigarette aus der Schachtel.

»Gib mir auch eine«, sagte Romina.

Sie gingen zur Raucherecke auf dem Parkplatz.

»Hat ihm die Armbanduhr weggenommen, sagst du«, sagte Steinmeier und schüttelte den Kopf. »Großartige Idee, grad im Gefängnis. Und jetzt suchst du einen, den sie Jacke genannt haben in Tegel. Weißt du, wie viele Männer in Tegel sitzen?«

»Keine Ahnung«, sagte Romina. »Fünfhundert? Sind wir hier bei *Wer wird Millionär?* Dann bist du mein Telefonjoker.«

»Siebenhundert«, sagte Steinmeier.

»Super«, sagte Romina. »Ich suche einen, dem mal eine Armbanduhr weggekommen ist. Eine Patek Philippe Nautilus. Zwanzigtausend Euro. Das kann doch nicht so schwer sein. Das muss sich doch herumgesprochen haben. Du kennst doch überall Leute.«

Steinmeier strich sich über seinen Schnauzbart. »Meine Tochter ist mit einem zusammen, der in Tegel arbeitet. Könnte ich mal fragen. Vielleicht hat er was gehört.«

»Ich brauche den Namen«, sagte Romina. »Seinen richtigen Namen. Und ob der Mann noch sitzt. Wo ich ihn finde. Ich würde gern mal mit ihm reden.«

»Meine Frau hatte mal einen Bullterrier«, sagte Steinmeier. »Wenn der sich in etwas verbissen hatte, dann konnte er nicht mehr loslassen. Ums Verrecken nicht. Viertelstunde, halbe Stunde, ganz egal, der hat nicht losgelassen. Du konntest ihn mit dem Gartenschlauch kalt abspritzen, das hat er überhaupt nicht gemerkt. Dabei war das eigentlich ein netter Hund.«

»Ich bin auch nett«, sagte Romina. »Echt total nett. Aber es gibt Grenzen, Steinmeier. Es gibt Grenzen. Erst wird meine Schwester verprügelt. Dann fällt mein Vater von einer Autobahnbrücke und stirbt. Dann bin ich nicht mehr nett. Dann will ich mit dem Mann reden, den sie Jacke nennen, und zwar länger als eine Viertelstunde oder halbe Stunde.«

29 Der Weg zur verlassenen Lungenheilstätte am Grabowsee war weit. Sie waren zu viert in Rückerts SUV unterwegs, vorne Rückert am Steuer und Lippold, der den Weg wies, hinten Beate und Rückerts Frau. Lippold hatte eine Flasche schwedischen Wodka dabei. Die Hitze war drückend, im Westen schob sich eine schwarze Wolkenwand heran. Hinter dem Oder-Havel-Kanal bogen sie auf einen schmalen Waldweg ein, der vor einem Eisentor endete. Aus einem Wohncontainer auf der anderen Seite kam ein Schäferhund auf sie zugelaufen. Er blieb hinter dem Eisentor stehen und knurrte. Ein beleibter Mann mit einem Schlüsselbund in der Hand ging aufs Tor zu. Lippold hob die Hand. Der Mann grüßte wortlos zurück, hielt den Schäferhund am Halsband fest und ließ sie ein.

Sie gingen über verwilderte Wege zwischen den Gebäuden entlang. Das Direktorenwohnhaus, Ärztehaus, das Aufnahmegebäude, die Pumpenstation, weiter hinten ragte ein Schornstein auf. Die großen Krankentrakte sahen völlig verfallen aus. Die Fenster standen offen, bei den meisten waren die Scheiben ausgeschlagen.

»Das sieht unheimlich aus«, sagte Beate. »Gänsehaut.« Sie hielt sich nahe bei Lippold.

Er führte sie zum Behandlungsgebäude, schob eine verwitterte Tür auf, sie betraten einen langen Korridor. Hier wehte ein kühler Luftzug. Die hellblaue Wandfarbe war in großen Placken abgeblättert, stellenweise auch der Putz. Auf dem Boden lagen Mörtelstücke und Glassplitter. Rückert und seine Frau sagten nichts, sie folgten Lippold und Beate ins Treppenhaus nach oben.

»Ich hoffe, von Teckenberg ist da«, sagte Lippold. »Manchmal geht er die ganze Nacht lang im Wald spazieren, schläft irgendwo ein und findet erst am nächsten Tag zurück. Ich habe ihm gesagt, dass wir kommen.«

»Das will ich doch hoffen, dass er da ist«, sagte Rückert.

Lippold stieß die Tür zum Dachboden auf. Durch die Dachsparren fiel Tageslicht, in der Mitte des lang gestreckten Raums standen vier Staffeleien, der Boden war mit einer Kruste von verschiedenen Farben bedeckt. Es roch nach Öl und Terpentin. Die Bilder auf den Staffeleien waren verhängt. Die Hitze des Tages hatte sich hier fast unerträglich aufgestaut. Im hinteren Bereich befand sich eine Wohnküche, sie war mit schwarzen Decken abgetrennt und verdunkelt.

Dort saß Tecke. Er trug einen schwarzen Mantel, schwere Stiefel und eine schwarze Russenmütze. Er arbeitete an einer Zeichnung. Auf dem Tisch vor ihm stapelten sich leere Yoghurtbecher, Teller mit Essensresten, Kaffeebecher, Behälter mit Pinseln und Spateln. Tecke sah nicht auf, er wimmerte, während er zeichnete.

»Wir sind's«, sagte Lippold. »Wir bleiben nicht lang. Wollen einen Blick auf die Bilder werfen.« Er ging zum Tisch und stellte die Wodkaflasche ab. »Dürfen wir?«

Tecke stand auf, für einen kurzen Moment öffnete sich sein Mantel, er war darunter nackt. Er ging an ihnen vorbei zu den Staffeleien, zog den linken Fuß nach. Eine Weile stand er mit verschränkten Armen vor den verhängten Bildern, den Kopf gesenkt. Rückert, Beate und Lippold versammelten sich hinter ihm. Er fasste nach dem grauen Tuch der größten Staffelei und zog es langsam zur Seite.

»Es ist nicht fertig«, sagte er.

Eine graue Straßenlandschaft, die Langfeldleuchte an einem Peitschenmast warf ein diffuses Licht auf Asphalt, Rinnstein und Gehweg, die sich in der Ferne verloren. Daneben, schlammfarben, brachliegende Äcker und ein Waldrand. Obwohl keine Menschen und keine Fahrzeuge zu sehen waren, atmete das Bild die bleierne Aura der späten siebziger Jahre. Die Rinnsteine und Gullideckel waren minutiös gearbeitet.

Tecke ging zur zweiten Staffelei und riss das Tuch zur Seite. Ein Ortsausgangsschild mit dem rot durchgestrichenen Schriftzug Helmstedt, zwei Volkswagen am Wegesrand. Eine Siedlung von Einfamilienhäusern aus den sechziger Jahren im Hintergrund, die Zufahrtswege noch nicht asphaltiert.

Tecke verharrte lange vor der dritten und vierten Staffelei, schüttelte den Kopf und zog sich in seine abgedunkelte Ecke zurück.

»Ich muss mich für ihn entschuldigen«, sagte Lippold sehr leise zu seinen Gästen. »Er ist scheu. Er spricht nicht gern. Ein Borderliner. Ich will da nichts erzwingen. Das ist schon eine extreme Ausnahme, dass wir überhaupt hierherkommen durften. Wir sollten dann auch wieder gehen.«

»Nein«, sagte Rückerts Frau. »Ich gehe hier nicht weg.« Sie stand vor dem Bild der Straßenlandschaft und tastete nach der Hand ihres Mannes. »Richard, ich gehe ohne dieses Bild nicht weg.«

»Das Bild ist nicht fertig«, sagte Lippold. »Hat er doch eben gesagt. Das rückt er nicht raus. Keine Chance.«

»Dann soll er es fertig machen«, sagte Rückert. »Meine Frau hat Geburtstag, wir sind extra hier rausgefahren, und mit leeren Händen fahre ich nicht zurück. Rede mit ihm.«

»Ich mache im nächsten Jahr in Potsdam eine Ausstellung mit meiner Sammlung«, sagte Rückerts Frau. »Sie soll auch in Braunschweig und Helmstedt gezeigt werden. Dieses Bild muss dabei sein. Ich gehe ohne dieses Bild nicht weg. Ich finde, dass es fertig ist.«

Lippold seufzte und ging in die abgedunkelte Ecke. Tecke sah ihn kommen und schob den Stuhl zurück. Er stand auf und zog sich in den Winkel zurück wie ein verängstigtes Tier. Lippold redete leise auf ihn ein, legte ihm vorsichtig eine Hand auf die Schulter. Tecke wimmerte und wandte den Kopf hin und her, es nutzte ihm nichts. Sie sprachen minutenlang miteinander.

Lippold kam zu ihnen zurück und sagte: »Eine Stunde. Er will eine Stunde haben. Nur noch drei Striche, sagt er. Er will sich von diesem Bild verabschieden. Es loslassen.«

»Natürlich«, sagte Rückerts Frau. »Das kann ich total verstehen. Wir gehen eine Stunde spazieren, er kann sich verabschieden. Sag ihm tausend Dank. Wir kommen in einer Stunde wieder.«

»Wir können in der Zwischenzeit ja schwimmen gehen«, sagte Beate. »Der See sieht wunderbar aus.«

»Was will er denn für das Bild haben?«, sagte Rückert.

Lippold zeigte seine Handflächen, als bitte er um Nachsicht. »Zweiundzwanzigtausend.«

»Das kommt überhaupt nicht in Frage«, sagte Rückerts Frau. »Zweiundzwanzigtausend. Das ist doch verrückt. Du gibst ihm fünfundzwanzig, Richard.«

Rückert schwieg. Er scharrte mit der Schuhspitze auf den Farbkrusten des Bodens.

»Wo sie recht hat, hat sie recht«, sagte Lippold. »Frauenmund tut Wahrheit kund. Das wäre tatsächlich der angemessene Preis.«

Rückerts Frau hob die Hand ihres Mannes, die sie festgehalten hatte, seit sie das Bild gesehen hatte, an ihre Lippen. »Ich habe Geburtstag, Lieber. Ich könnte weinen, wenn ich dieses Bild sehe.«

Rückert nickte Lippold zu.

Sie gingen durchs Treppenhaus zurück, den langen Korridor, traten hinaus in den warmen Nachmittag.

»Ja, lasst uns schwimmen gehen«, sagte Rückerts Frau und sprang auf den Zehenspitzen in die Höhe. »Der See ist doch nicht weit. Dass es so einen magischen Ort wie diesen gibt, das hätte ich mir nicht träumen lassen.«

»Ich weiß nicht«, sagte Lippold. »Wir haben keine Badesachen. Nicht mal Handtücher.«

»Na hör mal«, sagte Beate. »Wir sind doch nicht schüchtern. Aus dem Alter sind wir raus. Wir springen da einfach so rein. Und ein Handtuch hat vielleicht der Mann am Tor, ich frage ihn.« Sie ging los und kam fünf Minuten später mit Handtüchern zurück, und alle vier gingen den Pfad an der kleinen Kapelle vorbei zum Steg.

Die beiden Frauen waren als Erste im Wasser, Rückert folgte ihnen. Lippold zog sich widerstrebend aus, nahm schließlich Anlauf und sprang mit einem Kopfsprung ins Wasser.

Ein Silberreiher flog auf. Das Wasser war kühl, eine Erlösung nach der drückenden Hitze des Tages. Beate schwamm auf Lippold zu, sie lachte. Als sie ihn erreicht hatte, umarmte sie ihn und küsste ihn auf die Wange. Sie schaute auf seinen Nacken.

»Was ist das denn?«, sagte sie. »Ein tätowierter Stacheldraht? Dieser Mann steckt voller Geheimnisse.«

30 Koba setzte den Kuhfuß unten rechts an der Terrassentür an. Ein neuer Tag, ein neues Haus. Er beeilte sich. Vor dem Haus wartete der Fahrer. Sie fuhren zum nächsten Haus. Eldar lief mit seinen Kopfhörern im Schlafzimmer herum, Koba musste sie ihm abreißen. Eine dritte Tour, noch eine Hütte. Abends lieferte er die Beute in der Wohnung im zwölften Stock ab. »Komm rein«, sagte der Mann an der Tür.

Die beiden Männer in den Trainingsanzügen saßen auf der Couch und würfelten. Hinter der Durchreiche spülte die Frau Gläser.

Koba legte die Beute des Tages auf den Tisch. Kleinkram, etwas Schmuck, Geldscheine. »An manchen Tagen läuft es«, sagte er. »An anderen Tagen läuft es nicht.«

»Wie viele Muschis habt ihr gemacht?«, fragte der Mann.

»Heute?«, sagte Koba. »Fünf. Grigol wartet unten mit dem Auto.«

»Ja«, sagte der Mann. »Er kann warten. Zuerst trinken wir und reden. Simona, bring uns zu trinken.«

Die Frau kam mit den Schnapsgläsern. Ihr Gesicht sah müde aus, die Lippen waren geschwollen. Die beiden Männer auf der Couch schoben die Würfel zur Seite und reckten sich. Einer steckte sich eine Zigarette an und knetete seine rechte Hand.

»Ich soll dich von Tomas Onkel grüßen«, sagte der Mann. »Er ist zurück in Tiflis. Ich habe ihm von den Dollars erzählt, die du gestern gebracht hast. Das hat ihn gefreut.«

Koba wollte sich setzen, der Tag war lang gewesen. Die beiden Männer erhoben sich von der Couch. »Bring die Stühle, Simona«, sagte einer.

Simona brachte zwei Klappstühle. Sie sah Koba aus den Augenwinkeln an und ging zurück in die Küche.

»Nicht so gefreut hat ihn die Nachricht, dass Toma und Levan einkassiert sind«, sagte der Mann. »Untersuchungshaft. Sie können nicht zurück nach Tiflis. Lass uns offen darüber reden, mein Freund. Das war dein Team, sie sind kassiert worden, du nicht. Darüber macht sich der Onkel Gedanken. Geh in die Hocke.«

Er wies auf die Mitte des Zimmers. Die beiden Männer in den Trainingsanzügen saßen auf den Klappstühlen davor.

»Leute«, sagte Koba. »Ich habe euch gestern zwanzigtausend Dollar gebracht. An manchen Tagen läuft es, und ich liefere. An anderen Tagen läuft es nicht so gut. Aber morgen komme ich wieder, und es wird wieder mehr sein. Ihr werdet sehen.«

»Geh in die Hocke, mein Freund«, sagte der Mann und ließ sich auf der Couch nieder. »Ich sag das nicht noch mal. Du weißt, dass du in die Hocke gehen wirst, also red nicht herum, sondern geh in die Hocke.«

Koba ließ sich in der Mitte des Zimmers auf die Fersen nieder. Er schwankte leicht, doch er hockte. Rechts und links von ihm saßen die Männer auf den Klappstühlen, die Arme auf die Knie gestützt. Sie schauten ihn ruhig an. Einer von ihnen kaute ein Kaugummi. Koba hörte sein Schmatzen.

»Du hast uns gestern zwanzigtausend Dollar hingelegt«, sagte der Mann auf der Couch. »Heute bringst du Taubenscheiße. Woher soll ich wissen, dass du heute nicht zehntausend Dollar einbehalten hast? Woher soll ich das wissen? Soll ich unter deinen Fingernägeln nachschauen?«

Der Mann rechts von ihm gab Koba einen Fußtritt. Er fiel nach hinten. Rappelte sich auf und ging wieder in die Hocke.

Vor sieben Jahren war er zum ersten Mal im Jugendgefängnis gewesen, in Tiflis. Er war fünfzehn. Am ersten Tag dort musste er in die Hocke gehen, in der Zelle eines älteren Häftlings. Goga hieß er. Goga hatte ihn gefragt, von welcher Art er sei. »Ich bin Dieb«, hatte Koba gesagt. Es war die falsche Antwort. Eine Anmaßung, als wäre er einer von ihnen, ein Dieb im Gesetz. Sie hatten ihn verprügelt, bis er die richtige Antwort gab. Jetzt kannte er die Regeln. Er musste in die Hocke gehen, was auch immer geschah.

»Woher soll ich wissen, dass du Toma und Levan nicht verraten hast?«, sagte der Mann auf der Couch. »Du kommst hier an, legst die Beute auf den Tisch und lächelst, als wäre alles in Ordnung. Weiße Zähne, schwarzes Herz. Woher soll ich wissen, dass alles in Ordnung mit dir ist?«

Der Mann auf dem anderen Klappstuhl gab ihm einen Tritt, und Koba fiel zur Seite. Er sagte nichts und ging wieder in die Hocke.

»Das Reden hast du verlernt, mein Freund«, sagte der Mann auf der Couch. »Vielleicht hast du mit anderen geredet. Sie sitzen im Bau, du nimmst dir eine Muschi nach der anderen vor, frei wie ein Vogel, und legst uns nur Taubenscheiße auf den Tisch.«

Koba sagte nichts. Der Mann auf dem ersten Klappstuhl beugte sich vor und schlug ihm die Faust ins Gesicht. Koba fiel nach hinten, schmeckte Blut in seinem Mund, seine Lippe war aufgeplatzt. Er rappelte sich hoch und ging in die Hocke.

Als er fünfzehn war und in der Mitte der Zelle in die Hocke ging, hatte er auch nichts gesagt. Er hatte Goga angeschaut. Goga gehörte zu den Dieben im Gesetz. Er befahl den Neuankömmlingen, die ihm gefielen, sich die Beine zu rasieren. Befahl ihnen, am Fenster zu strippen. Er befahl ihnen, nachts die vorbeifahrenden Autos zu zählen und ihm morgens Bericht zu erstatten. Er gab denen, die schwach waren und zu den Ferkeln gezählt wurden, Vogelscheiße und Zigarettenkippen zu essen. Koba hatte nichts gesagt, sondern war immer wieder in die Hocke gegangen und hatte Goga angesehen. Nicht der verliert, der zu Boden geht, sondern der, der seinen Mut verliert. Irgendwann hatte Goga ihn in Ruhe gelassen.

»Weißt du«, sagte der Mann auf der Couch, »weißt du, dass Tomas Onkel sich für dich eingesetzt hat? Weißt du das? Er hat dir ein neues Team gegeben. Eine neue Chance. Obwohl sein eigener Neffe im Bau gelandet ist. Setzt er sich für seinen Neffen ein? Er setzt sich für dich ein. Er hat dich aus dem Restaurant rausgeholt, wo du Teller gewaschen hast. Die Teller der Touristen abgekratzt wie ein Ferkel.«

Der Mann auf dem zweiten Klappstuhl stand auf und holte aus. Koba blieb in der Hocke und hielt den Kopf hoch. Die Faust traf ihn am Kiefer, er hörte es knacken, als er fiel. Er spuckte einen Zahnsplitter aus, als er sich hochrappelte.

»Du spuckst auf unseren Boden«, sagte der Mann auf der Couch. »Wie alt bist du? Das kannst du nachher aufwischen.«

Der erste Mann im Trainingsanzug gab ihm einen Fußtritt. Koba fiel auf den Rücken.

»Geh in die Hocke, mein Freund«, sagte der Mann auf der Couch. »Wir müssen reden, wir sind noch nicht fertig.«

Koba ging in die Hocke. Der Mann auf dem anderen Klappstuhl gab ihm einen Fußtritt, und er fiel.

Rappelte sich auf, aus seinem Mund tropfte Blut. Unten saß Grigol im Auto und wartete auf ihn, das wusste er. Grigol würde nicht ohne ihn fahren. Sie hatten morgen eine neue Tour. Sie hatten zu tun.

Nach einer Stunde waren die Männer mit ihm fertig. Sie schwitzten in ihren Trainingsanzügen, massierten sich die Hände nach all den Schlägen. Dann setzten sie sich wieder auf die Couch und nahmen die Würfel auf. Simona kam aus der Küche und servierte ihnen Bier. Der andere Mann brachte Koba an die Tür.

»Wir sehen uns morgen«, sagte er und legte ihm eine

Hand auf die Schulter. »Du siehst nicht gut aus, mein Freund. Erhol dich heute Abend. Leg dich hin und schlaf dich aus. Du bist jung, das wird schon wieder. Morgen ist ein neuer Tag, dann machst du neue Muschis und kommst wieder her. Ich stehe hier an der Tür und warte auf dich. Bin gespannt, was du uns morgen bringst. Ich hoffe, du bringst uns keine Taubenscheiße.«

31 Romina schlief zwei Stunden nachts, höchstens drei. Sie war wieder in der Harzer Straße, um auf Sanda aufzupassen. Um sieben Uhr morgens stand ihre Großmutter an der Couch im Wohnzimmer und weckte sie. Die Ketten mit den kleinen Münzen klirrten.

»Steh auf«, sagte sie. »Du hast Besuch. Da steht ein Mann vor dem Haus. Einer von euch. Will dich sprechen, sagt er.«

Vor dem Haus stand Steinmeier. »Ich habe mit meiner Tochter gesprochen«, sagte er. »Die mit einem zusammen ist, der in Tegel arbeitet. Ich dachte, das könnte dich interessieren. Habe dich in deiner Wohnung nicht angetroffen, also bin ich hierhergefahren.« Er blickte über seine Schultern, seine Hand lag auf seiner Gesäßtasche.

»Komm hoch«, sagte Romina. »Du kriegst einen Kaffee. Woher weißt du überhaupt, dass ich aus der Harzer Straße komme?«

»Weiß ich eben«, sagte Steinmeier. »Spricht sich rum.«

Er stand in der kleinen Küche. Die Großmutter saß auf

ihrem Platz und beobachtete ihn, während sie rauchte.
»Wir haben nicht gern Polizei im Haus«, sagte sie.

»Jedenfalls gab es tatsächlich mal einen, dem eine Armbanduhr in Tegel abhandenkam, hat meine Tochter gesagt«, sagte Steinmeier. »Ihr Freund arbeitet in Tegel im Vollzug. Läuft aber nicht so gut mit den beiden. Die haben beide Schichtdienst und sehen sich kaum. Früher sind sie sonntags zu uns gekommen auf Kaffee und Kuchen, jetzt waren sie länger nicht mehr zusammen da. Kommt sie eben allein. Aber die Geschichte kannte sie. Armbanduhr weg. Eine Patek Philippe Nautilus. Zwanzigtausend Euro. Das ging schon rum im Haus, und ihr Freund muss es ihr nach Dienstschluss erzählt haben. Sie hat sich sogar erinnert, dass der Mann, dem die Uhr wegkam, von allen Jacke genannt wurde und dass er jedes Mal deswegen ausgerastet ist. Hat ihr Freund auch erzählt, aber wie gesagt, ob sie wirklich noch mit ihm zusammen ist, weiß man nicht.«

»Ich denke, der kommt nicht mehr zu euch«, sagte Romina.

»Der kommt auch nicht mehr«, sagte Steinmeier. »Man kann ja trotzdem mit ihm reden. Meine Tochter hat mir seine Telefonnummer gegeben.«

»Du hast ihn angerufen?«, sagte Romina.

»Ich habe ihn angerufen«, sagte Steinmeier. »Bin ich Bulle oder nicht? Wolltest du was über Jacke wissen oder nicht? Ich habe den Freund meiner Tochter gefragt. So machen das Bullen.«

»Und?«, sagte Romina.

»Er konnte sich ziemlich genau an die Geschichte erinnern, weil der Mann damals einen unglaublichen Aufstand gemacht hat wegen seiner Patek Philippe Nautilus. Hat herumgebrüllt, die anderen Häftlinge angegriffen, die Vollzugsbeamten beschuldigt, Eingaben geschrieben, richtig auf die Pauke gehauen. Deshalb wusste er auch noch seinen Namen. Jacques Lippold.«

Steinmeier nahm sich Zucker, rührte in der Tasse, nahm einen Schluck. Er fasste an seine Gesäßtasche und legte sein Portemonnaie auf den Tisch. Die Großmutter beobachtete ihn. Romina sah ihn mit offenem Mund an.

»Verstehst du?«, sagte Steinmeier. »Jacke wegen Jacques. Und Lippold wusste er eben auch noch. Der war was Besseres, sagt der Freund meiner Tochter. Vielleicht auch nicht mehr Freund, scheint eher so, dass sie sich trennen will. Neulich sagte sie jedenfalls, dass sie eine Wohnung sucht, und ob wir was wüssten. Die Zeiten sind vorbei, habe ich ihr gesagt, wo du umziehen kannst, wie du lustig bist, habe ich gesagt. In Staaken soll es noch Wohnungen geben, aber ich will nicht, dass meine Tochter da hinzieht.«

»Und dieser Jacques Lippold«, sagte Romina. »Sitzt der noch? Wusste er das vielleicht?«

»Das habe ich ganz vergessen zu erwähnen«, sagte Steinmeier. »Der sitzt nicht mehr. Da war sich der Freund meiner Tochter sicher. Der ist neulich rausgekommen, sagte er, vor zwei Monaten oder so.«

»Das heißt, er läuft jetzt frei rum«, sagte Romina. »Wie finde ich den?«

Sanda stand in der Küchentür. Sie sagte nichts. Ihr Gesicht war immer noch voller blaugrüner Flecken. Steinmeier zuckte zusammen, als er sie ansah. Er wendete sich wieder dem Kaffee zu.

»Sollte kein Problem sein«, sagte er. »Wenn er aus dem Knast raus ist, hat er einen Bewährungshelfer. Den kannst du fragen, was dieser Lippold so macht. Der muss sich in regelmäßigen Abständen bei ihm melden.«

»Die sitzen doch oben in Gesundbrunnen«, sagte Romina. »Soziale Dienste Justiz, da war ich auch schon wegen meinem Vater damals. Aber das kann ich dir sagen, dass der Bewährungshelfer mir ganz sicher nicht groß weiterhilft, wenn ich ihn frage. Der kommt mir mit Datenschutz und Dienstgeheimnis und was weiß ich.«

»Kommt drauf an, wie du fragst«, sagte Steinmeier. »Ich habe einen Kollegen vom Tischtennis da zu sitzen, den man fragen könnte, ob er mal mit dem Bewährungshelfer redet.«

»Dann müsstest du mitkommen«, sagte Romina.

»Richtig«, sagte Steinmeier und nahm sein Portemonnaie vom Tisch. »Da müsste ich mitkommen. Habe heute auch wirklich nichts Besseres vor.«

Sie fuhren rauf nach Gesundbrunnen, Romina sagte nichts während der Fahrt. Steinmeier brachte sie zum Dienststellenleiter und erklärte ihm die Lage.

»Ist das eine offizielle Ermittlung?«, fragte der Mann.

»Nein«, sagte Romina. »Ich will mit dem Mann nur mal kurz reden, das geht fix und bleibt unter uns.«

»Dann müsste ich mal kurz telefonieren«, sagte der Leiter und griff zum Diensthandy. »Haben wir gleich.«

Der zuständige Bewährungshelfer hieß Bernd Stachanowsky und saß in einem Dienstzimmer im dritten Stock. »Jacques Lippold«, sagte er. »Komischer Name, wäre mir doch aufgefallen. Ich habe da keine Akte.« Er suchte in seinem Computer. »Doch, habe ich. Der ist sowieso fällig, vor zwei Monaten rausgekommen, hat sich mir noch nicht vorgestellt. Das haben wir eigentlich nicht so gern.«

»Das fällt Ihnen jetzt auf?«, sagte Romina.

»Ich habe zweihundert Klienten«, sagte Stachanowsky und schaute Steinmeier an. »Zweihundert Leute. Die geben sich hier nicht direkt die Klinke in die Hand, aber mir reicht es. Ich laufe nicht hinter jedem her, der sich nicht meldet. Kann schon mal vorkommen, dass einer durchrutscht, kann auch sein, dass dieser Lippold sich einfach später meldet. Die meisten kommen von ganz allein, wenn sie eine Wohnung wollen oder einen Job oder mit ihren Schulden nicht zurande kommen. Und Schulden haben die alle.«

»Das kann ich verstehen«, sagte Steinmeier. »Ist bei uns nicht anders. Kommen ja noch Krankschreibungen und Urlaubsvertretungen dazu, dann ist Land unter.«

»Ich meine ja nur«, sagte Stachanowsky. »Zweihundert Leute, und ihr sucht nach einem Lippold. Hier ist er auch, der ist bei seiner Mutter gemeldet. Jacques Lippold. Der sucht bestimmt eine Wohnung, vielleicht ist er zu schüchtern, hier nachzufragen.«

»Man könnte ja überlegen, ob es möglich wäre, ihn bei seiner Mutter aufzusuchen«, sagte Steinmeier. »Wir haben da nur ein paar kurze Fragen, da müssten wir jetzt nicht endlos Anträge auf Amtshilfe schreiben. Nur ein paar Fragen, dann sind wir wieder aus der Tür.«

»Könnte man überlegen«, sagte Stachanowsky. »Dazu braucht ihr vermutlich die Anschrift der Mutter, und dann stellt sich allerdings die Frage nach dem Datenschutz.«

»Der Datenschutz«, sagte Steinmeier, »ein steter Quell der Freude.«

»Ich will mal so sagen«, sagte Stachanowsky. »Ich habe vorhin gefrühstückt und zwei Tassen Kaffee getrunken. Wegen der Hitze habe ich noch ordentlich Wasser getankt. In meinem Alter ist das wichtig, dass ich nicht austrockne. Nun meldet sich meine Blase, und ich würde jetzt schnell mal für kleine Jungs gehen. Und ihr rührt hier nichts an.«

Er erhob sich von seinem Schreibtischsessel und ging hinaus. Im gleichen Moment war Romina am Computer, druckte sich ein Foto von Lippold aus und die Adresse von Lippolds Mutter.

»Hohenschönhausen«, sagte sie. »Lass uns fahren.«

32 Lippold schob die schmutzigen Teller zur Seite und legte das Geld auf den Tisch. »Zwei für Mario, fünf für dich«, sagte er.

Der Dachboden des Behandlungsgebäudes der Lungenheilstätte am Grabowsee schien vor Hitze zu knistern. Unten am Eisentor bellte der Schäferhund.

»Was soll das denn jetzt?«, sagte Tecke. »Das Bild hat fünfundzwanzigtausend gekostet. Habe ich doch mit eigenen Ohren gehört.«

»Ja«, sagte Lippold. »Korrekt. Und Rückert hat noch am gleichen Abend gezahlt, bar auf Kralle, weil seine Frau sich gar nicht mehr einkriegte vor Begeisterung. Du packst ihr das Bild noch schön ein, dann bringe ich es ihnen. Das ist der Deal.«

Mario nahm seine zweitausend Euro und steckte sie ein.

»Verstehe ich nicht«, sagte Tecke. »Ich meine, okay, ich war im Rechnen nie groß, hatte immer eine Fünf in Mathe, aber das kommt doch nicht hin. Zweitausend für Mario. Fünftausend für mich. Wo bleibt dann der Rest?«

»Doch, das kommt hin«, sagte Lippold. »Mario hat den Ort klargemacht, weil er den Verwalter kennt, und er hat den ganzen Kram hierhergeschafft und den Boden mit Farbe bekleckert. Fünftausend für dich. Der Rest für mich, weil ich die Kunden besorgt und das Verkaufsgespräch geführt habe. Die ganze Idee ist von mir. Ich habe dir gesagt, du sollst ein Zonenrandgebiet malen, oder habe ich das nicht gesagt?«

»Habe ich ja auch«, sagte Tecke. »Ich habe sogar zwei Zonenrandgebiete gemalt, und zwar in fünf Tagen. Tag und Nacht durchgearbeitet, voll mit Kaffee, Ritalin und Rotwein. Das Bild ist von *mir*. Du hast das Bild nicht gemalt. *Ich* habe das gemalt. Und dafür werde ich mit fünftausend Euro abgespeist?«

»Das ist doch nicht schlecht«, sagte Lippold. »Das ist ein Tausender pro Tag. Dein letztes Bild hast du vor zwei Jahren verkauft, wenn ich mich recht erinnere, für vierhundertfünfzig Tacken. Jetzt kriegst du fünftausend und beklagst dich. Das ist eine komische Art, Danke zu sagen.«

»Ich musste diesen abartigen schwarzen Mantel tragen«, sagte Tecke. »Die Russenmütze. Bei der Hitze. Und ich musste mich wie der letzte Weirdo aufführen.«

»Das hast du richtig gut hingekriegt«, sagte Lippold. »Die waren sehr beeindruckt. Ich auch, ich fand dich total authentisch.«

»Habe ich da was verpasst?«, fragte Mario. »Tecke als

Weirdo mit Russenmütze, das hätte ich gern gesehen. Leute, räumen wir den Kram jetzt eigentlich weg? War das eine einmalige Aktion?«

»Nein«, sagte Lippold. »Von wegen. Die haben schon das nächste Bild bestellt. Genauer gesagt, die Freundin der beiden.«

»Dann gib ihr das Helmstedt-Bild«, sagte Tecke. »Das muss eh weg. Aber diesmal kriege ich die Hälfte.«

»Nein«, sagte Lippold. »Die will nicht das Helmstedt-Bild, sondern ein Porträt von mir. Sie hat neulich bei Grisebach den Fetting gekauft. Jetzt will sie ein Porträt von mir, und den Wunsch wirst du ihr erfüllen. Kannst gleich anfangen.«

»Warte warte warte«, sagte Tecke. »So geht das nicht. Ich habe noch nie ein Porträt gemacht, und mit dir fange ich sicher nicht an.«

Lippold sagte nichts. Er setzte sich auf einen alten Drehstuhl hinter der dritten Staffelei, knöpfte sein Hemd auf und wartete.

»Das sieht gut aus mit den Dachsparren dahinter«, sagte Mario. »Ich gehe runter und hole Rotwein vom Verwalter. Ritalin habe ich auch noch da. Oder Punisher, wenn du willst. Musik gebe ich dir auch. Zeit spielt keine Rolle.«

»Okay«, sagte Tecke. »Okay. Meinetwegen. Du kriegst dein Porträt. Aber ich will nachher nichts hören. Zwischendurch auch nicht. Ich will in Ruhe arbeiten, du wirst stillhalten, egal wie lange es dauert, du wirst den Mund halten. Während ich arbeite und auch danach.«

Lippold sagte nichts. Tecke zog sich aus, legte seine Sachen auf einen Küchenhocker und schlüpfte in den schwarzen Mantel. Er setzte die Russenmütze auf. Der Schweiß lief ihm die Schläfen hinunter. Er umkreiste Lippold in langsamen Schritten, blieb stehen, rückte einen halben Schritt vor, kniete sich hin, peilte mit dem Bleistift.

Mario kam mit einer Flasche Rotwein zurück. »Der Verwalter sagt, er würde das nicht tun. Rotwein bei der Hitze sprengt dir den Kopf, sagt er. Gestern hat er ein Glas zum Gulasch am Nachmittag getrunken, danach war er zu nichts mehr zu gebrauchen, sagt er. Was ein alter Mann eben redet. Er war richtig froh, dass er die Flasche loswurde. Na dann, hat er gesagt, ich hoffe, ihr wisst, was ihr tut.«

Er nahm zwei himmelblaue Pillen aus seiner Brusttasche und drückte sie Tecke in die Hand.

»Schön vorsichtig damit«, sagte er. »Eine nach der anderen, sonst kannst du die nächsten zwei Wochen nicht mehr schlafen.« Er ging zur Spüle und beugte sich über die Musicbox. Ein alter Gabba-Track flammte auf, Presslufthämmer aus Rotterdam, Möwenschreie.

Lippold bewegte sich nicht. Tecke stand vor ihm, rauchte eine Zigarette und fixierte ihn. Mario tanzte. Durch die offenen Dachsparren blies der heiße Hauch des Hochsommers.

Tecke wählte eine große Leinwand. Mischte die Farben. Grundierte. Er schickte Mario hinunter, Erde holen. »Am besten Waldboden, so sauer wie möglich. Knochenmehl der Lungenkranken wäre noch besser. Mörtelstaub geht auch.«

Er ließ sich Zeit. Seine Kiefermuskeln traten hervor, die Zungenspitze spielte an der Unterlippe. »Den Rest behält er für sich«, sagte er leise. »Achtzehntausend Euro, und bei mir wohnt er mietfrei.« Die Musik wechselte, hochtourige

Bässe eskalierten. Mario tanzte, bis er nicht mehr konnte und zitternd auf dem Boden lag. Tecke nickte. Nickte das alte, unaufhörliche Gabba-Nicken.

Eine Stunde verging, dann verhängte er die Leinwand und sagte: »Viertelstunde Pause, dann geht's weiter.«

Lippold stand auf und ging auf dem Dachboden hin und her. Tecke holte sich eine weitere himmelblaue Pille von Mario. Trank noch ein Glas Rotwein. »Der Verwalter hatte recht«, sagte er, »der Wein sprengt dir den Kopf.« Dann war die Viertelstunde vorbei, Lippold setzte sich wieder und Tecke ging zurück an die Arbeit.

Die zweite Stunde verging, sie machten Pause, dann die dritte Stunde. Draußen fiel die Dämmerung, doch es kühlte nicht ab. Weitere Gabba-Tracks frästen durch die stickige Luft. Mario lag schwer atmend auf dem Boden. Lippold saß still, sagte nichts. Tecke stand zwanzig Minuten lang vor der Leinwand und schob die Unterlippe vor. Setzte wieder den Pinsel an, griff nach einem Spatel.

Die vierte Stunde kam und ging, die fünfte Stunde. Mario lag in einem Winkel und schnarchte. In der sechsten Stunde sagte Tecke: »Du bist scheißschwer zu malen, weißt du das?«

Lippold antwortete nicht.

Im Morgengrauen legte Tecke den Pinsel zur Seite. »Es ist nicht fertig«, sagte er. »Aber mehr mache ich nicht. Ich kann nicht mehr. Nimm es oder lass es, mir egal. Zwanzigtausend oder kein einziger Cent, mir egal. Schau es dir an, aber ich sag dir gleich, ich will nichts hören.«

Lippold stand auf und sah sich das Bild an. Sein kantiges Gesicht lag zur Hälfte im Schatten; die Augen blickten wach, Pupille und Iris akkurat gearbeitet. Der Oberkörper war mit starken Strichen umrissen, dennoch kraftvoll, bereit zum Sprung. Das Tuareg-Kreuz lag auf seiner freien Brust. Die Hände im Schoß zusammengelegt, dunkelrote Farbe tropfte von ihnen herunter. Von den Dachsparren her kam ein jenseitiges Licht.

33 Sie hatten drei Häuser gemacht. Koba schätzte den Ertrag auf fünftausend Euro. Er hatte keine Eile, die Beute in der Wohnung abzugeben.

»Lasst uns weiterfahren«, sagte er zu Grigol und Eldar.

»Keine Muschi mehr«, sagte Eldar. »Ich habe genug für heute. Drei Muschis reichen.«

»Einfach nur fahren«, sagte Koba. Sein Gesicht schmerzte. Er wusste nicht, ob er wieder in die Hocke gehen musste, wenn er die Sachen abgab, und wollte es auch nicht wissen.

»Ich könnte ewig fahren«, sagte Grigol am Steuer. »Ich liebe Berlin. Ernsthaft. Die Stadt ist der Hammer. Ich fahre euch zur Warschauer Brücke, da laufen Frauen herum, die hast du so noch nicht gesehen. In Tiflis siehst du solche Frauen nicht. Die tragen hier keinen BH, keine von denen. Du kannst praktisch alles bei denen sehen.«

»Warschauer Brücke«, sagte Eldar. »Ich war vor zwei Tagen da, abends. Hier sind lauter Touristen unterwegs, Jungtouristen, die haben Geld ohne Ende. Du musst sie nur scharf ansehen, und sie reichen dir alles rüber, Handy, Geld, Sonnenbrille. Ich habe in einer halben Stunde sechshundert Euro gemacht, nur an Geld. Und weißt du was? Kommt so ein Typ auf mich zu, lacht, redet mich an, als ob ich ihn kenne, umarmt mich, als ob wir beste Freunde sind. Ein Araber. Marokko oder so. Ich kenne keinen Araber. Trotzdem umarmt der mich: ›Hello, my friend!‹ Alle um mich herum lachen, die fanden das toll. Wir haben uns nicht unterhalten, der war gleich wieder weg. Und meine sechshundert Euro waren auch weg.«

Die Straßen glitten an ihnen vorbei. Koba kam sich vor wie in einem Aquarium. Auf den Gehwegen spazierten Leute in Gruppen oder zu zweit, zu dritt, junge Frauen in Shorts, knappen Shirts, ihre Freunde neben sich, Handy in der Hand. Lederrucksäcke. Goldrandbrillen. Die Haare gefärbt, eine Hälfte blond, die andere schwarz. Sie bewegten sich lautlos, standen an der roten Ampel, atmeten, telefonierten. Koba hörte nichts, sah nur ihre Körper vorbeigleiten wie Fische im großen Aquarium. Sie standen auf E-Rollern, fuhren auf Rädern, eine Tram zog an ihnen vorbei, darin saßen auch Leute, stumm, blickten hinaus auf die Straße. Hinter den Scheiben der Cafés hockten sie, schauten aufs Handy. Ferne Fische.

»Siehst du das?«, sagte Grigol. »Die hat auch keinen BH an. Die da hinten auch nicht. Man fragt sich, ob die unten was anhaben. Ich sage dir, die denken ständig ans Ficken. Die sind schon mit dir auf der Matratze, ehe du sie angesprochen hast. Da kennen die gar nichts. Ich sage dir: Ich will nicht zurück nach Tiflis. Ich bleibe hier, ich muss die alle durchprobieren, eine nach der anderen.«

»Die haben keine Seele«, sagte Koba.

»Seele«, sagte Grigol. »Bruder, komm mir nicht mit Seele.

Will ich die heiraten? Nein, will ich nicht. Die wollen ihren Spaß haben, ich will meinen Spaß haben. Win-win. Wahrscheinlich kriegen ihre Typen keinen mehr hoch, sind vom ständigen Ficken ausgelaugt, fix und fertig, deshalb müssen sich die Frauen anderweitig umschauen, weil sie einfach nicht genug kriegen können. Bei georgischen Jungs wissen sie, dass die eine ganze Nacht durchhalten. Die stehen auf uns. Die da drüben: auch kein BH. Ich liebe diese Stadt.«

Er hupte und winkte der Frau zu. Sie drehte sich zur Seite und schaute auf ihr Handy. Sie fuhren über die Oberbaumbrücke und dann an der Hochbahnstrecke entlang, an Kebab-Läden vorbei, Kneipen, türkischen Teestuben. Koba sah durch die Scheibe des Toyota nach draußen, fühlte sich wie in einem Unterseeboot, umgeben von Fischschwärmen und Millionen Liter Wasser. Er sah die Leute reden und lachen, hörte so gut wie nichts, nur von ferne die Sirenen der Feuerwehr oder Polizei. Grigol am Steuer hatte die Scheibe des Seitenfensters heruntergelassen, sein linker Arm hing nach draußen, er winkte den Frauen zu.

Als er dem Bruder des Unfallfahrers sein Messer zwischen die Rippen gerammt hatte, keine paar Wochen her, da hatte Koba sich dem Mann nahe gefühlt. Das war in Tiflis gewesen, ein Außenbezirk an den Berghängen. Der Mann hatte ihn angesehen und gewusst, dass er sterben musste. Und er war einverstanden, wie ein Wild einverstanden ist, wenn es den Fangschuss bekommt. Der letzte Blick sagt immer: So sei es. Für Koba war es das erste Mal, dass er jemanden umbringen musste, doch den Blick kannte er. Er war dem Mann nahe wie einem Bruder, hielt ihn fest, ließ ihn langsam zu Boden gleiten, blieb bei ihm. Es war nichts

Persönliches. Es musste getan werden. »Wenn du es nicht tust«, hatte sein Onkel gesagt, »wird Gott dich hassen.«

»Was war eigentlich los?«, fragte Eldar. »Du siehst nicht gut aus. Was war los gestern?«

»Nichts«, sagte Koba. »Die waren nicht zufrieden mit dem, was ich ihnen gebracht habe. Die hatten sich mehr vorgestellt. Dann haben die beiden großen Jungs den Würfelbecher beiseitegelegt und sich zu mir gesetzt.«

»Und jetzt willst du nicht mehr hin«, sagte Eldar. »Kann ich verstehen. Ich würde an deiner Stelle auch nicht mehr hinwollen. Wir reißen uns den Arsch auf, die würfeln. Du bringst denen was an die Tür, und sie treten dir in die Fresse. Das ist nicht in Ordnung. Ich sage dir, ich würde gern dem Araber in die Fresse treten, der mir die sechshundert Euro geklaut hat. Ich meine, wo gibt's denn so was? Die waren frisch in meine Tasche gewandert, und er zieht mich ab, als ob ich ein Scheißtourist bin. Ich weiß nicht, was passiert, wenn ich den entdecke. Also, was ist jetzt, gehst du noch hin und gibst das Zeug von heute ab? Wir waren nicht schlecht heute.«

»Ich gehe hin«, sagte Koba. »Keine Sorge, ich gehe hin.«

»Musst du auch«, sagte Eldar. »Es sei denn, wir fahren mit der Karre in den nächsten Juwelierladen, frontal in die Auslagen. Steigen aus und räumen die Ringe weg, die Ketten, Armbänder. Das dauert keine zwei Minuten, höchstens drei Minuten, dann hauen wir ab.«

Sie fuhren den Kurfürstendamm entlang. Grigol beschleunigte.

»Die Stadt gefällt mir«, sagte er. »Die hat wirklich was zu bieten. Guck dir die Läden an. Die Frauen. Die Autos.«

»Fahr langsamer«, sagte Koba. »Ich will hier nicht angehalten werden.«

»Hier hält dich keiner an.« Grigol lachte. »Hier gibt's keine Polizei.«

Er überholte einen AMG und schoss über eine rote Ampel. Zwei Autos aus der Seitenstraße bremsten stark ab und hupten. Der AMG holte neben ihm auf und setzte sich wieder vor ihn. Grigol zog nach rechts auf die Busspur und trat aufs Gaspedal.

»Fahr langsamer«, sagte Koba.

Grigol hängte sich an den AMG, versuchte rechts und links an ihm vorbeizukommen. Der AMG war zu schnell. Der Fahrer hob den Arm aus dem Seitenfenster und zeigte ihnen den Mittelfinger.

Grigol trat das Gaspedal durch. Sie schleuderten über eine große Kreuzung, der Toyota scherte aus und schmierte mit dem Heck ab.

Koba hielt sich fest. Es nutzte nichts. Die Vorderreifen stießen gegen den Rinnstein und hoben mit einem Ruck ab. Sie streiften ein Verkehrsschild. Die rechte Frontseite knallte gegen die Brüstung eines U-Bahnhofeingangs.

Der Toyota blieb qualmend stehen, die Querachse hing blank auf dem Gehweg, der rechte Reifen rollte noch zwei Meter weiter und legte sich dann hin.

34   »Hier wurde noch nie eingebrochen«, sagte Katja Lippold vor ihrer Haustür in Hohenschönhausen. »Noch nie. Wir wohnen seit vierzig Jahren hier draußen, und bei uns war nie was. Bei den Nachbarn schon, habe ich schon öfter gehört. Aber nicht bei uns. Mein Mann war Handwerker, Elektrikermeister, der hat das Haus gesichert, vielleicht merken die das. Bei mir gibt's auch nichts zu holen, ich habe nur Bücher. Bücher interessieren die nicht. Außerdem bin ich immer zu Hause. Die Nachbarn sind oft unterwegs, die gehen ständig auf Kreuzfahrt. Östliches Mittelmeer, die Lofoten, Karibik, Kamtschatka. Die leben praktisch auf den Schiffen. Für mich ist das nichts.«

»Sie leben ganz allein hier?«, sagte Romina. Steinmeier stand hinter ihr und ließ sie reden. »Das ist nicht ganz ungefährlich, würde ich sagen. Kommt drauf an, wie Ihr Haus gesichert ist. Könnten wir kurz mal einen Blick auf die Türen und Fenster werfen?«

Frau Lippold ließ sie ins Haus. Steinmeier sah sich die Terrassentür und die Fenster an, während Romina sich weiter mit ihr unterhielt.

»Haben Sie noch Kinder, die Sie im Alltag unterstützen?«

»Ich komme zurecht«, sagte Frau Lippold. »Einkäufe, Arztbesuche, das kriege ich hin. Bin noch gut zu Fuß. Ich bin ja nicht fünfundachtzig. Mein Sohn ist eher selten hier.«

»Mein Gott«, sagte Romina mit Blick auf die Bücherwand im Wohnzimmer. »Sie haben ja wirklich viele Bücher. Das sieht man auch nur noch selten.«

»Ich bin Kunstwissenschaftlerin«, sagte Frau Lippold. »Ich habe im Akademie-Verlag gearbeitet, solange es den noch gab. Recherche, Redaktion, Korrektur, wir haben alles gemacht. Zweihundert Mitarbeiter. Ich habe mit einer Kollegin zu den niederländischen Malern gearbeitet, die Bauernbilder, die Landschaften. Gott, was für Wolken! Das war noch Kunst. Wir hatten ja auch gute Leute, aber in den Achtzigern kamen dann die feindlich-negativen Kräfte auf wie die Cornelia Schleime. Nach der Übernahme haben sie uns alle vor die Tür gesetzt, acht sind übriggeblieben. Ich kann Ihnen sagen: Schön war das nicht. Mein Sohn war zwölf, dreizehn, schwieriges Alter, aber mein Mann hat gut verdient, war Elektrikermeister, der war ständig unterwegs, achtzig Stunden die Woche. Mach doch mal halblang, hab ich gesagt, aber der konnte nicht aufhören. An Urlaub war überhaupt nicht zu denken. Auf einer Kreuzfahrt wäre der schlichtweg durchgedreht oder er hätte das Schiff von Grund auf neu verkabelt.«

»Was macht Ihr Sohn jetzt?«, fragte Romina.

»Jacques«, sagte Frau Lippold. »Was der macht? Das wüsste ich auch gern. Der war mal erfolgreich mit Finanzgeschäften, da hat er mich auch unterstützt, finanziell. Was genau er gemacht hat, habe ich nie verstanden, irgendwas mit Umsatzsteuer. Bei uns in der DDR gab es das nicht, Umsatzsteuer. Braucht kein Mensch. Wir hatten ja nicht mal Finanzämter. Das kam dann alles aus dem Westen zu uns. Aber mein Sohn hatte das System durchschaut, sagte er. Hat sich die Umsatzsteuer immer auszahlen lassen, der ließ die Finanzämter ordentlich bluten. Mein Mann fand das großartig, obwohl die sich früher nie verstanden haben. Er hat ihn mit harter Hand erzogen, muss man sagen. Der ließ ihm nichts durchgehen. Als Jacques dann so erfolgreich war, hat er ihn respektiert. Hat es dann glücklicherweise nicht mehr mitbekommen, als die Probleme anfingen.«

»Jacques«, sagte Romina. »Schöner Name. Selten.«

»Wir haben kein Westfernsehen gesehen, mein Mann und ich«, sagte Frau Lippold. »So gut wie nie. Außer Jacques Cousteau mit seinen Meeresforschungen, also den fand ich toll. Und dann habe ich meinen Sohn so genannt. Jacques. Sie sind aber ziemlich neugierig für Polizisten, die sich nur mal die Schlösser anschauen wollen.«

»Wir unterhalten uns gern mit dem Bürger«, sagte Romina. »Wir helfen gern. Wenn es Probleme gibt, möchten wir die lösen. Dazu sind wir da. Wenn Ihr Sohn in Schwierigkeiten steckt, lässt sich bestimmt was machen. Man muss nur miteinander reden, sage ich immer.«

»Mein Sohn ist draußen in der Datsche«, sagte Frau Lippold. »Was für Probleme soll der haben? Der ist doch grad erst entlassen worden, ich dachte, das ist jetzt alles vorbei und vergessen. Zweieinhalb Jahre. Er hat immer gesagt, das seien nur Missverständnisse. Hatte wohl auch unfähige Anwälte. Ich habe ihn zweimal in Tegel besucht, das fand ich ganz furchtbar da draußen. Unwürdig.«

»Probleme würde ich das jetzt nicht nennen«, sagte Romina. »Alles halb so wild. Jetzt wo Sie sagen, der ist in der Datsche draußen, verstehe ich das auch, weshalb er sich nicht beim Bewährungshelfer meldet. Sollte er aber eigentlich tun. Wäre vernünftig. Der kann ihm einen Job verschaffen, mit den Behörden helfen, das ist ein Service, den man nutzen sollte. Wo ist denn die Datsche?«

»In Birkenhöhe«, sagte Frau Lippold. »Börnicker Landweg. Wir haben den Garten schon seit den Siebzigern. Das war eigentlich eine Idee von meinem Mann. Der wollte unbedingt einen Garten. Eigene Tomaten, Gurken, Kartoffeln. Äpfel und Kirschen. Ich hab ihm gleich gesagt, das ist endlos viel Arbeit. Mach doch mal halblang, hab ich gesagt. Er hat nicht auf mich gehört. Und ich habe keinen grünen Daumen, muss ich ehrlich sagen. Wenn die Pflanzen mich nur sehen, werden sie schon welk. Bei meinem Mann war das ganz anders, der liebte Blumen, und die Blumen liebten ihn. Der Garten musste also sein, und war ja auch schön, mein Mann hat da gern gebuddelt. Für den Jungen war es auch schön, als er klein war.«

Steinmeier kam zu ihnen und räusperte sich. »Ich denke, wir sollten dann mal.«

»Er war kein schwieriges Kind«, sagte Frau Lippold. »Eigentlich fügsam. Als er klein war, bin ich gut mit ihm zurechtgekommen. Mein Mann hat ihn manchmal hart angefasst, das stimmt. Nun mach doch mal halblang, hab ich gesagt. Aber mein Mann sagte immer, wenn er nicht spurt, muss er die Konsequenzen spüren. In den Wendejahren wurde es dann schlimm mit dem Jungen, da ist er uns entglitten. Hat sich nur noch draußen herumgetrieben und diese scheußliche Musik gehört. Techno. Das hat ihn aggressiv gemacht, da war er manchmal nicht wiederzuerkennen. Auch Drogen genommen, das kam ja alles aus dem Westen. Ich war froh, dass er sich dann gefangen hat und im Finanzsektor tätig wurde. Und dann hat man ihn für zweieinhalb Jahre eingesperrt.«

»Birkenhöhe, Börnicker Landweg«, sagte Romina. »Wir

werden mal mit ihm reden, das lässt sich sicher alles regeln. Dafür sind wir da.«

»Parzelle 125«, sagte Frau Lippold. »Der Name steht auf der Gartentür, und die müsste auch mal wieder gestrichen werden. Ich kann das nicht, ich hab zwei linke Hände.«

»Ich hab auch zwei linke Hände«, sagte Romina zu Steinmeier, als sie zurück zum Auto gingen. »Und die hätte ich der Frau gern ins Gesicht gedrückt. Ihr Sohn hat meinen Vater umgebracht, und sie quatscht einen voll, als gäb's kein Morgen mehr.«

»Moment, Moment«, sagte Steinmeier. »Noch gilt die Unschuldsvermutung. Wir wissen noch nicht viel. War doch schön, dass sie so redselig war. Manchen muss man alles aus der Nase ziehen oder sie sind völlig verstockt, wenn die Polizei auf der Matte steht. Sie hat uns gesagt, was wir wissen wollten. Jetzt fahren wir raus und klopfen in Birkenhöhe an, mal sehen, ob er zu sprechen ist.«

Die Kleingartenkolonie am Börnicker Landweg lag nicht weit von der Autobahn nach Stettin entfernt. Romina und Steinmeier stellten den Wagen auf dem Parkplatz ab und brauchten nicht lange, um Parzelle 125 zu finden. Die Gartentür war verschlossen. Der Garten dahinter sah verwildert aus, als wäre seit Jahren niemand mehr dort gewesen.

»Er ist nicht da«, sagte Steinmeier. »Hätte ich dir gleich sagen können.«

»Ich würde gern kurz mal über den Zaun klettern und nachschauen«, sagte Romina. »Einfach um sicherzugehen. Vielleicht ist er bloß menschenscheu und hockt in seiner Datsche.«

Das Häuschen lag still im grellen Sonnenlicht. Die Jalousien waren heruntergelassen.

»Menschenscheu«, sagte Steinmeier. »Wenn dieser Lippold tatsächlich der Mann ist, der deiner Schwester aufgelauert und deinen Vater von der Autobahnbrücke gestoßen hat, dann ist der nicht menschenscheu. Der treibt sich munter in Berlin herum. Vielleicht steht er grad vor eurem Haus in der Harzer Straße und wartet auf dich. Um mit dir zu reden. Der Mann ist gefährlich.«

Ein erschöpfter Hahn krähte vom Waldesrand her.

»Und dann ist das eine Sache für die Mordkommission«, sagte Steinmeier. »Dann nimmt das seinen geregelten Lauf. Die wissen, was zu tun ist. Die finden den.«

»Ich gehe hier nicht weg«, sagte Romina. »Wir fahren hier eine geschlagene Stunde raus, um vor verschlossener Tür zu stehen. Ich will wissen, wie es in der Datsche aussieht. Irgendwas von ihm finden.«

Sie standen auf dem Kiesweg und wussten nicht weiter. Ein Mann fuhr mit dem Rad den Weg herauf und blieb bei ihnen stehen.

»Das wurde auch Zeit«, sagte er, »dass sich mal jemand blicken lässt. Polizei, oder? Sehe ich auf fünfzig Meter. Wieso dauert das Wochen, bis da jemand den Arsch hochkriegt?«

Er stieg vom Rad und las den Namen auf der Gartentür.

»Lippold«, sagte er. »Hier wohnt der also. Hätte ich das bloß früher gewusst, wie er heißt und wo seine Parzelle ist. Ich bin so ein Idiot.«

»Was wäre denn dann gewesen?«, fragte Romina. »Was haben Sie denn mit Lippold zu schaffen?«

»Der Scheißkerl hat meinen Schwager überfallen«, sagte der Mann. »Deswegen sind Sie doch hier oder nicht? Ich bin Plischke, der Schwager von Rico. Ich Idiot habe die beiden überhaupt zusammengebracht.«

»Rico«, sagte Romina, »was für ein Rico?«

»Mein Schwager«, sagte Plischke, »habe ich doch eben gesagt. Hören Sie überhaupt zu? Rico ist von ihm am helllichten Tag überfallen worden, der hat ihm seine Armbanduhr abgezogen, eine Chopard Mille Miglia. Die Uhr war ihm heilig.«

»Das klingt nach klassischem Raubüberfall«, sagte Steinmeier. »Damit geht man zur Polizei. Das kann doch nicht so schwer sein.«

»Was glauben Sie, wo mein Schwager war?«, sagte Plischke. »Nachdem sie ihm den Kiefer verdrahtet haben, hat er Anzeige erstattet. Der war richtig getroffen, nicht nur wegen der Uhr. Glauben Sie, der redet jetzt noch mit mir? Meine Schwester legt auf, wenn ich bei denen anrufe. Selbst meine Mutter ist sauer auf mich. Nur weil ich die beiden zusammengebracht habe, Rico und Jacques, soll ich jetzt schuld sein. Ich dachte, ich tu denen einen Gefallen. Die waren beide im Finanzgeschäft, ich dachte, das passt doch. Dieser Jacques hat mir einen vom Pferd erzählt. Dubai. Finanzberatung. Achtzig Stunden die Woche da unten bei den Scheichs. Da dachte ich, kann was für Rico rausspringen, Kontakte, verstehen Sie. Rico wollte immer ans große Geld. Und jetzt bin ich der Arsch. Und die Polizei hat sich hier nie blicken lassen. Dieser Scheißkerl natürlich auch nicht, den habe ich nie wieder hier gesehen, und ich habe jeden Tag die Kolonie nach ihm abgeklappert.«

»Der ist in Berlin«, sagte Steinmeier. »Irgendwo in Berlin. Den lassen wir zur Fahndung ausschreiben.«

35 Lippold traf sich anderntags mit Rückert in der Feinkostabteilung des KaDeWe zum Mittagsimbiss. Sie nahmen Austern und einen Gutedel aus dem Markgräflerland dazu. Lippold war bei einem guten Friseur gewesen und trug einen neuen Leinenanzug.

»Weißt du was?«, sagte Rückert. »Wenn ich das mal so offen sagen darf: Das freut mich, dass Beate endlich mal einen Mann wie dich kennengelernt hat. Die hatte bisher immer Pech mit Männern. Ich kenne sie seit dreißig Jahren. Im Job lief es immer super bei ihr, aber mit ihren Männern ... Da war immer der Wurm drin. Dabei sieht sie doch nicht schlecht aus. Die sieht auch mit sechzig noch gut aus. Irgendwie hat sie immer die falschen Kerle angezogen, und zuletzt hatte sie ganz den Mut verloren. Meine Frau und ich, wir haben all die Jahre mit ansehen müssen, wen sie da wieder anschleppte. Das war teilweise unterste Schublade. Teppichhändler. Atemtherapeuten. Ein Bezirksabgeordneter von den Grünen. Wir haben immer schon gewusst, was kommt. Aber wir haben nichts gesagt. Was soll man sagen, wenn sie glücklich ist? Und dann ging es natürlich den Bach runter; sie hat stundenlang mit meiner Frau telefoniert und sich ausgeweint. Die Frau konnte einem leidtun. Die letzten Jahre war Ruhe, da hat sie nur in der Kanzlei gesessen und Geld verdient und ein paar Bilder gekauft.

Und ist versauert. Muss man so sagen. Hatte gar keine Lebensfreude mehr. Aber als ich euch beide da neulich im See zusammen gesehen hab, wie ausgelassen sie da war, das hat mich gefreut.«

»Sie ist schon eine besondere Frau«, sagte Lippold. »Ich hatte einfach Glück, sie bei Grisebach kennenzulernen, und dann kam eins zum anderen. Das war einfach Glück. Sie hat sich übrigens auch ein Bild von Teckenberg gewünscht.«

»Das Helmstedt-Bild?«, sagte Rückert. »Das gibst du ihr nicht, auf keinen Fall, das will meine Frau haben. Da lege ich jetzt meine Hand drauf. In fünf Monaten ist Weihnachten, was glaubst du, was die sich freut, wenn sie noch ein Teckenberg-Bild bekommt.«

»Das kannst du haben«, sagte Lippold. »Ich stelle es für dich zurück. Nein, Beate wollte ein Porträt haben.«

»Der Mann macht auch Porträts?«

»Eigentlich nicht«, sagte Lippold. »Und sie wollte auch nicht irgendein Porträt, sondern eins von mir.« Er musste lächeln, sah von seinen Austern auf und nahm einen Schluck vom Gutedel. Am Nebentisch redeten drei russische Frauen, die sich bei einem Aperol vom Einkauf erholten, mit hohen Stimmen aufeinander ein.

»Jacques«, sagte Rückert und berührte kurz Lippolds Hand. »Ich sag dir was: Sie liebt dich. Die Frau liebt dich wirklich. Sie würde sich von niemandem so etwas wünschen, wenn es ihr nicht ernst wäre. Du musst mit Teckenberg reden. Der kann doch froh sein, wenn du ihm Aufträge verschaffst. Ich meine, ich habe schon viele Künstler gesehen, aber wie der rumläuft, dieser schwarze Mantel bei dreißig Grad, das ist schon sehr eigen. Die Russenmütze.

Der kann doch froh sein, dass du ihn vertrittst. Dann kann er dich auch malen. Rede mit ihm.«

»Hab ich schon«, sagte Lippold. »Er wird es machen. Ob es Beate dann gefällt, ist eine andere Frage. Aber sie kriegt ihr Porträt. Sie weiß noch nichts, das soll unter uns bleiben.«

»Bleibt unter uns, versprochen«, sagte Rückert. »Nimmst du noch einen? Ich wollte dich noch fragen: Wollt ihr beide nicht mitkommen zum Künstlerball in zwei Wochen? Ich kann euch noch zwei Karten besorgen. Im Adlon. Der Künstlerball war jahrelang im Interconti, das waren wunderbare Abende, meine Frau war immer selig. Die wussten, wie man Bälle veranstaltet. Aber schlecht ist das Adlon auch nicht. Die Herren kommen alle im Smoking, die Damen im Abendkleid, da taucht niemand in T-Shirt und Turnschuhen auf. Vor allem, es kommen ja alle. Die Bastians, Königs, Julia Stoschek. Die kommen nicht nur aus Berlin, sondern aus München und Hamburg, aus Köln und Düsseldorf. Man lernt sich kennen, trinkt zusammen was, redet. Galeristen, Künstler, Sammler, Politiker, Promis. Das ist besser als der Bundespresseball. Ich kann dich einigen Leuten vorstellen, ich kenne die eigentlich alle. Könnte ein Einstieg für dich sein.«

»Danke«, sagte Lippold. »Sehr nett von dir, zu fragen. Ich weiß nicht. Würde mich schon interessieren, ein bisschen unter Leute zu kommen, ich bin einfach lange weg gewesen. Aber ich weiß nicht recht. Ich habe nicht mal einen Smoking.«

»Keiner von uns hat einen Smoking«, sagte Rückert. »Ich sag dir, was du tust: Du gehst in die Großbeerenstraße oder nach Charlottenburg zu Frau Feuerstein und leihst dir einen Smoking. Machen wir alle. Glaubst du, der Lauterbach hat einen Smoking zu Hause? Der leiht sich auch einen.«

»Lauterbach kommt zum Künstlerball?«

»Aber selbstverständlich«, sagte Rückert. »Alle kommen. Das lässt sich niemand entgehen. Friedrich Merz, Eckart von Hirschhausen, unser Bürgermeister, Steinmeier, Claudia Roth natürlich. Und die Wirtschaft. Die sammeln alle ...«

»Dieser Boros vom Boros-Bunker«, sagte Lippold, »kommt der auch?«

»Davon gehe ich aus«, sagte Rückert. »Sicher kommt der. Ich kann euch vorstellen. Interessanter Mann. Was der aus diesem verkommenen Reichsbahnbunker gemacht hat, ist aller Ehren wert. Das war ein Schandfleck in den Neunzigern.«

Die räudigen Neunziger. Lippold hatte den Schweiß der tanzenden Gabbanauten in der Nase, die feuchten Wände des Bunkers vor Augen, die wütenden, hämmernden Bässe im Ohr. Er war der Tickerboy gewesen, bei dem sie alle kauften. Dort hatte alles begonnen. Jetzt saß er mit Rückert in der Feinkostabteilung des KaDeWe und schlürfte Austern.

»Beate war auch schon zweimal mit uns da«, sagte Rückert. »Aber zu viert hätten wir noch mehr Spaß. Champagner und Disco bis fünf Uhr morgens. Und du hast immer ein paar Gespräche am Rande. Ich sage dir: Da sind schon Freundschaften fürs Leben entstanden. Ich habe die Polizeipräsidentin da vor Jahren kennengelernt, hätte ich vorher auch nicht gedacht, es ergab sich so. Tanzen kann sie nicht, aber eine sehr nette Frau. Und wenn jetzt mal der Schuh drückt, dann rufe ich durch. Da musst du dich nicht mit dem Vorzimmer herumärgern, sondern wirst gleich durchgestellt. Und die kümmert sich. Ich sage dir, die kümmert sich. Neulich haben sie bei mir eingebrochen, als ich die Handwerker im Haus hatte, die Jungs waren nur drei Minuten drin, als die Handwerker in der Mittagspause zum Späti gelaufen sind. Viel haben sie nicht rausgeholt, aber trotzdem ärgerlich. Ich habe Frau Polizeipräsidentin angerufen, und die hat Dampf gemacht. Das ist auch Berlin.«

»Sammelt sie auch?«, sagte Lippold. »Ich will den Teckenberg voranbringen. Habe noch zwei, drei andere Pfeile im Köcher, doch der Teckenberg braucht einen Schub. Ich habe keine Ahnung, wie lange der uns noch erhalten bleibt.«

»Die sammeln alle«, sagte Rückert. »Die wissen doch alle nicht, wohin mit ihrem Geld. Wenn ich denen was von Teckenberg erzähle, dann kommen sie alle zu dir. Da musst du nicht bei den Galerien Klinken putzen. Pass auf: Ich besorge dir und Beate die Karten, du holst dir einen Smoking bei Frau Feuerstein, und dann machen wir uns einen richtig schönen Abend im Adlon, du wirst sehen.«

36 Koba war allein unterwegs. Wieder in Lichterfelde, im Viertel der alten Stadtvillen mit den hohen Kiefern auf den Grundstücken. Diesmal allein, und es war seine letzte Chance.

Er hatte Glück gehabt beim Unfall, pures Glück. Grigol und Eldar nicht. Grigol war auf seinem Fahrersitz beim Aufprall eingeklemmt worden, Eldar auf der Rückbank hatte sich den Fuß oder das Bein gebrochen, er schrie, als Koba aus dem Wrack kletterte und davonlief. Keine Zeit, auf die Polizei zu warten. Hatte er Grigol nicht gesagt: »Fahr langsamer«? »Fahr langsamer!« Er hatte es ihm gesagt. Jetzt konnten die beiden sehen, wie sie da rauskamen.

Koba hatte die Beute noch am selben Abend abgeliefert. Der Mann an der Tür hatte ihn kurz abgefertigt. Am nächsten Morgen standen die beiden Männer in den Trainingsanzügen vor Kobas Tür: »Du kommst mit.« Sie brachten ihn zur Wohnung, er wurde zur Rede gestellt, warum er seine Leute im Stich gelassen hatte. Grigol und Eldar waren im Krankenhaus und hatten telefoniert, das Auto war abgeschleppt worden, nichts als Schrott. Die Polizei hatte den Wagenhalter ermittelt, und jetzt hatte sie Fragen, viele Fragen.

»Dann gehst du jetzt allein«, hieß es. »Ihr wart vor zwei Wochen in einem Haus im Westen, wo Handwerker waren, deshalb wart ihr nur drei Minuten drin. Zwei Füller, einen Kugelschreiber und ein paar Scheißmanschettenknöpfe hast du rausgeholt, weiter nichts. Da ist auf jeden Fall noch mehr zu holen. Geh hin und sieh zu, was du findest.«

Koba fand die richtige Straße und erkannte das Haus sofort wieder. Die Handwerker waren nicht mehr da. Der Carport unter den Zweigen der alten Kiefern war leer. Er ging bis zur nächsten Ecke und kehrte dann um. Er ging auf der gleichen Straßenseite zurück. Die Straße lag in der stechenden Mittagssonne, außer ihm war niemand unterwegs. Er schwitzte und ballte seine Hände, damit das Zittern aufhörte. Der Carport war immer noch leer, das Haus wirkte verlassen, alle Fenster waren geschlossen, bis auf ein kleines Fenster an der Schattenseite, das auf Kipp stand. Einige Grundstücke weiter mähte jemand den Rasen, ansonsten war es still.

Er klingelte an der Eingangspforte. Auf dem Klingelschild stand: Dr. R. R. Niemand antwortete. Er klingelte noch mal. Nichts.

Koba ging am Grundstück entlang. Der Metallzaun war zwei Meter hoch, schmale Streben in einem Betonsockel. Er lief drei Häuser weiter und kehrte wieder um. Wenn er es tun wollte, dann jetzt. Ein drittes Mal konnte er nicht am Haus vorbeigehen. Er klingelte noch mal, um sicherzugehen. Keine Antwort.

Er fasste die Streben und klemmte einen Fuß quer in den Zwischenraum, dann zog er sich hoch. Das Metall war sehr warm. Er wand sich über den Zaun, als ein Auto um die Ecke bog. Koba ließ sich hinter dem Zaun herunter und schmiegte sich an den Stamm einer Kiefer. Das Auto fuhr vorbei. Er lief zur Schattenseite, wo das schmale Fenster auf Kipp stand. Mit dem Schraubendreher hebelte er den Fensterrahmen nach oben, bis das Fenster knirschend nachgab. Er kletterte in die Öffnung. Eine Ratte kommt durch zweifingerdicke Löcher. Er schlängelte sich kopfüber hinein. Dann stand er auf und schloss das Fenster von innen.

Vanille. An den Geruch erinnerte er sich. Vorn lag die Küche, rechter Hand das Arbeitszimmer. Vor zwei Wochen hatten sie keine Zeit für Wohnzimmer und Esszimmer gehabt. Die Räume gingen ineinander über; im Wohnzimmer hingen an die zwanzig Bilder an der Längswand. Grenzanlagen, Waldstücke, Vorortsiedlungen, blasse Himmel. Ein Bild lehnte noch an der Wand. Außer einer lang gestreckten Couchecke mit flachem Tisch, auf dem zwei Kataloge lagen, gab es hier nichts.

Koba ging ins Arbeitszimmer und hatte gleich wieder den Geruch von Bücherstaub in der Nase. Drei Wände des Zimmers waren bis zur Decke mit Bücherregalen belegt. Ein guter Dieb fühlt es, wo das Geld ist, hatte sein Opa immer gesagt. Er spürt es in den Fingern. Koba brach die Schubladen des Schreibtischs auf, fächerte Papiere auf, fand nichts. Er setzte sich auf den Schreibtischstuhl, legte die Hände auf seine Knie und schloss die Augen. Geduld ist der Schlüssel zum Paradies.

Als er fünfzehn war, hatten sie in den Bergen vor Tiflis die Sommervilla eines Filmregisseurs aufgetan. Es war tiefer Winter, die Zufahrtswege, das Grundstück und das riesige Haus am Abhang waren eingeschneit. Koba war mit zwei Freunden und drei Mädchen unterwegs, ein entfernter Onkel hatte ihnen den Tipp gegeben. Drei Stunden brauchten sie, sich durch den hohen Schnee zu kämpfen, drei Minuten, um in die verlassene Villa hineinzukommen. Sie waren völlig verfroren, machten sofort Feuer im Kamin, zogen die nassen Klamotten aus, schlüpften zu zweit ins Bett, um sich aneinander zu wärmen. Sie blieben vier Tage, aßen die Vorräte aus dem Keller, tranken den Wein, fühlten sich zu Hause. Es waren die glücklichsten Tage in Kobas Leben. Die Mädchen probierten alle Kleider aus den Schränken durch. Der Regisseur hatte eine riesige Bibliothek, und Koba begann, die Bücher durchzusehen. Aus fast jedem Buch fielen ihm Geldscheine entgegen, Dollar und Euro. Sie kehrten als reiche Leute nach Tiflis zurück.

Koba ließ seine Hände über die Bücherrücken im Arbeitszimmer gleiten. Nahm ein Buch heraus, blätterte es auf. Gesetzestexte. Nahm ein anderes Buch, blätterte die Seiten auf. Er sah Buch um Buch durch, und dann begannen die Geldscheine herauszufallen. Zwei Fünfziger im einen, drei Hunderter im anderen Buch. Er konnte nie sagen, nach welchem System die Bücher bestückt waren, deshalb musste er jedes Buch herausnehmen, durchblättern oder schütteln. Er beeilte sich, die Bibliothek war groß. Die Geldscheine segelten ihm vor die Füße. Hinter den Bücherreihen standen weitere Bücher, auch in denen steckte Geld, konnte jedenfalls Geld versteckt sein. Die untersuchten Bücher warf er hinter sich auf den Boden, dort wuchs ein Gebirge von Büchern. In seinen Händen wuchs der Stapel der Euroscheine. Fünfziger, Hunderter, Zweihunderter. Er stellte sich auf den Schreibtischstuhl, um die oberen Regalreihen zu erreichen, wischte sie mit einer Handbewegung nach unten und wühlte sie auf dem Boden durch. Hier war die Ausbeute war reicher. Das Geld war gebündelt. Zehn Hunderter, mit einem Gummiband zusammengehalten. Jetzt hatte er zwei Stapel Geldscheine zwischen seinen Füßen, sicher zehntausend Euro. Er machte sich an die zweite Wand. Arbeitete in fliegender Hast, dennoch konzentriert. Kein Buch auslassen. Das Zimmer hinter ihm schwieg. Er nahm sich das nächste Buch vor, und dann das nächste. Sammelte die Geldscheine ein. Draußen fuhr ein Auto vorbei. Er machte weiter.

Als der Wagen in die Auffahrt bog, erschrak er, drehte

sich um. Er griff nach den beiden Geldbündeln, machte einen Schritt rückwärts, trat auf einen Bücherrücken, stolperte, wäre beinahe gestürzt. Mit einem Fuß geriet er auf die Leinwand des abgestellten Bildes vor dem Regal. Die Leinwand riss. Es war zu spät, aus dem Fenster zu klettern. Koba lief zur Küche, suchte die Tür zum Keller. Jemand schloss die Haustür auf, legte die Schlüssel auf die Anrichte. Er zog eine Tür auf, sah die Treppenstufen hinunter, spürte den dunklen Luftzug und lief die Stufen hinab in den Keller.

Die Räume waren hoch und kühl, eine Regalwand voller Weinflaschen, daneben leere Einmachgläser, Marmeladen, Dosen. Im nächsten Raum eine Waschküche. Dann eine Kammer mit aufgestapelten und verhängten Möbeln, es roch muffig. Bettgestelle, eine Couch, Kisten, ein Schlitten. Durch ein winziges, vergittertes Fenster fiel schmal das Tageslicht. Oben ertönte ein Schrei, der helle Schrei einer Frau. »Richard!«

Koba schwitzte. Er schlug das Tuch zur Seite, mit dem die Möbel verhängt waren, schlüpfte unter einen Tisch, zog das Tuch wieder über sich. Machte sich klein. Unsichtbar. Seine Hände hielten die Geldscheine fest. Zehntausend Euro? Zwanzigtausend? Oben gellte die Frauenstimme. Er wartete. In seinen Händen lag seine Zukunft: Kanada. Und er saß in der Falle.

Mehrere Autos fuhren vor, die Reifen knirschten auf dem Kies der Auffahrt, Blaulicht wischte über die Kellerwand. Dann hörte er nichts mehr, doch er spürte die Bewegungen über ihm. Leute liefen hin und her. Er wusste, sie durchsuchten das Haus, sicherten die Spuren. Wenn sie das schmale Fenster entdeckten, durch das er eingestiegen war, kamen sie vielleicht darauf, dass er dort auch wieder entkommen war. Sie müssten die Gegend draußen nach ihm absuchen. Er würde bleiben. Er hatte Zeit.

Jemand kam die Kellertreppe herunter. Leise Schritte. Koba versteinerte, atmete kaum noch. Die Schritte verloren sich in den anderen Räumen, kamen wieder. Die Tür zur Abstellkammer wurde aufgedrückt. Er war nichts als ein Möbelstück unter anderen Möbeln, abgestellt, vergessen, nutzlos. Ein Tuch lag darüber. Er schloss die Augen.

Jemand hob das Tuch an, das Licht einer Taschenlampe kroch zwischen den Stuhlbeinen, der Couch, dem Tisch entlang und blieb bei ihm hängen. Koba öffnete die Augen.

Er sah eine junge Frau. Sie hockte vor ihm. Sie war schön wie die Sonne. Glänzendes schwarzes Haar, die Augen glänzend schwarz. Sie sah ihn an.

Sie sagte nichts.

Koba nickte. Jetzt waren seine Hände ruhig.

37 Romina sagte nichts, als sie ihn sah. Sie war ein Mädchen aus Fântânele, schwarze Augen, schwarzes Haar. Sie hatte keine Angst, als sie den jungen Kerl dort sitzen sah. Oben suchten sie nach ihm, sie hatte ihn gefunden. In dieser Sekunde war sie zurück in Fântânele, im Land hinter den Bergen. Sie roch die Pferde in den heißen Sommernächten, in denen sie nicht schlafen konnte und sich sehnte. Sie war zwölf und sehnte sich nach einem Jungen. Jetzt hatte sie ihn gefunden. Vor Jahren hatte sie geschworen, ihr Amt zum Wohle der Allgemeinheit auszuüben und ihre Amtspflichten gewissenhaft zu erfüllen. Jetzt galt der Eid nicht mehr. Von einer Sekunde zur anderen fielen die Dienstjahre von ihr ab, die Jahre an der Polizeiakademie, die Schuljahre in Neukölln. Eine Sekunde kann alles verändern. Sie hatte ihren Jungen gefunden. Seine Augen glänzten, als er sie ansah.

Romina nahm einen Kugelschreiber aus ihrer Brusttasche, fasste nach seiner Hand und schrieb auf die Innenfläche ihre Telefonnummer in großen Ziffern. Sie hatte ihn gefunden, er würde sie finden. Sie stand auf und ging zurück zur Kellertreppe.

»Da unten ist keiner«, sagte Romina, als sie wieder oben bei den Kollegen war. Sie achteten nicht auf sie, Steinmeier sprach mit Sandro, ein anderer Kollege sicherte die Spuren am Einstiegsfenster. Rückert lief mit hochrotem Kopf in seinem Arbeitszimmer auf und ab, während er telefonierte, und seine Frau kniete vor dem zerrissenen Bild.

»Kannst du dich um die Frau kümmern?«, sagte Steinmeier. »Sprich mit ihr, sie steht unter Schock. Wir sind hier gleich durch.«

Das war der Job der weiblichen Beamten, die Frauen zu trösten. Steinmeier konnte das nicht. Sandro wollte das nicht. Romina ging ins Arbeitszimmer und hockte sich neben die Frau. Sie hatte kein schlechtes Gewissen. Sie wusste, dass ihr Vater sie verstanden hätte. Er war ihr jetzt nah, und er nickte. Dann ist er eben ein Dieb, hätte er gesagt. Ein schmutziger Löffel, aber was für ein schöner Kerl. Nimm ihn, wenn du ihn haben willst. Und Romina wollte, sie wollte ihn mehr als alles andere auf der Welt.

»Nun gerade dieses Bild«, sagte Frau Rückert. Romina legte eine Hand auf ihre Schulter. »Gerade dieses Bild. Wir haben es vor einer Woche gekauft. Ich verstehe das nicht. Ich kann das nicht verstehen.« Sie begann zu weinen.

»Kommen Sie«, sagte Romina. »Wir stehen auf und gehen in die Küche.«

Sie standen auf und gingen hinüber, Steinmeier nickte Romina zu. Sie gab der Frau ein Glas Wasser.

»Das Geld ist mir egal«, sagte Frau Rückert. »Das können Sie mir glauben. Ich habe es meinem Mann oft genug gesagt, er soll es zur Bank bringen. Richard, habe ich gesagt, du bist wie ein Eichhörnchen. Alles verstecken, und dann vergessen, wo du es gelassen hast. Er hat nur gelacht. Ich habe eben gern Bargeld im Haus, hat er gesagt. Er ist einfach ein sturer Bock, und dann behält er natürlich recht. Als wir das Bild gekauft haben, hat mein Mann es bar bezahlt. Fünfundzwanzigtausend hat er Lippold in die Hand gezahlt. Die hatte er in seinen Büchern. Er geht mal kurz in sein Arbeitszimmer, ich unterhalte mich mit Lippold, nach zehn Minuten kommt mein Mann zurück und blättert ihm die Scheine hin. Handschlag unter Männern, und am nächsten Tag haben sie das Bild geliefert.«

»Lippold«, sagte Romina. »Das Bild ist von Lippold?«

»Nein«, sagte Frau Rückert. »Das Bild ist von Teckenberg. Kein Mensch kennt den. Ein ganz eigenartiger Künstler, wir waren mit Lippold in seinem Atelier, oben bei Oranienburg in einer verlassenen Lungenheilanstalt. Es war ein Abenteuer. Der hat sein Atelier auf dem Dachboden eines alten Krankenhauses, es waren sicher vierzig Grad da oben, und der Teckenberg lief in einem schwarzen Mantel herum, hatte eine Russenmütze auf. Unter dem Mantel war er nackt. Ich habe mir meinen Teil gedacht. Verrückter Mann. Hat kaum geredet. Wollte das Bild auch gar nicht verkaufen, Lippold hat ihn überredet. Ich wollte dieses Bild, unbedingt. Ich hätte auch fünfzigtausend gezahlt.«

»Jacques Lippold?«, sagte Romina.

»Genau«, sagte Frau Rückert. »Der vertritt ihn. Alleine würde dieser Teckenberg kein einziges Bild verkaufen, so wie der aussieht. Lippold kümmert sich um ihn. Das ist ein ganz fragiler Mensch, sagt er. Ein rohes Ei im freien Fall, sagt er. Aber malen kann er. Malen kann er wirklich.«

Romina blieb ruhig. Sie trank ein Glas Wasser und hörte zu. Ihr Vater war nah und nickte. Jacques Lippold. Jacke. Das bleibt unter uns, Romina, hätte er gesagt. Muss niemand sonst wissen. Du bist ein Mädchen aus Fântânele, hätte er gesagt, du weißt, was jetzt zu tun ist. Du kümmerst dich selbst darum. Die Polizei macht ihre Arbeit, wir machen unsere Arbeit. Zum Wohle der Allgemeinheit.

»Sagen Sie ihm nichts«, sagte Romina. »Sagen Sie niemandem etwas.«

»Ausgeschlossen«, sagte Frau Rückert. »Das geht nicht. Glauben Sie, ich kann das Bild flicken? Die Risse in der Leinwand nähen?«

»Dann hat das Bild eine Geschichte«, sagte Romina. »Eine Narbe, die es einzigartig macht. Zeige deine Narbe.«

»Bekannte von uns haben sich im letzten Jahr eine Skulptur gekauft«, sagte Frau Rückert. »Die sammeln Skulpturen. Angefangen haben sie mit Tierskulpturen von Renée Sintenis, und dann konnten sie nicht mehr aufhören. Dieses neue Werk jetzt, das war nicht aus Stein oder Holz, sondern aus Margarine. Eine Engelsfigur mit Locken und Stupsnase und rundem Popo und mit einem erigierten ... na, Sie wissen schon. Die Skulptur wurde in einer Kühlvitrine geliefert, damit der Engelsknabe immer die richtige Temperatur hat. Dreißigtausend haben sie sicher dafür gezahlt, das ist eine sehr junge und erfolgreiche Künstlerin, die wurde schon auf der Art Basel gezeigt. Sie macht ausschließlich Skulpturen aus Margarine, das muss ein Kindheitstrauma sein, bei denen gab's wohl nie Butter, sondern immer Margarine. Jedenfalls waren unsere Freunde richtig stolz, dass sie den Engel erwerben durften. Die Künstlerin verkauft nicht an Krethi und Plethi. Sie haben dann eine kleine Party für ihren Freundeskreis gemacht und das Werk präsentiert. Auch die Künstlerin war da. Wir scharten uns alle ehrfürchtig um den Engel mit seinen Margarinelocken, es war ein toller Erfolg. Vier Wochen später waren sie in Urlaub, und zu Hause fiel der Strom aus. Passiert nicht oft, aber es kommt vor. Der Strom fiel aus, die Vitrine wurde nicht mehr gekühlt, und das hat der Margarineengel nicht gut verkraftet. Die Frau hat mich angerufen, ob ich vorbeikommen und es mir ansehen will. Ich bin hingefahren. Er sah wirklich ganz schlapp und traurig aus.«

Frau Rückert lachte kurz auf. Sie wischte sich ihre Tränen von der Wange und nahm noch einen Schluck Wasser.

»Und die Künstlerin hat dann noch versucht, sie wegen Verletzung der Aufsichtspflicht zu verklagen. Angeblich sei das im Kaufvertrag so festgehalten, dass die Vitrine stets ausreichend gekühlt sein muss. Das Werk sei unwiederbringlich zerstört, sie verlangte Schadensersatz. Sie ist damit natürlich nicht durchgekommen. Mein Mann hat die beiden Sammler vertreten. Aber das sage ich Ihnen, die beiden können sich nirgends mehr blicken lassen, auf keiner Vernissage, keinem Gallery Dinner, nicht mal beim Gallery Weekend. Die beiden sind ruiniert. Kein Galerist verkauft mehr an sie.«

»Ernsthaft?«, sagte Romina. »Sie hat die Leute verklagt? Das ist unfassbar.«

»Ich könnte Ihnen Geschichten erzählen«, sagte Frau Rückert, »da fallen Sie wirklich vom Glauben ab. Richard und ich sind öfters in der ›Victoria Bar‹ in der Potsdamer. Wir sind mit vielen Künstlern befreundet, und die gehen alle in die ›Victoria Bar‹. Die Künstler müssen da nicht die Rechnung zahlen, die geben denen einfach ein Bild. Was wir da schon erlebt haben, wer mit wem und was die getrieben haben. Die sind teilweise ganz krass. Ein schwedischer Immobilienmakler hat sich in der Szene total verloren, jetzt läuft er in Sado-Maso-Klamotten herum mit einer achtzehnjährigen Gespielin und macht Kunstpornos. Ich will gar nicht dran denken, was die sagen, wenn wir vom Teckenberg-Bild erzählen. Dass ein Einbrecher da draufgetreten ist.«

»Teckenberg macht Ihnen ein neues Bild«, sagte Romina. »Fragen Sie Ihren Freund, diesen Lippold. Das wird schon.«

»Er hat noch ein Helmstedt-Bild«, sagte Frau Rückert. »Mein Mann sagt, dass er da schon die Hand drauf hat. Auch ein wunderbares Werk, der Ortsausgang Helmstedt, unfassbar traurig. Wir gehen mit Lippold zum Künstlerball übermorgen, ich werde ihn fragen. Ob ich ihm erzählen kann, was mit diesem Bild geschehen ist, weiß ich nicht. Ich könnte jetzt einen Cognac vertragen, möchten Sie auch?«

»Danke, nein«, sagte Romina. »Bin im Dienst.«

Sie dachte an den jungen Kerl im Keller. An seine schwarzen Augen. Sie dachte an die Nächte in Fântânele, in denen sie nicht schlafen konnte und sich sehnte. Ihre Handflächen waren feucht. Er musste sie anrufen. Sie musste ihn wiedersehen. Was, wenn er einfach wegrannte? Was, wenn er eine Freundin hatte? Allein der Gedanke, dass eine andere Frau ihn angefasst hätte, gab ihr einen heißen Stich. Sie wollte ihn für sich haben, und sie wusste, das war verrückt.

»Das war schön, mit Ihnen zu reden«, sagte Frau Rückert. »Danke. Es geht mir schon besser.«

»Darf ich Sie mal was fragen?«, sagte Romina. »Außerdienstlich. Von Frau zu Frau.«

»Selbstverständlich.« Frau Rückert goss sich einen Cognac ein und schwenkte das Glas in der Hand.

»Liebe auf den ersten Blick«, sagte Romina leise. »Gibt es das wirklich? Kennen Sie das?«

»Aber ja«, sagte Frau Rückert. »In der Kunst gibt es das, aber nur in der Kunst. Nicht im wirklichen Leben.«

38 Lippold und Beate trafen sich am Samstagnachmittag zur High-Tea-Zeremonie in der Library Lounge des Waldorf Astoria an der Gedächtniskirche. Sie schauten aus dem fünfzehnten Stock auf die Stadt herunter, der Kellner brachte eine silberne Etagere mit kleinen Sandwiches. Sie nahmen ein Glas Champagner zur Begrüßung. Die anderen

Tische waren noch leer. Der Lärm des Samstags drang gedämpft zu ihnen herauf, und der Himmel über ihnen war samtig blau.

»Lass uns anstoßen«, sagte Lippold. »Das Bild ist fertig. Teckenberg hat Tag und Nacht daran gearbeitet. Ich habe das Bild unten an der Rezeption abgestellt, ich wollte es nicht hier heraufschleppen. Du bekommst es nachher.«

»Jacques«, sagte Beate. »Ich weiß nicht, wie ich dir danken soll.« Sie beugte sich vor und berührte seine Hand.

Lippold legte den Kopf zur Seite. »Was soll ich denn sagen? Ich bin seit ein paar Wochen zurück in der Stadt. Ohne dich säße ich nicht hier oben. Ohne dich wäre das alles nichts.«

»Stell dir mal vor, wir wären bei Grisebach nicht ins Gespräch gekommen«, sagte sie. »Hast du mich angesprochen? Ich lasse mich eigentlich nie von Männern ansprechen.«

»Du hast mich angesprochen«, sagte Lippold. »Glaubst du, ich traue mich, eine Frau anzusprechen, die eben einen Fetting für achtundsechzigtausend Euro gekauft hat? Wenn du mich nicht angesprochen hättest, wäre ich nach Hause gegangen, hätte mich auf meinen Stuhl am Fenster gesetzt und die Wolken betrachtet.«

»Ach, du und deine Wolken.«

»Ja«, sagte Lippold. »Habe ich das nie erzählt? Ich liebe sie. Wenn ich allein bin, schaue ich mir die Wolken am Himmel an. Oder ich gehe in die Gemäldegalerie und schaue mir die Wolken auf den Bildern der alten Niederländer an. Seit ich klein war, liebe ich diese Bilder. Meine Mutter hat sie mir gezeigt, in Büchern und im Museum. Was für Himmel.

Hast du Brouwers ›Landschaft mit Kugelspielern‹ mal angesehen? Ein tiefdunkler Himmel, von schweren Wolken verhangen. Ein Gewitter zieht auf, doch die Sonne sticht noch durch die schwarzen Wolkenberge.«

»Gänsehaut«, sagte Beate.

»Genau«, sagte Lippold. »Oder Santvoorts ›Sandige Straße‹. Ein ganz düsterer, bedrohlicher Himmel. Oder die fahlen Winterhimmel von Brueghel. Da kriegst du tatsächlich Gänsehaut. Die hatten damals ja wirklich eine kleine Eiszeit.«

»Wolken«, sagte sie. »Das klingt so sehnsüchtig irgendwie.«

»Ist mir auch peinlich«, sagte Lippold.

»Ach, komm«, sagte Beate. »Was ist daran peinlich? Du bist ein gestandener Mann. Vielleicht habe ich dich deshalb angesprochen. Vielleicht bin ich deshalb zum Fischladen in der Schönhauser gekommen. Das war *mir* peinlich. Da habe ich mich wie ein junges Mädchen gefühlt. Ich war so aufgewühlt. Ich wusste ja nicht, ob du da bist.«

»Ich war da«, sagte Lippold.

»Und übermorgen gehen wir zum Künstlerball«, sagte Beate. »Ich muss mich manchmal kneifen, ob das wirklich alles wahr ist.«

»Es ist wahr«, sagte Lippold. »Es ist wirklich wahr. Ich habe heute den Smoking bei Frau Feuerstein abgeholt. Wie lange ist das her, dass ich einen Smoking getragen habe?«

»Übrigens«, sagte Beate, »sie haben bei Richard und Mechthild eingebrochen. Sie hat mich angerufen. Es ging ihr nicht gut.«

»Kann ich mir vorstellen«, sagte Lippold. »Das ist sehr

unangenehm, wenn jemand im eigenen Haus war. Und die haben ein schönes Haus. Haben sie viel rausgeholt?«

»Es war das zweite Mal bei ihnen«, sagte Beate. »Vor drei Wochen gab es schon mal einen Einbruch. Da hatten sie Handwerker im Haus, und als die mittags mal kurz weg waren, muss jemand drin gewesen sein. Da haben sie Schmuck und ein paar goldene Kugelschreiber mitgenommen. Die Handwerker waren nach fünf Minuten zurück und müssen sie gestört haben.«

»Und jetzt sind sie wiedergekommen«, sagte Lippold. »Das ist wirklich dreist.«

»Ja«, sagte Beate. »Rückerts waren weg, er in seiner Kanzlei, sie beim Yoga. Eigentlich wollten sie das Haus mit einer modernen Alarmanlage sichern lassen, mit Videoaufnahmen, die man aufs Handy kriegt, wenn sich was im Haus bewegt. Doch die Sicherheitsfirma konnte das noch nicht installieren, die haben dermaßen viele Aufträge zurzeit, weil überall eingebrochen wird. Diesmal haben sie sein Geld gefunden. Richard hat immer viel Bargeld im Haus. Aber das Geld ist Mechthild egal. Es gibt da noch eine Sache … sie sagt, ich darf es niemandem verraten.«

Lippold spielte mit seinem Tuareg-Kreuz und wartete ab.

»Ich erzähle es dir, Jacques«, sagte Beate, »aber du erwähnst es bitte nicht. Ich habe ihr versprochen, dass ich es niemandem erzähle.«

»Versprochen«, sagte er.

»Wenn wir uns auf dem Künstlerball sehen: Kein Wort darüber«, sagte Beate. »Es ist ihr ganz schrecklich.«

»Du musst es nicht erzählen«, sagte er. »Wenn du es lieber für dich behalten willst, ist das okay.«

»Das Bild von Teckenberg«, sagte Beate. »Sie hatten es noch nicht aufgehängt. Es lehnte an seiner Bücherwand. Richard hat sein Bargeld in den Büchern, sagte Mechthild. Er legt die Scheine in die Bücher, seit Jahren versucht sie es ihm abzugewöhnen, aber er ist da total stur. Wir haben genug Geld auf der Bank, sagt er. Ich will Geld im Haus haben, sagt er. Jedenfalls haben die Einbrecher die Bücher rausgerissen, jedes einzelne Buch, sie müssen es spitzgekriegt haben, dass da Geld versteckt war. Stell dir das mal vor, der hat dreitausend Bücher, und jedes einzelne Buch haben sie durchgeblättert. Aber Mechthild sagt, das Geld ist nicht wichtig.«

»Was ist mit dem Bild von Teckenberg?«, sagte Lippold.

»Du darfst nicht böse sein«, sagte Beate. »Das ist ihre größte Sorge, dass du sauer bist, wenn du es erfährst. Deshalb sollst du es eigentlich gar nicht erfahren.«

»Ich bin nicht böse«, sagte Lippold und nahm Beates Hand.

»Jemand ist draufgetreten«, sagte Beate und schaute auf ihrer beider Hände. »Die Leinwand ist an zwei Stellen eingerissen. Mechthild hat geweint, als sie es mir erzählt hat. Sie hat Angst, dass sie nie wieder ein Bild von Teckenberg bekommt, wenn du es erfährst.«

»Sie liebt dieses Bild«, sagte Lippold. »Das habe ich sofort gespürt. Sie hat sich richtig verliebt.«

»Ja«, sagte Beate und wurde rot.

»Sag ihr, ich fühle mit ihr«, sagte Lippold.

»Ich werde ihr gar nichts sagen«, sagte sie.

»Wenn Teckenberg stirbt«, sagte Lippold, »und das wird er, und ich fürchte, eher früher als später, dann wird sein Werk sehr viel mehr wert sein. Davon gehe ich aus. Es gibt nur wenige Bilder von ihm, das treibt die Preise. Ich kann nicht zu ihm hingehen und sagen: Mach das noch mal. Das macht er nicht. Er bewegt sich emotional auf einem ganz schmalen Grat. Ich fürchte, den trifft der Schlag, wenn er davon erfährt. Sie muss das Bild restaurieren lassen. Wenn ihr wirklich daran liegt, muss sie es restaurieren lassen.«

»Was will Teckenberg eigentlich für das Porträt haben?«, fragte Beate. »Wir haben noch gar nicht darüber gesprochen.«

»Ich weiß es nicht«, sagte Lippold. »Ich habe ihm gesagt, es ist für dich, zum Geburtstag. Deshalb hat er es überhaupt gemacht.«

»Natürlich zahle ich dafür«, sagte sie, »also, das ist doch selbstverständlich.«

»Du hattest ja deine Ausgaben für den Fetting«, sagte Lippold. »Achtundsechzigtausend sind ja nicht nichts.«

»Die setze ich ab«, sagte sie. »Das hängt doch in der Kanzlei. In vier, fünf Jahren, wenn ich aufhöre, kann ich es für hunderttausend verkaufen. Dann geht es wieder zu Grisebach. Einen Fetting wirst du immer los.«

»Dann lass uns fünfzigtausend sagen«, sagte Lippold.

»Ich will es sehen«, sagte sie. »Ich kann es kaum erwarten. Kannst du es zu mir nach Hause bringen?«

Lippold fragte nach der Rechnung, doch Beate bestand darauf, sie zu übernehmen. »Ich mag das nicht, wenn Männer mich einladen. Nein, ich lade dich ein, als Dankeschön.«

Sie holten das sorgfältig verpackte Bild von der Rezeption ab und bestellten ein Großraumtaxi, um es zu ihr nach Charlottenburg zu bringen. Lippold dachte an die Skatrunde mit Mario und Tecke, als sie ihm Spandau vorschlugen, Staaken, die nördliche Heerstraße. Jetzt fuhr er die breite Bismarckstraße hoch, an der Oper vorbei, dann am Sophie-Charlotte-Platz. Fünfzigtausend Euro warteten auf ihn. Er spielte seinen Grand in aller Ruhe aus. Beate saß neben ihm und ordnete ihr Haar.

Ihre Wohnung war groß und hell. Alles stand am rechten Platz, nirgends eine Staubfluse zu sehen. Vermutlich hatte sie zwei Putzhilfen.

Beate legte das verschnürte Paket auf den Parkettboden und löste die Knoten. Sie schlug das schwere Packpapier auf. Jacques Lippold sah ihr entgegen. Sein kantiges Gesicht zur Hälfte im Schatten; die Augen hart und entschlossen. Das Tuareg-Kreuz lag auf seiner freien Brust und von seinen Händen tropfte es dunkelrot.

Sie hockte vor dem Bild und sagte lange nichts. Streckte ihre Hand aus, als wollte sie das Gesicht berühren, doch sie zog sie wieder zurück. Sie traute sich nicht. Lippold saß auf der weißen Couch und beobachtete sie. Ihr schmaler Oberkörper unter der Sommerbluse spannte sich.

»Ist das der Mann, den ich kenne?«, sagte sie. »Was für ein Bild. So heftig. Ich glaube, ich kenne einen anderen Jacques. Diese Hände, das sind nicht deine Hände.«

Sie stand auf und setzte sich neben Lippold auf die Couch. Sie nahm seine Hände, küsste sie vorsichtig und zog ihn zu sich.

»Komm, Lieber«, sagte sie. »Komm.«

39 Romina schaute ständig auf ihr Handy. Alle fünf Sekunden. Er rief nicht an. Er schrieb nicht. Sie hatte einen furchtbaren Fehler gemacht.

»Hörst du überhaupt zu?«, fragte Steinmeier in der Besprechung. Sein Portemonnaie lag offen auf dem Tisch, sie rührte es nicht an. »Was ist los mit dir?«

»Übermorgen ist die Beerdigung meines Vaters«, sagte sie. »Meiner Mutter geht's nicht gut. Meiner Schwester auch nicht. Es gibt viel zu regeln.«

Das verstand er. »Dann melde dich vom Dienst ab. Lass dich für ein paar Tage krankschreiben.«

Sie fuhr nach Hause, die Nacht war groß und klar. In ihrem Dorf hatte sie um diese Zeit die Sternschnuppen im Augustnachthimmel gezählt. Jede Sternschnuppe ein Wunsch. Damals hatte sie unzählige Wünsche, jetzt nur einen: dass er anrief. Vielleicht konnte er nicht anrufen. Hatte sie sich verschrieben, eine Ziffer vergessen? Saß er noch im Keller? Romina nahm die Stadtautobahn und sah keine einzige Sternschnuppe fallen. Niemand in Berlin sieht je eine Sternschnuppe.

In dieser Nacht schlief sie nicht. Lag wach wie früher in Fântânele und sehnte sich. Ihre Hand konnte das Telefon nicht loslassen. Das Handy blieb stumm. Vielleicht war er längst über alle Berge. Einfach nur ein schmutziger Löffel. Ihr rastloses Hirn quälte sie. Jacques Lippold vertrat den Maler, der in der Lungenheilstätte bei Oranienburg malte, auf einem Dachboden. Jacques Lippold ging mit Rückerts zum Künstlerball. Sie konnte Max fragen, ob sie an einer Bar unterkommen konnte, um Champagner auszuschenken.

Sie konnte Somar fragen, ob er sie in sein Security-Team im Adlon aufnahm. Somar kannte sie aus den Neuköllner Schulzeiten, er war Pokerspieler geworden, hatte Turniere in Las Vegas und Singapur gespielt, eine Million gewonnen, eine Million verloren, dann war er ins Sicherheitsgewerbe umgestiegen. Romina wollte nach Oranienburg rausfahren und nach Lippold fragen. Sie wollte, dass der Kerl anrief. Sie wollte schlafen. Sie wollte nie wieder schlafen. Sie war eine Sternschnuppe, die durch den Himmel schoss und verglühte.

Am Morgen rief ihre Mutter an, wegen der Beerdigung. Felix schickte ihre eine Nachricht, Romina antwortete nicht. Aber von ihm, vom *ihm* kam nichts.

Sie fuhr raus nach Oranienburg, fragte sich durch zur alten Lungenheilanstalt am Grabowsee. Das Gelände lag in der schimmernden Sonne, sie stand vor dem Metalltor und rüttelte am Schloss. Ein Schäferhund schoss auf sie zu und warf sich von der anderen Seite gegen das Tor, sie sah seine prachtvollen Zähne. Hinter ihm tauchte der Verwalter auf.

»Ich suche den Maler«, sagte Romina. »Teckenberg oder so, er soll hier sein Atelier haben. Ich würde ihn gern kurz sprechen.«

»Den wollen jetzt viele sprechen«, sagte der Verwalter. »Scheint über Nacht berühmt geworden zu sein. Problem ist bloß, er ist nicht da. Ich bin der Einzige, der hier ist. Ich und mein großer schwarzer Freund.«

»Wo ist er denn?«, fragte Romina.

»Woher soll ich das wissen?«, sagte der Verwalter. »Ich kenne den überhaupt nicht, ich kenne bloß seinen Kumpel.«

»Lippold«, sagte sie. »Wissen Sie, wo der ist?«

»Kenne ich auch nicht«, sagte der Mann am Tor. »Den Namen habe ich nie gehört. Der Einzige, den ich kenne, ist Mario. Mario hat mich gefragt, ob er mit seinen Freunden den Dachboden im Krankentrakt nutzen darf. Mario ist in Ordnung, den kenne ich schon länger, also hab ich Ja gesagt. Wenn ich geahnt hätte, was das für einen Volksauflauf gibt, hätte ich das nicht erlaubt. Jetzt kleckern hier ständig Leute aus Berlin an und wollen sich Handtücher leihen, weil sie im See schwimmen wollen. Bin ich ein Handtuchverleih?«

»Wo finde ich denn Mario?«, fragte Romina. »Mein Vater ist gestorben, übermorgen ist die Beerdigung, ich müsste dringend mal kurz mit Mario sprechen.«

Der Verwalter schaute sie mit einem Kopfschütteln an. »Tut mir leid mit Ihrem Vater. Ich kann Ihnen nicht sagen, wo Mario ist. Meistens sitzt er in der ›Schwarzen Pumpe‹ am Weinbergpark. Da habe ich ihn kennengelernt. Wenn er nicht grad woanders ist, sitzt er in der ›Schwarzen Pumpe‹.«

»Na, dann schau ich mal in der ›Schwarzen Pumpe‹ nach«, sagte Romina. »Vielen Dank auch.«

Sie hielt dem Schäferhund ihre offene Hand hin. Er schnupperte daran. Romina schaute auf die verfallenen Gebäude der Heilstätte, auf die Kapelle, den glitzernden See.

»Schön hier«, sagte sie. »Man kriegt richtig Lust, mal schwimmen zu gehen. Können Sie mir vielleicht ein Handtuch leihen?«

Der Verwalter zeigte ihr die erhobene Faust und ging seiner Wege. Der Schäferhund folgte ihm.

Romina fuhr zurück nach Berlin, das Handy lag auf dem

Beifahrersitz. Sie war auf Höhe eines Waldstücks, als das Display aufleuchtete. Beinahe hätte sie das Steuer zur Seite gerissen. Sie fuhr in den nächsten Waldweg und hielt an.

Were are you?

Sie schrieb: *Daffke Herrfurthplatz.*

Nach einer Minute die Antwort: *Yes. Be there.*

Eine Sekunde kann alles verändern. Eine Nachricht. Sie sang, als sie wieder im Auto saß, sie sang ein altes Lied aus Fântânele. Neben ihr schossen die Autos vorbei, Lieferwagen, Reisebusse, Laster, ihr war es ganz egal, sie sang, als sie die Abfahrt nach Berlin nahm.

Mario also. Die »Schwarze Pumpe« am Weinbergpark. Der Verkehr quälte sich durch die Torstraße, floss zäh rechts ab in die Brunnenstraße. Sie suchte nach einem Parkplatz, lief durch den Park zur Choriner Straße und stand vor der »Schwarzen Pumpe«.

Der Laden war geschlossen. Die Rollläden heruntergelassen, die Bierbänke aufgestapelt und angekettet. *Ab 14:00 Uhr* stand auf einem handgeschriebenen Zettel hinter der Scheibe der Kneipentür. Es war ein Uhr mittags; eine Stunde zu warten, mindestens. Vielleicht tauchte Mario erst um vier Uhr auf oder erst abends oder überhaupt nicht.

Romina setzte sich auf eine Mauer und rief Somar an.

»Hör zu«, sagte sie. »Ich will zum Künstlerball im Adlon. Du musst mich mit reinnehmen.«

»Weißt du, wie spät es ist?«, sagte Somar. »Ich sag dir, wie spät es ist. Dreizehn Uhr. Ich bin seit sieben Uhr auf den Beinen, es ist ja nicht so, dass ich nichts zu tun hätte. Und seit sieben Uhr klingelt mein Scheißhandy: *Somar, du musst mich mit reinnehmen, Somar, ich will zum Künstlerball.* Ich bringe meine Tochter zur Kita, ich trinke einen Tee bei Abdul, ständig klingelt mein Handy. Du bist wahrscheinlich der zwanzigste Anrufer heute. Ich sag dir, das ist schlimmer als vor der Fusion. Plötzlich wollen alle auf den Künstlerball. Meese kommt auch! Cornelia Schleime kommt! Ein Ticket für vierhundert Euro wollen sie sich nicht holen; die kennen auch niemanden, der sie einladen würde. Deshalb kommen sie alle bei mir angekleckert: *Somar, mach mal. Bitte. Nimm mich mit rein.* Bin ich Gott oder was?«

»Somar«, sagte Romina. »Ich würde dich nicht fragen, wenn es nicht wichtig wäre. Das weißt du.«

»Keiner von euch hat mich angerufen«, sagte Somar, »als ich Leute für die Fanmeile gesucht habe. Keiner. Da saß ich auf dem Trockenen. Als Grönemeyer vor dem Brandenburger Tor gespielt hat, das hat niemanden interessiert, und ich habe händeringend Leute gesucht. Aber ins Adlon wollt ihr alle. Da steht ihr alle auf der Matte. Ich sag dir was: Ich habe eine Security-Firma, keinen Champagner-Ausschank mit Option auf ein Selfie mit Neo Rauch oder Friedrich Merz. Wenn ich dich mit reinnehme, dann machst du Security, dann stehst du im Hintergrund, unsichtbar. Du kriegst kein einziges Glas Champagner und kein Selfie mit Eckart von Hirschhausen. Wenn jemand mit dem Messer auf Friedrich Merz losgeht, dann wirfst du dich dazwischen. Das ist dein Job. Auch bei Claudia Roth. Nur dass das klar ist.«

»Danke, Somar«, sagte sie. »Ich werfe mich dazwischen, Friedrich Merz wird nichts passieren. Claudia Roth auch nicht.«

»Gut«, sagte Somar. »Meinetwegen. Dann machen wir

das so. Wir sind um halb sieben am Dienstboteneingang im Adlon. Klamotten kriegst du von mir.«

Jemand schloss die Kette der Bierbänke vor der »Schwarzen Pumpe« auf. Die Tür stand offen, der Barkeeper rauchte eine Zigarette und schaute Romina an.

»Auf wen wartest du?«

»Auf Mario«, sagte sie.

»Mario«, sagte der Barkeeper. »Mario ist noch nicht da, aber sicher schon im Anmarsch. Der braucht sein erstes Bier. Freund von dir?«

»So ungefähr«, sagte Romina. »Ich muss mal kurz weg und bin nachher zurück. Dann ist er sicher da.«

»Ja«, sagte der Barkeeper. »Dann ist er sicher da. Der ist eigentlich immer da.«

Sie wollte nicht warten. Sie wollte auf *ihn* warten, vor dem »Daffke«. Romina fuhr zurück in ihre Gegend, es war früher Nachmittag, die Straßen gedrängt voll. Sie fand einen Parkplatz vor dem Tempelhofer Feld und lief zwei Straßen bis zum »Daffke«. Ein Barhocker stand vor der geöffneten Tür, von drinnen wehte sie abgestandene Bierluft an.

»Wann macht ihr auf?«

»In drei Stunden«, sagte der Barkeeper.

Sie setzte sich gegenüber auf die Stufen der Kirche und sah auf ihr Handy. *Yes. Be there,* hatte er geschrieben. Er hockte nicht mehr im Keller des Hauses in Lichterfelde, sondern war auf dem Weg zu ihr. *Yes. Be there.* Sie musste nur warten.

Eine Stunde verging. Mütter mit kleinen Kindern kamen vorbei auf dem Weg zum Eisladen. Hipster aus New York und Melbourne. Ein Briefträger.

Die zweite Stunde verging. Er musste sich in Berlin zurechtfinden, er brauchte Zeit, dachte sie. Wenn er nicht kommen wollte, hätte er nicht geschrieben. Sie schaute ständig auf ihr Handy, ob eine weitere Nachricht von ihm kam. *Yes. Be there.* Sie war da. Gegenüber saß der Barkeeper vor dem »Daffke« und rauchte, ein kleines Bier neben sich. Romina hatte keinen Durst. Sie hatte keinen Hunger. Sie sehnte sich, wie nur ein Mädchen aus Fântânele sich sehnen kann.

Dann war er da. Stand plötzlich vor ihr, eine Einkaufstüte in der Hand. Romina stand auf und wusste nicht, was sie sagen sollte. Sie war erleichtert, dass er sich nicht verändert hatte, dass sie nicht geträumt hatte. Er war wirklich schön wie ein junger Hengst, scheu und kraftvoll, und er lächelte sie an. Romina setzte sich wieder auf die Stufen der Kirche und lud ihn ein, sich neben sie zu setzen.

»Romina«, sagte sie und zeigte auf sich.

»Koba«, sagte er.

»Schön, dass du da bist«, sagte sie.

Er antwortete nicht. Er sprach kein Deutsch und kaum Englisch, doch sie saßen nebeneinander, und das genügte. Er zeigte ihr seine Hand, auf der Innenfläche stand ihre Telefonnummer. Sie berührte kurz seine Hand und nickte.

Der Barkeeper des »Daffke« winkte ihnen zu, jetzt war der Laden offen. Sie tranken ein Bier zusammen. Wenn sie sich anschauten, lächelten sie. Der Barkeeper lächelte auch, als sie zahlte. »Wie alt seid ihr?«, fragte er.

Als sie gehen wollten, schob Koba ihr die Einkaufstüte hin und öffnete sie. Romina schaute hinein. Haufen von Geldscheinen, Bündel darunter, die meisten einzeln. Fünfziger, Hunderter. Sie konnte nicht schätzen, wie viel es war, doch sie wusste sofort, dass es Rückerts Geld war, das Geld aus den Büchern im Arbeitszimmer.

»Alter«, sagte sie.

»Canada«, sagte Koba. »You and me.«

Eine Sekunde kann alles verändern. Sie konnte ihn jetzt festnehmen, ihre Karriere retten und für den Rest ihres Lebens der Polizei dienen. Sie hatte einen Schwur abgelegt, als sie in den Polizeidienst aufgenommen wurde. Sie hatte geschworen, ihre Amtspflichten gewissenhaft zu erfüllen. Hinten auf der Hermannstraße jagte ein Wagen mit jaulender Sirene vorbei. Drei Krähen flatterten auf. Im Kirchturm schlug die Glocke ein einziges Mal. Die Sekunde war vorbei. Der Fisch war gegessen. Romina schloss die Tüte und schob sie Koba hin.

»Okay«, sagte sie. »Okay. Let's go.«

Sie nahm ihn mit zu sich in die Okerstraße. Im Treppenhaus war es kühl, die Fenster standen offen. Romina schloss ihre Wohnungstür auf und dachte daran, dass ihr Bett nicht gemacht war. Sie drängte sich an ihn, als sie in ihrer Küche standen, ein bedürftiges Tier, gierig nach Berührung, schmiegte sich an seine Seite, schob sein T-Shirt hoch, ihre Hände glitten über seine Haut.

»Mein hübscher kleiner Hengst«, sagte sie leise.

Koba legte die Einkaufstüte mit dem Geld zur Seite und nahm sie in den Arm.

40 Lippold sah gut aus in seinem Smoking, als er vor dem festlich erleuchteten Adlon am Brandenburger Tor aus dem Uber stieg und Beate aus dem Wagen half. Am Handgelenk trug er die Chopard Mille Miglia von Rico. Dazu die glänzend schwarzen Budapester Schuhe, die er bei seiner Mutter aufbewahrt hatte. Er spielte seinen Grand in aller Ruhe aus.

»Der Smoking sieht aus wie maßgeschneidert«, sagte Beate. »Als hättest du nie was anderes getragen.«

»Könnte mich dran gewöhnen«, sagte Lippold.

Eine junge Frau kontrollierte die Einlasskarten und nickte ihm voller Respekt zu, dann ging er mit Beate über den roten Teppich in den großen Saal. Der prachtvolle Kronleuchter strahlte über ihnen. Lippold fühlte sich zu Hause. Hier gehörte er hin. Die schweißnassen, im Schwarzlicht flirrenden Wände im Reichsbahnbunker Reinhardtstraße lagen hinter ihm. Der Stahlbetonboden, der keinen Millimeter nachgab. Die schlaflosen Nächte unterwegs, um in Antwerpen und Rotterdam Nachschub zu holen. Die Jahre in Hotelzimmern in Belgien, Litauen, Slowenien und auf Malta, als er sich mit Papierkram herumschlagen musste, um Firmen zu gründen und sich die Vorsteuer erstatten zu lassen. Auf einer Plattform in Hongkong lag immer noch sein Geld, wenn nicht sein früherer Chef es eingesackt hatte.

All das lag hinter ihm. Jetzt machte er sein eigenes Geld. Jetzt nahm er Platz am Tisch der Großen. Die Jahre im Knast lagen hinter ihm. Nie wieder Reis mit geschmorter Paprika. Kein stinkendes Klo für vier Mann, mit abgeschlagenem Beckenrand. Kein Warten vor der Tür, bis er von einem schlechtgelaunten Schließer durchgeschlossen wurde. Jetzt wurde er mit Hochachtung empfangen. Die Leute drehten die Köpfe nach ihm.

»Sie wollten an der großen Champagner-Bar auf uns warten«, sagte Beate. Sie hielt sich aufrecht, die Schultern gestrafft. Lippold ging lässig, selbstbewusst, er freute sich auf den Abend. Er würde Boros kennenlernen, Malte Hagen Olbertz, Eckart von Hirschhausen, Julia Stoschek, Daniel Mohr, Abgeordnete und Anwälte, Ärzte und Banker, vielleicht die Polizeipräsidentin.

Er hatte seine offenen Rechnungen beglichen. Er hatte dem dreckigen Dieb aus der Harzer Straße gezeigt, dass er die Konsequenzen zu tragen hatte, wenn er Lippold die Armbanduhr stahl. Seine dumme Tochter hatte nichts gesagt, als Lippold ihr ein paar Maulschellen gab. Der Mann selbst hatte ein überraschtes Gesicht gemacht, als Lippold ihn über die Brüstung der Autobahnunterführung stieß. Jetzt waren sie quitt.

The Incredible Herrengedeck spielte. Rückerts winkten an einem Stehtisch am Rand der Champagner-Bar. Sie begrüßten sich, Lippold holte zwei Gläser Champagner für Beate und sich. Sie stießen an.

»Steinmeier ist auch da«, sagte Rückert.

»Er macht den Eröffnungstanz«, sagte Frau Rückert. Sie war stark geschminkt und sah trotzdem übernächtigt aus. »Wir gehen dann auf die Empore. Hier wird es einfach zu voll. Wart ihr schon oben?«

»Übrigens.« Rückert tippte Lippold auf die Hand. »Ich habe Boros schon getroffen, ihm ein bisschen von Teckenberg erzählt. Er will dich treffen, ein paar Takte reden, ich glaube, wir können die Frauen auch eine Weile allein lassen.«

»Ja, das könnt ihr«, sagte Frau Rückert. »Wir gehen in die Austern-Bar. Die haben Felsenaustern mit Cheddar. Da könnte ich mich reinsetzen. Ich würde sagen, wenn ihr uns sucht, dann findet ihr uns in der Austern-Bar.«

»Ich würde gern den Magier sehen«, sagte Beate.

»Marc Weide«, sagte Frau Rückert. »Zauberweltmeister. Der Mann ist ein echter Künstler. Du schaust ihm auf die Hände, weil du weißt, dass er dich nur ablenken will, indem er redet und redet. Du musst ihm auf die Hände schauen. Aber ich sag dir, du kriegst es trotzdem nicht mit.«

»Alles Ablenkung«, sagte Lippold. »Das ist der ganze Trick.«

»Weiß ich doch«, sagte Frau Rückert. »Weiß ich doch. Und trotzdem.«

»Ist das hier die Lobby?«, sagte Beate. »Die sollen hier Ceviche von der Garnele haben. Das will ich unbedingt probieren. Und die Miso-Aubergine.«

»Also, ich freue mich auf die Currywurst«, sagte Rückert. »Die gibt's als Rausschmeißer. Die legendäre Adlon-Currywurst mit Milchbrötchen. Du kriegst auch am Ku'damm keine bessere Currywurst. Dazu ein kühles Bier, dann kann ich glücklich nach Hause gehen.«

Lippold lachte. »Es sind die einfachen Dinge«, sagte er. »Manchmal sind es die einfachen Dinge, die einen glücklich machen.«

»Männer«, sagte Frau Rückert zu Beate. »Vor dem Palaissaal gibt's Taboulé mit Muscheln, und er freut sich auf die

Currywurst. Lasst uns mal raufgehen, ich will den Steinmeier tanzen sehen.«

Oben auf der Empore war es voll, ein Fotograf drängte sich an ihnen vorbei. Neben Lippold lachte ein Nahostexperte, den er aus dem Fernsehen kannte, im Gespräch mit seiner Begleitung. Unten auf der Bühne hielten sie die üblichen Reden, Dankesworte, Beifall für großzügige Spenden an die Ukraine-Hilfe. Lippold sah Frank-Walter Steinmeier und seine Frau am Rand der Bühne stehen. Hier oben war es sehr warm und stickig. Er hätte gern noch einen Champagner gehabt. Weitere Paare schoben sich an ihm vorbei, eine Security-Frau in schlichter schwarzer Kleidung entschuldigte sich, als sie an ihm vorbeischlüpfen wollte und Lippolds Arm streifte. Schwarzes Haar, schwarze Augen. Das Gesicht kam ihm bekannt vor, doch er wusste nicht, woher. Unten spielte The Incredible Herrengedeck die ersten Takte des Eröffnungswalzers, und alle beugten sich vor, um Steinmeier tanzen zu sehen. Als Lippold auf seine Uhr schauen wollte, war sein Handgelenk nackt.

Die Security-Frau stand am Ausgang der Empore und lachte ihn an, in ihrer Hand glänzte die Mille Miglia. Er wollte sich durch die hinter ihm stehenden Leute drängen, doch Beate fasste nach seiner Hand. Sie schmiegte sich an ihn. »Es ist schön, dass du da bist.«

Er drückte ihre Hand. Als er aufsah, war die Security-Frau verschwunden. Rückert nickte ihm zu. »Wollen wir mal?«

Sie gingen mit den Frauen durchs Obergeschoss, Rückerts ließen sich in der Fotobox fotografieren, nach ihnen auch Lippold und Beate. Als Hintergrund wählten sie die Kuppel des Reichstags bei Nacht. Beate sah glücklich auf dem Foto aus, sie lächelte kokett in die Kamera, eine Hand in die Hüfte gestemmt. Lippold lächelte ebenfalls und neigte den Kopf zu ihr, doch er wirkte abwesend.

»Ein tolles Paar«, sagte Frau Rückert, als sie die Fotos herumreichten.

Vor dem Palaissaal holten sie sich marinierte Ente mit Blutorange, danach gebackenen Blumenkohl mit Mandel-Aioli. Und Champagner. Lippold entschuldigte sich. »Ich muss mal kurz meinen Kummerbund richten.«

Die Gänge waren voller flanierender Paare und Gruppen. Die Security-Leute standen unauffällig in den Nischen. Er ging auf einen von ihnen zu. »Ich suche eine Kollegin von euch, eine Kleine mit schwarzen Haaren. Wo finde ich die?«

»Die ist neu«, sagte der Mann. »Die sollte eigentlich unten sein. Gibt's ein Problem?«

»Nein«, sagte Lippold. »Alles gut. Ich schau unten.«

Auf den schmalen Treppen stauten sich die Gäste, man lachte und nickte einander zu. Einige Frauen trugen ihr Abendkleid mit Schleppe und brauchten viel Raum hinter sich. Lippold kam nicht durch. Er brauchte Minuten, bis er im Erdgeschoss war. Im Ballsaal war es voll, man tanzte. Er schob sich durch den großen Gang zum Ausgang Behrenstraße, wo die Raucher in kleinen Gruppen auf dem Gehweg standen.

Gegenüber stand die Security-Frau, im Gespräch mit zwei Kollegen, und spielte mit seiner Mille Miglia. Sie sah ihn an und schien zu lächeln, hob die Uhr in die Höhe. Lippold spürte eine eigenartige Kälte entlang seiner Wirbelsäule, als ob sie vereiste. Er wollte eben über die Straße gehen, als er eine Hand auf seiner Schulter spürte.

»Kummerbund richten«, sagte Rückert. »Mal kurz den Kummerbund richten. Alles klar. Kenn ich. Wusste gar nicht, dass du rauchst.« Er hielt ihm ein flaches silbernes Zigarettenetui hin, Lippold nahm sich eine.

»Ich habe die Frauen in der Austern-Bar gelassen«, sagte Rückert, gab Lippold Feuer und zündete sich auch eine Zigarette an. »Denen geht's gut. Wir beide machen gleich mal unseren Rundgang. In der 1907-Bar sitzen ein paar Leute, die interessant für dich wären. Bastians zum Beispiel.« Er grüßte ein Pärchen neben sich.

Als sie wieder drinnen waren und sich in den Strom der Leute einfädelten, eilte Friedrich Merz an ihnen vorbei, eine Frau im Schlepptau, die Mühe hatte, mit ihm Schritt zu halten.

»Wüsste nicht, dass der sammelt«, sagte Rückert. »Viele Politiker sammeln. Ich wollte noch die Chicken Fingers probieren, im Ballsaal. Die Frauen wollen bestimmt noch tanzen. Mir ist nicht so danach, heute nicht. Hat Mechthild erzählt, dass sie bei uns wieder eingebrochen haben?«

»Mir hat sie nichts erzählt«, sagte Lippold. »Zum zweiten Mal?«

»Ja«, sagte Rückert. »Sehr ärgerlich. Ich hatte eine Sicherheitsfirma beauftragt, das Haus ordentlich zu sichern, haben sie in den letzten Wochen nicht hingekriegt. Es ist immer das Gleiche. Man ruft an, sie versprechen einem das Blaue vom Himmel, kein Problem, wir erledigen das sofort, wir kommen morgen – und nichts geschieht. Man ruft noch mal an, dann ist ein Praktikant dran, der von nichts weiß. Jedenfalls haben sie uns noch mal beehrt, sollte man vielleicht als Kompliment verstehen, es gefällt ihnen bei uns.«

»Sehr ärgerlich«, sagte Lippold. Er hielt Ausschau nach der Security-Frau. Ihre Kollegen standen in den Nischen und schienen sich über ihn zu amüsieren, wenn er sie ansah.

Rückert führte ihn in die 1907-Bar, sie setzten sich an einen Tisch mit vier Herren, deren Namen Lippold nicht verstand. Man sprach über Teckenberg, doch er war nicht bei der Sache, auch wenn Rückert ihm mehrmals energisch zunickte. Die anderen hatten schwere Armbanduhren, die sie beiläufig zeigten, nur sein Handgelenk war nackt. Das kalte Knistern lief seine Wirbelsäule entlang.

Als zwei Damen hinzukamen, löste die Runde sich auf, man verabschiedete sich mit Handschlag, und Lippold verschwand im Gedränge einer Gruppe, die in die Bar hereinkleckerte.

Er suchte eine Toilette und fand sie am Treppenaufgang. Als er am Pissoir stand, kam die Security-Frau herein. Sie waren allein. Draußen spielten sie einen Hit der siebziger Jahre, er kam nicht darauf, von wem.

»So trifft man sich wieder«, sagte sie. »Läuft's?«

Lippold schüttelte ab, zog den Reißverschluss hoch, die Hose war ihm fremd, der Kummerbund störte. Er ging zum Waschbecken, ohne sie anzublicken.

»Die Kollegen sind gleich da«, sagte sie und ließ die Mille Miglia durch ihre Finger gleiten. »Ein paar Fragen auf dem Revier, verstehst du. Wir können das ohne großen Aufstand machen, gehen Behrenstraße raus, vielleicht bist du rechtzeitig zur Currywurst wieder zurück.«

Lippold drehte sich zu ihr und schlug sofort zu. Mit allem, was er hatte. Er hatte in Tegel auch immer sofort zugeschlagen, es hatte sich immer ausgezahlt. Er traf die Frau an der Schulter, mit dem zweiten Schlag am Hinterkopf, sodass sie mit dem Gesicht gegen die Kachelwand prallte. Sie sagte nichts mehr. Eine blutige Spur blieb auf den Kacheln zurück, als sie zu Boden sank. Die Armbanduhr fiel auf die hellbraunen Fliesen. Er hob sie auf, als ein älterer Herr hereinkam.

»Notfall«, sagte Lippold. »Der Frau geht's nicht gut, ich hole einen Sanitäter. Bleiben Sie bei ihr.«

Der Herr hielt ihm die Tür auf. »Ich wollte nur mal austreten«, sagte er.

Lippold ging langsam im Strom der Ballgäste mit, das kalte Knistern an seiner Wirbelsäule war vorbei. Er streifte die Mille Miglia über und war wieder mit sich im Reinen. War wieder Herr der Lage. Lächerlich, die Frau. Er hätte ihr noch einen Tritt in die Rippen geben sollen, als sie am Boden lag, einfach aus Prinzip. Ihm auf dem Künstlerball die Uhr zu klauen, das war respektlos. Zigeunerpack, genau wie ihr Vater.

Im Ballsaal tauchte er in die Menge der Tänzer ein, unbeholfen zunächst, doch das fiel nicht auf, alle Männer bewegten sich hölzern, und das passte auch zur Diskomucke. Sein Körper erinnerte sich an die Gabba-Moves aus dem Reichsbahnbunker, das war lange, lange her. Allmählich löste sich die Spannung. Lippold lachte wieder. Vor ihm tanzte eine Frau in einem engen Abendkleid, sie streckte beide Arme in die Luft und stieß schrille Schreie aus. »Party! Party!«

Beate fand ihn schließlich, sie fiel ihm fast um den Hals, so freute sie sich, dass er da war. In der Hitze glänzte ihr Gesicht, als sie sich an ihn drängte und seinen Rhythmus aufnahm. Nach zwei Songs wischte sie sich den Schweiß von der Schläfe und nahm Lippolds Hände.

»Lass uns zu Rückerts gehen«, sagte sie. »Ich kann nicht mehr, ich brauche einen Schluck Champagner, und Mechthild hat was von Jasmintee-Mousse mit Yuzu-Kaviar gesagt, gibt's im Wintergarten.« Sie hob seine Hände an ihre Lippen, um sie zu küssen, und hielt inne. Über den Rücken seiner rechten Hand floss ein rotes Rinnsal.

41 Romina lag in ihrer Wohnung in der Okerstraße auf der Couch. Koba saß neben ihr und drückte einen Beutel Eis an ihre Wange. »Ich bin überhaupt nicht zu Wort gekommen«, sagte sie. »Ich konnte überhaupt nichts sagen. Er hat sofort zugeschlagen. Ich bin einfach zu blöd. Ich dachte, ich habe ihn am Sack.«

Koba sagte nichts, verstand auch nicht, was sie sagte, er hielt den Beutel Eis an ihre geschwollene Augenbraue.

»Ja, toll«, hatte Somar gesagt, als zwei Kollegen sie unauffällig aus der Toilette rausgeschafft hatten. Die Ballbesucher hatten nichts mitbekommen. »Super, Romina. Deshalb musste ich dich unbedingt hier reinnehmen, damit es dir ein Typ mal richtig besorgt. Ist das dein Blut auf den Kacheln?«

»Das war nichts«, hatte sie gesagt. »Alles okay. Bloß Nasenbluten. Alles in Ordnung.«

Jetzt lag sie in ihrer Wohnung auf der Couch, hatte einen Eisbeutel auf der Schläfe und spürte Kobas Hände. Sie waren ruhig und wussten genau, was sie taten.

»Wie blöd kann man sein«, sagte sie. Sie kam nicht drüber hinweg. »Ich hatte ihn doch. Ich hatte seine Armbanduhr. Ich habe gesehen, wie angepisst er war, dass ich sie mir geholt hatte. Ich hatte seine Uhr, verstehst du?«

Koba verstand nichts, er nickte nur. Er musste lächeln, als er sie ansah. Die zornigen schwarzen Augen. Das schwarze Haar, blutverklebt. Er beugte sich vor und küsste ihre Lippen, sachte, er spürte ihren warmen Atem auf seiner Zunge.

Romina schob den Eisbeutel weg, fasste nach Kobas Haarschopf, zog ihn zu sich. Das Hämmern in ihrem Kopf hörte auf.

Sie taten, was getan werden musste. Draußen wurde es hell.

»Hör zu«, sagte Romina am Nachmittag, als sie ausgeschlafen hatte. Sie stand am Herd, die kleine Kaffeekanne stand auf der bläulichen Gasflamme. »Ich will mit dir rausgehen. Du und ich, wir machen einen Besuch.«

Koba schaute sie an und wiederholte ein paar Worte, eher Laute, die er gehört hatte. Er hatte nichts verstanden. Sie fragte sich, wie es wäre, ein Kind zu haben, das zwei Jahre brauchte, ehe es anfing zu sprechen. Sie wollte nicht zwei Jahre warten, sondern gleich los. Das verstand er, als sie in der Tür stand und ihm zunickte.

Sie nahmen die U-Bahn zum Rosenthaler Platz und liefen zwei Ecken weiter zur »Schwarzen Pumpe«. Der Barkeeper nickte Romina zu, als sie hereinkamen.

»Besuch für dich, Mario«, sagte er.

Mario saß an der Theke vor seinem Bier. Union-Kappe, kurze Hose, schwarze Springerstiefel. Er schaute nur kurz hoch.

»Ich kenne die Leute nicht«, sagte er.

»Ich bin Romina, das ist Koba«, sagte Romina.

»Ja«, sagte Mario. »Schön.«

»Finde ich auch«, sagte sie. »Ich war gestern schon da und hab auf dich gewartet.«

»Das wüsste ich aber«, sagte Mario. »Ich war gestern hier, ich bin immer hier. Hab dich hier nicht gesehen. Wer bist du überhaupt?«

»Ich bin Romina«, sagte sie.

»Hast du eben schon gesagt«, sagte Mario und langte nach seinem Bier. Er nahm einen langen Zug. »Romina.«

»Wegen Teckenberg«, sagte sie. »Ich war oben in Oranienburg, in der alten Lungenheilstätte. War niemand da außer dem Verwalter und dem Hund. Ich hab ihn nach Teckenberg gefragt, er sagt, er kennt den nicht, er kennt nur dich, hat er gesagt, und du sitzt in der ›Schwarzen Pumpe‹.«

»Kann man so sagen«, sagte Mario. »Ich sitze hier, da hat er nicht zu viel versprochen.«

»Wollt ihr was trinken?«, fragte der Barkeeper. »Oder wollt ihr nur quatschen?«

»Kleines Helles für mich«, sagte Romina und setzte sich auf den Hocker neben Mario. »Ist okay?«

Mario betrachtete sein Bier. Der Barkeeper schaute auf Koba, der nickte. »Zwei Helle also, mach ich euch.«

Sie schwiegen. Eine Wespe flog die Theke entlang. Der Barkeeper stellte Romina und Koba das Bier hin. Sie tranken.

»Jedenfalls ist Tecke nicht mehr oft da oben«, sagte Mario. »Ich habe dem ein ganzes Atelier da oben eingerichtet, jetzt ist es ihm zu heiß, jetzt will er in der Stadt arbeiten. Künstler. Dabei ist es in der Stadt viel heißer, die Hitze staut sich in den Mauern, das habe ich ihm hundertmal gesagt. Ist ihm egal. Und ich soll ihm das ganze Zeug wieder runterholen vom Dachboden. Da kam frische Luft durchs Dach, das fand ich eigentlich sehr angenehm. Waldluft. Heute werden es fünfunddreißig Grad in der Stadt, und dann steht er da in seinem Wintermantel und seiner Russenmütze in seinem Atelier, das wird er schon merken. Hast du dich geprügelt oder so?« Er schaute auf Rominas Gesicht.

»Dumm gelaufen«, sagte Romina. »Ich wollte eigentlich nur quatschen. Gab aber gleich auf den Rüssel.«

»Tut's noch weh?«, sagte Mario.

»Ja«, sagte sie.

»Ist ja auch egal«, sagte Mario. »Ich kann dir mit Tecke nicht helfen. Der darf nicht gestört werden, sagt Lippold. Der soll arbeiten. Zonenrandgebiet malen. Lippold wird sauer, wenn er nicht liefert. Der sitzt ihm richtig im Nacken.«

»Genau darum geht es«, sagte Romina. »Zonenrandgebiet. Rückerts haben mir von ihrem Bild erzählt. Kann ich mit diesem Lippold reden?«

Mario zuckte mit den Schultern. »Ob du das kannst, weiß ich nicht. Handy hat der Mann nicht. Der wohnt bei Tecke in Weißensee in der Bizetstraße, ist aber viel unterwegs. Der hat jetzt neue Freunde, der setzt ganz auf Charlottenburg. Aber er schläft noch meistens in Teckes Butze. Geh doch einfach mal hin und kleb ihm einen Zettel an die Tür, so haben wir das früher immer gemacht. Bizetstraße 4, das ist neben dem Drucker, parterre.«

»Parterre ist super«, sagte Romina.

»Ja«, sagte Mario. »Schön kühl im Sommer.«

»Mario«, sagte Romina, »ich würde dich gern einladen. Das Bier geht auf mich. War ein nettes Gespräch.«

»Wenn du wirklich nett sein willst«, sagte Mario, »kannst du meinen Deckel übernehmen. Das wäre dann echt nett.«

Er nickte dem Barkeeper zu, und der suchte Marios Deckel raus.

Romina schaute darauf und sagte: »Alter.«

Mario hob sein Bierglas und prostete ihr zu.

Sie zahlte seinen Deckel. Koba stand auf.

»Dein Freund redet nicht viel«, sagte Mario.

»Nein«, sagte Romina, »der redet nicht viel.«

Auf dem Rückweg versuchte sie Koba zu erklären, was sie vorhatte. Ihr Englisch war nur wenig besser als seines. Sie machte Zeichnungen, Skizzen. Sie fand ein georgisches Übersetzungsprogramm im Netz, schaute Wort für Wort nach. Koba schaute sie lange an, dann nickte er und machte ihr eine Zeichnung.

»Du willst einen Kuhfuß?«, sagte Romina und küsste ihn. »Du kriegst deinen Kuhfuß.«

Am Hermannplatz nahm sie ihn mit in den Baumarkt, und Koba suchte sich in Ruhe einen mittelgroßen Kuhfuß aus. Die Frau an der Kasse verzog keine Miene, als Romina zahlte.

»Wir gehen zu mir, ich muss auch noch was holen«, sagte sie.

Gegen Mitternacht brachen sie auf. Sie fuhren über die Oberbaumbrücke und die Warschauer Brücke, durch

Friedrichshain, am Fennpfuhl vorbei hoch nach Weißensee. Koba saß neben ihr und betrachtete seine Hände. Sie waren ruhig. Hinter dem Jüdischen Friedhof stellte Romina das Auto ab, sie gingen den Rest zu Fuß.

Das Haus Bizetstraße 4 lag im Dunkeln. Nur oben im dritten und vierten Stock brannten Lichter. Die Haustür war angelehnt, im Flur roch es leicht modrig.

Koba klingelte. Sie hörten die Klingel in der Wohnung schrillen, doch niemand kam und öffnete. Koba klingelte noch mal. Keine Antwort.

Seine Hände glitten über die Wohnungstür, aufmerksam. Er drückte seine Schulter dagegen, sie gab nicht nach.

Er schüttelte den Kopf.

»Geht nicht?«, sagte Romina. »Ich dachte, du kannst das.«

Er schüttelte nochmals den Kopf, wies zum Hausflur, der zum Hinterhof führte.

»Okay«, sagte sie.

Der Hof war so gut wie leer. Zwei Fahrräder waren an einer alten Teppichstange angeschlossen. Rechter Hand standen die Mülltonnen in einer Reihe. Ein Beet mit Sträuchern war seit Jahren nicht gewässert worden.

Koba war schon bei den beiden Fenstern, eines stand auf Kipp. Er tippte dagegen, nahm den Kuhfuß aus seiner Hose und setzte ihn an der Unterkante des Fensters an. Er ließ sich einige Sekunden Zeit, horchte in den Hof, oben in zwei Wohnungen brannten Lichter, sie hörten Musikfetzen. Mit einem raschen Ruck hebelte er das Fenster auf. Jetzt hing es nur noch in einer Angel.

Er drückte es auf und glitt durch die Öffnung, winkte Romina, hinterherzukommen. Sie stemmte sich auf die Fensterbank und schlüpfte durch den schmalen Spalt. Gleich darauf schloss Koba das Fenster wieder. Keine halbe Minute war vergangen.

Koba schaltete das Licht an. Sie standen in einem halbleeren Zimmer. Eine Couch voller Kleidung, an der Wand eine Matratze. Eine Schreibtischplatte auf zwei Böcken. Romina schaute sich die Klamotten auf der Couch an, ein Smoking lag obenauf. Sie nickte Koba zu.

»Das ist es«, sagte sie.

Er machte das Licht wieder aus und ging zum Flur, schaute in die Küche. Töpfe und Pfannen in der Spüle, der kleine Tisch voller Müslipackungen, Brot, Marmeladengläser. Romina folgte ihm in ein zweites, größeres Zimmer. Dort roch es intensiv nach Lack und Terpentin, es war vollgestellt mit Leinwänden, am Fenster eine Matratze mit zerwühltem Bettzeug.

»Wir warten drüben«, sagte sie, und sie gingen zurück ins erste Zimmer.

Romina schob die Kleider auf der Couch zur Seite und setzte sich. Sie holte ihre Dienstwaffe heraus, entsicherte sie und legte sie in ihren Schoß. Sie spürte das Gewicht der Waffe auf ihrem Oberschenkel.

Koba nahm sich den Stuhl vom Schreibtisch und stellte ihn hinter die Tür. Er setzte sich und lächelte Romina in der Dunkelheit zu.

»Gute Arbeit«, sagte sie. »Und jetzt warten wir auf Lippold.«

Koba nickte. »Warten«, sagte er.

Romina zog die Armbanduhr ihres Vaters aus der Hosentasche. Die Patek Philippe Nautilus. Sie warf sie Koba zu, er fing sie auf.

Sie warteten.

Die Tür zum Hof klappte, jemand schob sein Rad herein und schloss es an die Teppichstange. Danach verklangen die Schritte im Treppenhaus.

Jemand rief etwas in einer Wohnung weiter oben, nur ein einziges Wort, das Romina nicht verstand.

Sie warteten.

Nach zwei, vielleicht drei Stunden knarrte ein Schlüssel in der Wohnungstür. Jemand schloss zweimal auf, knallte die Tür hinter sich zu, machte Licht im Flur. Schuhe fielen zu Boden. Der Kühlschrank in der Küche wurde aufgerissen.

»Arschloch.« Es war die Stimme von Lippold.

42 »Was für ein Arschloch«, sagte Lippold, als er ins Zimmer kam und das Licht anmachte. Er hatte eine Bierflasche in der Hand. Er sah die kleine Frau mit den schwarzen Haaren und den schwarzen Augen auf seiner Couch sitzen. Die von der Toilette im Adlon. Die gegen die Kachelwand gefallen war, als er ihr eine Maulschelle verpasst hatte. Man sah es noch.

»So sieht man sich wieder«, sagte sie.

Lippold blieb in der Mitte des Zimmers stehen.

»Du bist nicht durch die Vordertür reingekommen«, sagte er.

»Richtig«, sagte sie. »Bin ich nicht. Und jetzt bin ich hier.«

»Das ist doch lächerlich«, sagte Lippold. Er nahm einen Schluck aus der Bierflasche.

»Schön langsam«, sagte sie. »Lass dir Zeit. Mit dem Smoking hast du auch keine Eile. Der ist geliehen, würde ich sagen. Ein Mann wie du hat keinen eigenen Smoking. Du bist zum Smokingverleih in der Großbeerenstraße gegangen und hast ihn dir geliehen.«

»Suarezstraße«, sagte Lippold. Er sah die schimmernde Waffe in ihrem Schoß. Ihre rechte Hand lag auf ihrem Oberschenkel. Sie hatte schöne Hände, wahrscheinlich flink. Er spürte kalten Schweiß in seinem Nacken. Im Bau hatte er Angst gehabt, richtig Angst, als Abdul sauer auf ihn war. Das hier war nichts. Ihr Name fiel ihm wieder ein.

»Romina«, sagte er.

»Genau«, sagte sie. »Romina.«

»Du wirst das Ding nicht benutzen«, sagte er. »Weißt du, wie laut so eine Wumme ist? Die Nachbarn stehen senkrecht im Bett, wenn sie einen Schuss hören. So blöd bist du nicht.«

Romina nahm die Waffe in die Hand. Lippold sah, dass sie sich damit auskannte. Ihre Hand kannte das Gewicht der Waffe.

»Suarezstraße, sorry«, sagte sie. »Aber auch die wollen ihren Smoking zurückhaben. Jetzt liegt er immer noch hier. Was ist los mit dir, Jacke? Weißt du was? Ich habe mir neulich eine Lederjacke von einer Freundin geliehen, eines von diesen übergroßen Teilen, die alle jungen Frauen jetzt tragen. Ärmel über die Fingerspitzen, Saum bis unterm Po, du kommst dir vor wie in einem Müllsack. Aber alle tragen das jetzt, alle. Musste ich also auch mal probieren. Meine Freundin stand am nächsten Morgen vor der Tür, um sie wieder abzuholen, sie konnte es echt nicht erwarten.«

»Die vom Smokingverleih kommen hier nicht vorbei«, sagte Lippold.

»Die nicht«, sagte Romina. »Aber ich. Siehst du doch. Und weißt du was? Ich will meinen Vater wiederhaben. Er fehlt mir. Ich will nicht ohne ihn leben. Er war ein kleiner Dieb, aber mein Vater.«

»Ein Dieb«, sagte Lippold. »Ganz genau. Er hat mir eine Uhr geklaut, dein Vater.«

»Ich weiß«, sagte Romina. »Eine Patek Philippe Nautilus.«

Sie nickte zur Tür hin, Lippold drehte sich um. Er sah einen jungen Kerl dort sitzen. Er hielt die Uhr hoch. Auf seinen Knien lag ein Kuhfuß.

»Du hast deinen Stecher mitgebracht«, sagte Lippold.

»Ich habe dir die Uhr mitgebracht«, sagte Romina. »Ich gebe sie dir zurück. Du gibst mir meinen Vater zurück. Dann sind wir quitt.«

»Träum weiter«, sagte Lippold. »Wie alt bist du? Du kriegst deinen Vater nicht zurück. Er ist auf seinen Zigeunerarsch gefallen. Hat er sich selbst zuzuschreiben. Wer im Bau klaut, muss die Konsequenzen tragen. Ich kann dir da nicht helfen.«

Er hatte keine Angst vor Romina, keine Angst vor der Waffe. Sie saß auf seiner Couch und vermisste ihren Vater, mehr war das nicht. Lippold nahm einen Schluck aus der Bierflasche.

»Kann ich mich vielleicht setzen?« Er machte zwei Schritte zur Couch und setzte sich auf die Kante. Romina wich zurück, sie fasste die Waffe mit beiden Händen. Lippold sah, dass sie weinte. Die Tränen liefen ihr über das Gesicht. Frauen.

»Du wirst nicht schießen«, sagte er. »Glaub mir. Wirst du nicht. Wir können uns einfach unterhalten. Ich habe mich auch mit deiner Schwester unterhalten. Die ist nett, deine Schwester, aber ein bisschen durcheinander. Sie ist weggerannt, ich habe sie die ganze Nacht gesucht. Am nächsten Morgen habe ich sie gefunden und ihr eine Maulschelle verpasst. Gruß an deinen Vater. Verstehst du? Er hat sich das selbst zuzuschreiben. Du hast mir auch eine Uhr geklaut und auch eine Maulschelle gekriegt. So läuft das. Ihr werdet es schon lernen, gerade ihr aus der Harzer Straße.«

Romina wischte sich über die Wangen, dann fasste sie ihre Dienstwaffe wieder mit beiden Händen.

Lippold wies mit der Bierflasche zur Tür. »Dein Freund da, der redet nicht viel.«

»Der redet nicht viel«, sagte Romina. »Der ist schüchtern.«

»Ehrlich gesagt, das bin ich auch«, sagte Lippold. »Glaubt mir keiner, aber ist so.«

Er ließ die Bierflasche fallen, sie zersplitterte auf dem Boden. Im gleichen Moment griff er nach Rominas Arm und packte sie am Handgelenk. Romina hielt die Waffe fest. Lippold lachte.

»Glaubst du, ich gehe noch mal in den Bau?«, sagte er. »Wegen so einer Lappalie? Ich sag dir: Habe Besseres zu tun.

Ich baue mir hier was Neues auf, und du stehst mir nicht im Weg. Du nicht. Niemand.«

Sie fiel zurück auf die Couch, und Lippold war über ihr. Romina zog die Beine an, es half ihr nicht. Jetzt gehörte sie ihm. Seine linke Faust traf sie zwischen die unteren Rippen. Lippold fühlte, dass eine der Rippen brach. Romina stöhnte auf wie ein Kind.

»Lass los«, sagte er. »Lass einfach los. Alles wird gut.«

Er sah, dass sie Schmerzen hatte, und holte noch einmal aus. Manche kapieren es einfach nicht. Sie wand sich unter ihm. Er hörte ihren gepressten Atem und sah ihre glänzend schwarzen Augen. Sie versuchte, nach ihm zu treten. Frauen. Lippold mochte es, wenn sie sich wehrten.

Er riss ihre Hand mit der Waffe zur Seite. Ein Schuss fiel, ohrenbetäubend laut. Die Kugel durchschlug die Fensterscheibe.

Der Kuhfuß traf Lippolds Hinterkopf mit voller Wucht. Er spürte den Aufprall auf seinem Schädel, das Knacken der knöchernen Schädelplatte. Er fühlte keinen Schmerz. Er ließ los, konnte sich nicht mehr halten, sein Körper sackte zusammen. Lippold sah, dass Rominas Freund noch einmal mit dem Kuhfuß ausholte, und er konnte den Schlag nicht aufhalten. Der Kuhfuß traf ihn an der Schläfe. Lippold ließ los. Er hatte genug.

Er war ein Habicht, der in die Luft aufstieg, weit nach oben, höher und höher, ein winziger Punkt in den Wolken, kaum mehr zu sehen.

43 Romina stand unter der Dusche, sie legte den Kopf in den Nacken, das Wasser floss über ihr Gesicht. Sie war frei. Draußen schien die Sonne, die Luft war noch kühl, doch der Sommer hörte einfach nicht auf. Ihre Wohnung war still. Ihr Bett war leer.

Die Kollegen waren in ihrer Wohnung gewesen und hatten Kobas Geld sichergestellt. Rückerts Geld. Das war es dann mit Kanada. Jetzt saß Koba im Untersuchungsgefängnis Moabit.

Sie hatten Romina fünf Stunden lang befragt. Um drei Uhr nachts war Steinmeier ins Präsidium gekommen, sie hatten ihn aus dem Schlaf gerissen und aus Lichterfelde zum Platz der Luftbrücke gefahren, damit er mit ihr redete. Steinmeier sah alt und übernächtigt aus, als er in den kahlen kleinen Raum kam und sich zu ihr an den Tisch setzte. Er legte sein Portemonnaie auf die Tischplatte. Er sah sie mit steingrauen Augen an und schüttelte den Kopf.

»Das sieht nicht gut aus, Romina«, sagte er. »Ich kann es dir nur sagen. Das sieht überhaupt nicht gut aus. Ich weiß nicht, wo du falsch abgebogen bist, aber falsch abgebogen bist du. Und das fällt auch auf mich zurück, jetzt heißt es, was bist du mit der nach Birkenhöhe gefahren, kannst du uns das mal erklären? Kann ich nicht. Vielleicht kannst du es.«

»Ich will einen Anwalt sprechen«, sagte Romina.

»Einen Anwalt sprechen«, sagte Steinmeier und atmete zur Tischplatte aus, ein alter Mann, der keine Lust mehr hatte. »Wir sind hier nicht in Amerika. Wir sind immer noch in Deutschland. Du stehst nicht mal unter Anklage.

Du wirst vom Dienst freigestellt und kriegst ein Disziplinarverfahren, bei vollen Bezügen, keine Sorge. Wir lassen unsere Leute nicht hängen. Hast du von dem Kollegen am Kottbusser Tor gehört? Der hat auf der Wache ein paar Goldmünzen aus dem Spind mitgehen lassen. Die Münzen gehörten einem Kollegen. Das macht man nicht, die eigenen Kollegen beklauen. Macht man einfach nicht. Aber der Mann war spielsüchtig, hatte Schulden, brauchte Geld. Der hat auf alles gewettet, was nicht bei drei auf den Bäumen war. Belgische Liga, Regionalliga, Kombiwetten, Eckbälle. Und er hat verloren, immer verloren. Wie es eben so ist. Und alle wussten davon. Hat niemand was gesagt. Jetzt kriegt er ein Disziplinarverfahren, natürlich bei vollen Bezügen. Da muss sich niemand beschweren. Gut, die Goldmünzen sind weg, aber sonst ist alles in Butter.«

»Ihr habt Lippold«, sagte Romina. »Ist doch auch was.«

»Lippold ist tot«, sagte Steinmeier. »Der redet nicht mehr. Der erzählt uns nicht, wie das war mit deiner Schwester und deinem Vater. Die Ermittlungen sind eingestellt. Lippold ist im Grunde fein raus. Wen wir haben, ist dieser Georgier.«

»Koba«, sagte Romina und wurde rot. Sie vermisste ihn jetzt schon, seine ruhigen Hände, seine Augen, sein Lächeln. Er saß in Moabit, sie in Tempelhof. Ihr ganzer Körper sehnte sich nach ihm.

»Koba, genau«, sagte Steinmeier. Er streckte sich und gähnte. »Der redet natürlich auch nicht, weil er kein Wort versteht. Der kriegt einen georgischen Dolmetscher, wenn wir einen finden, und dann kann er in Moabit schmoren, bis die Staatsanwaltschaft mit ihren Ermittlungen so weit ist, dass sie Anklage erheben kann. Das kann dauern. Die Mühlen mahlen langsam bei uns. Aber sie mahlen. Er kriegt seinen Prozess. Anklage, Beweisaufnahme, Plädoyers. Er kriegt sein Urteil. Und dann kommt er nach Tegel – wenn er Glück hat. Wenn er Pech hat, wird er abgeschoben, doch da findet sich sicher ein linker Anwalt, um das irgendwie zu verhindern. Wir schieben ja keine Straftäter ab, wo kämen wir denn da hin. Nein. Der kommt nach Tegel, und da kannst du ihn besuchen.«

»Was wird er kriegen?«, fragte Romina.

Steinmeier seufzte. »Ich verstehe es nicht, Romina. Ich verstehe es wirklich nicht. Du hast ihn quasi vor meinen Augen weglaufen lassen. Du bist aus dem Keller bei Rückerts gekommen und hast mir ins Gesicht gelogen. Noch schöner: Du gibst ihm deine Telefonnummer, damit er bei dir unterkommen kann. Mitsamt den zwanzigtausend, die er bei Rückert aus den Büchern geholt hat. Und ich Idiot latsche mit dir durch die Gegend, um Lippold zu finden, während der Kerl aus Georgien in deinem Bett liegt. Das kannst du doch niemandem erzählen. Ich habe was von dir gehalten, ich dachte, das wird was mit dir. Ich habe das bewundert, wie du dich rausgearbeitet hat aus eurer Mischpoke in der Harzer Straße. Abitur gemacht. Polizeiakademie Berlin Brandenburg. Ordentlicher Abschluss. Das war doch aller Ehren wert. Jetzt weiß ich: Du kriegst ein Mädchen aus der Harzer Straße, aber du kriegst die Harzer Straße nicht aus dem Mädchen. Es geht mit einem georgischen Einbrecher ins Bett.«

»Ich liebe ihn«, sagte sie.

»Schön für dich«, sagte Steinmeier.

»Ist so«, sagte sie. »Kann ich auch nichts für.«

»Musst du wissen«, sagte Steinmeier.

»Was wird er kriegen?«, fragte sie.

»Was er kriegen wird – keine Ahnung«, sagte Steinmeier. »Die eine Staatsanwältin für Bandenkriminalität soll ein harter Hund sein. Gerade bei Einbrüchen. Dazu noch der Totschlag mit dem Kuhfuß. Die plädiert locker auf zehn Jahre. Vielleicht werden es dann bloß acht Jahre, wenn er alles einräumt und ganz dolle bereut und die Richter einen guten Tag haben, und nach fünf Jahren kann er raus. Im Grunde alles halb so wild. Verstehe ich auch nicht, wieso sie mich da um drei aus dem Bett holen. Aber egal. In fünf Jahren habe ich das alles hinter mir.«

Nach anderthalb Stunden hatte Steinmeier sie nach Hause geschickt, denn er wusste, dass an diesem Tag die Beerdigung ihres Vaters war. Nach drei Wochen des Wartens, des Bettelns, des Verhandelns hatte sich ein Platz für seine Urne auf dem St.-Thomas-Friedhof gefunden. Ein Trauerredner war bestellt. Es war Zeit, Abschied zu nehmen.

Romina holte ihre Mutter, Sanda und die Großmutter in der Harzer Straße ab. Ihre Mutter nahm die Urne vom Couchtisch. Die Nachbarn warteten im Treppenhaus auf sie, ein ferner Cousin spielte Geige. Er spielte traurig und schief, doch die Geige musste sein.

Die ganze Harzer Straße wartete unten und machte sich mit ihnen auf den Weg. Die Leute aus dem Dorf Fântânele, ihre Töchter und Söhne, ihre Kindeskinder. Die Gebrauchtwagenhändler, die Kleinkrämer, die jungen Mütter, die Musiker, die alten Leute. Sie gingen zu Fuß und schwitzten in ihrer schwarzen Kleidung. Rominas Großmutter trug ihre Röcke mit den Goldfäden, die Ketten mit den klirrenden Münzen. Sie ging vorneweg und rauchte eine Zigarette nach der anderen. »Ein Strigoi war es«, sagte sie und stöhnte bei jedem Schritt. »Habe ich es gesagt? Ein Strigoi hat mir meinen Sohn genommen. Vor Jahren meinen Mann, jetzt meinen Sohn.«

Sie gingen über den Landwehrkanal, und die Krähen scharten sich um Sanda. Sie zogen weiter, überquerten die Sonnenallee, die Septembersonne stach, sie gingen über den Richardplatz und die Karl-Marx-Straße. Siebzig Leute, achtzig Leute folgten der Urne im Arm der Mutter die Thomas-Anhöhe hinauf und auf den Friedhof. Im Schatten der großen Eichen war ein Grab ausgehoben. Der Trauerredner sprach seine Worte, er hatte den Verstorbenen nicht gekannt, er lobte ihn mit großen Worten und wischte sich mit einem Taschentuch die Stirn.

Die Urne wurde ins Grab gelassen, die Großmutter trat vor, dann Rominas Mutter. Sie warfen ihm eine Blume nach, eine Handvoll Erde. Romina trat vor, warf ihm eine Blume ins Grab, eine Handvoll Erde. Sie nahm Abschied von ihrem Vater. Er hatte ihr Märchen erzählt, als sie ein Kind war, er hatte mit ihr gesungen, er war mit ihnen in die Harzer Straße gezogen, hatte seine Arbeit getan und seine Zeit in Tegel abgesessen. Der Mann aus Fântânele. Der Mann mit den flinken Fingern. Jetzt ruhte er aus.

Die Leute standen in langer Reihe, um Abschied zu nehmen. Auch Steinmeier war gekommen, er stand im schwarzen Anzug vor dem Grab und warf drei Handvoll Erde in die Grube. Er nickte Romina zu und ging ohne ein weiteres Wort seiner Wege.

Die Leute aber umarmten Romina. Sie fragten: »Wo ist dein neuer Freund? Warum hast du ihn nicht mitgebracht?«

»Er konnte nicht kommen«, sagte sie. »Ihr wisst doch, wie das manchmal ist.«

»Dein Vater wäre stolz auf dich«, sagte einer. »Was man so hört, haben sie dich freigestellt bei vollen Bezügen. Jetzt bist du nicht mehr bei der Polizei und wirst trotzdem von ihnen bezahlt. Das hätte ihm gefallen.«

»Dein neuer Freund hätte ihm gefallen«, sagte ein anderer. »Er hätte sich gut mit ihm verstanden. Bring ihn das nächste Mal mit.«

»Er wird kommen, wenn er kommen kann«, sagte Romina.

»Wir können warten«, sagten sie.

Auch Romina konnte warten. Sie wusste: In fünf Jahren würde sie vor dem Tor des Tegeler Gefängnisses stehen und auf Koba warten. Was sind fünf Jahre. Fünf Sommer, fünf Winter.

Ihre Großmutter sagte: »Geduld ist der Schlüssel zum Paradies.«

Danksagung

Für Hinweise, Anregungen und Unterstützung danke ich: Heidrun Geßner, Auktionshaus Grisebach, Dirk van Gunsteren für seine Übersetzungen von George V. Higgins, Andy Hahnemann, Beate Hindermann, Sabine Kalff, Finn Klein, Michaela Klein, André Köslin, Bettina Kurth, Stefan Lange, Sven Lange, Alf Mayer, Dominik Mayer, Petra Merkel, Andreas Mielke, Daniel Mohr, Cristina Moreiras, Marianne Pousset, Pia Rosen, Jakob Stolze, Thomas Wörtche.

Zoë Beck
Memoria
Thriller
st 5292. 280 Seiten
(978-3-518-47292-7)
Auch als eBook erhältlich

Wem gehört deine Erinnerung?

Ein Sommer in naher Zukunft. Harriet wird von Erinnerungen heimgesucht, die ihr vollkommen fremd vorkommen. Nach und nach tauchen immer mehr Bruchstücke auf, und Harriet muss sich eingestehen, dass das, was sie bislang für ihr Leben hielt, vielleicht niemals so stattgefunden hat.

»Ein dichter, spannender Krimi im
Hitchcock-Format, raffiniert gebaut
und mit hohem Tempo erzählt.«
Kolja Mensing, Deutschlandfunk

»Intelligente Science-Fiction aus Deutschland?
Zoë Beck!«
Denis Scheck

suhrkamp taschenbuch

Weitere Informationen erhalten Sie unter www.suhrkamp.de
oder in Ihrer Buchhandlung.

Simone Buchholz
Unsterblich sind nur die anderen
Roman
st 5368. 264 Seiten
(978-3-518-47368-9)
Auch als eBook erhältlich

Who wants to live forever?

Drei Männer verschwinden spurlos auf der MS Rjúkandi, einer Nordatlantikfähre. Zwei Frauen machen sich auf den Weg, um nach ihren verschollenen Freunden zu suchen.

In unnachahmlicher Lakonie erzählt Simone Buchholz von Freundschaft und Liebe, von der Endlichkeit des Lebens und der Unendlichkeit des Ozeans und von Iva und Malin, die sich plötzlich in einer Parallelwelt ohne Ausgang wiederfinden, in der alles, was sie im Leben für wichtig hielten, plötzlich nicht mehr zählt.

»Ein modernes Märchen für Erwachsene.
Intelligent, sehr witzig, rätselhaft, schön, spannend und ein bisschen Sex – was will man mehr.«
Eva Menasse, ZDF – Das Literarische Quartett

»Sehr beglückend zu lesen.«
Christiane Lutz, Süddeutsche Zeitung

suhrkamp taschenbuch

Weitere Informationen erhalten Sie unter www.suhrkamp.de
oder in Ihrer Buchhandlung.

Ausgezeichnet mit dem
GLAUSER-Preis 2023 und dem
Stuttgarter Krimipreis 2023

Sybille Ruge
Davenport 160 x 90
Roman
Herausgegeben von Thomas Wörtche
st 5243. Klappenbroschur. 261 Seiten
(978-3-518-47243-9)
Auch als eBook erhältlich

»Dieser Roman ist eine Ansage.«
Frankfurter Allgemeine Zeitung

Sonja Slanski betreibt eine Inkassofirma, die sich auch um andere Dinge im unreinlichen Wirtschaftsbereich kümmert. Von einer undurchsichtigen Society-Lady bekommt sie den Auftrag, eine hochkriminelle Anwaltskanzlei zu ruinieren, egal, mit welchen Mitteln. Slanski erledigt diesen Job ziemlich gründlich, noch nicht wissend, dass diese Klientin die Gattin ihres Gelegenheitslovers ist …

**»Ein überragendes Meisterwerk,
das neue Maßstäbe setzt.«**
Krimibestenliste

**»Das Buch ist eine Sensation!
Tough, stilsicher, spannend.«**
Bayerischer Rundfunk

**»Ruge wirft alle Bälle des Genres hoch,
fängt sie alle, schreibt einen süchtig.«**
Die Welt

suhrkamp taschenbuch

Weitere Informationen erhalten Sie unter www.suhrkamp.de
oder in Ihrer Buchhandlung.